平井杏子❖著

アガサ・クリスティを訪ねる旅

鉄道とバスで回る英国ミステリの舞台

大修館書店

目次

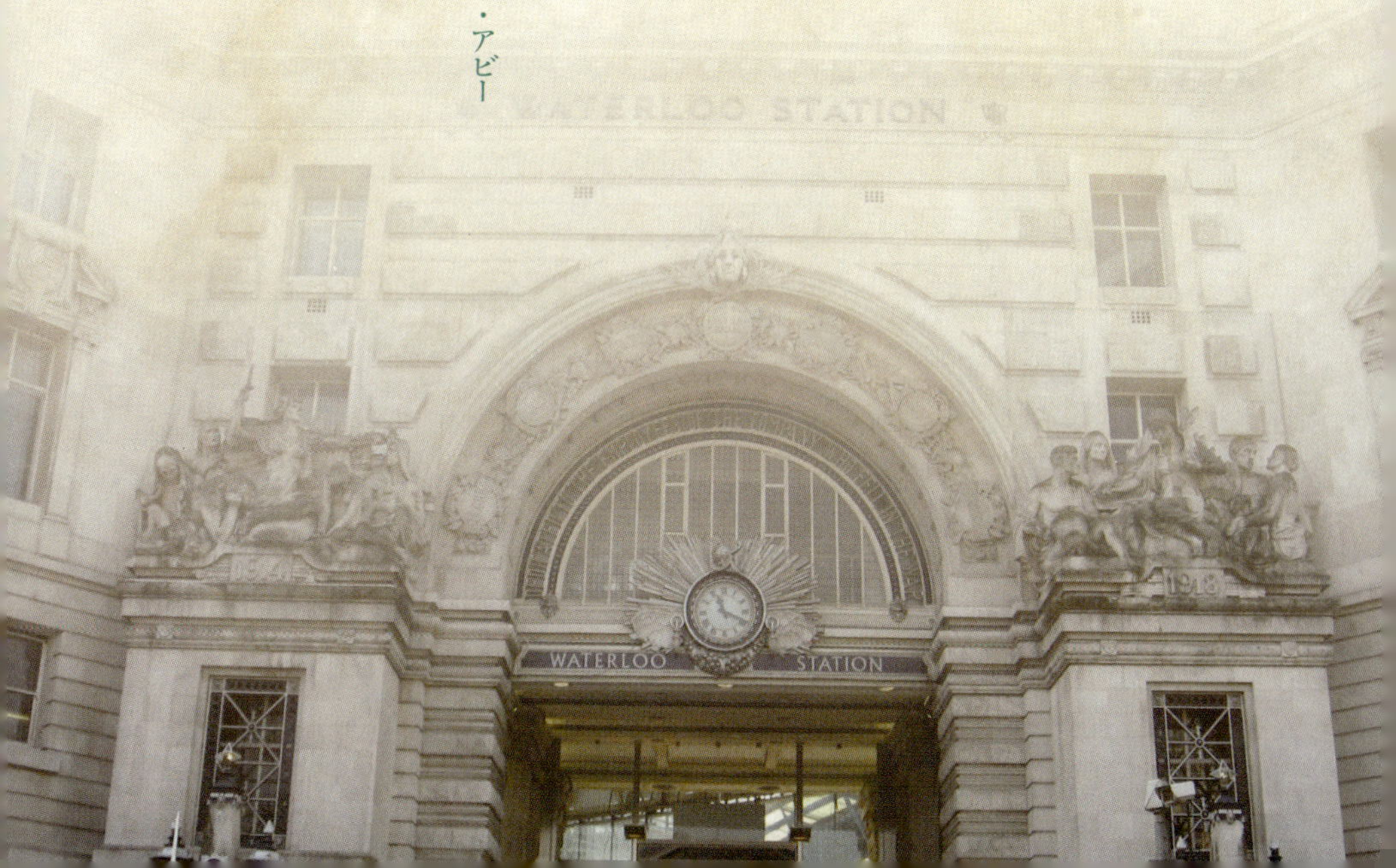

WATERLOO STATION
WATERLOO STATION

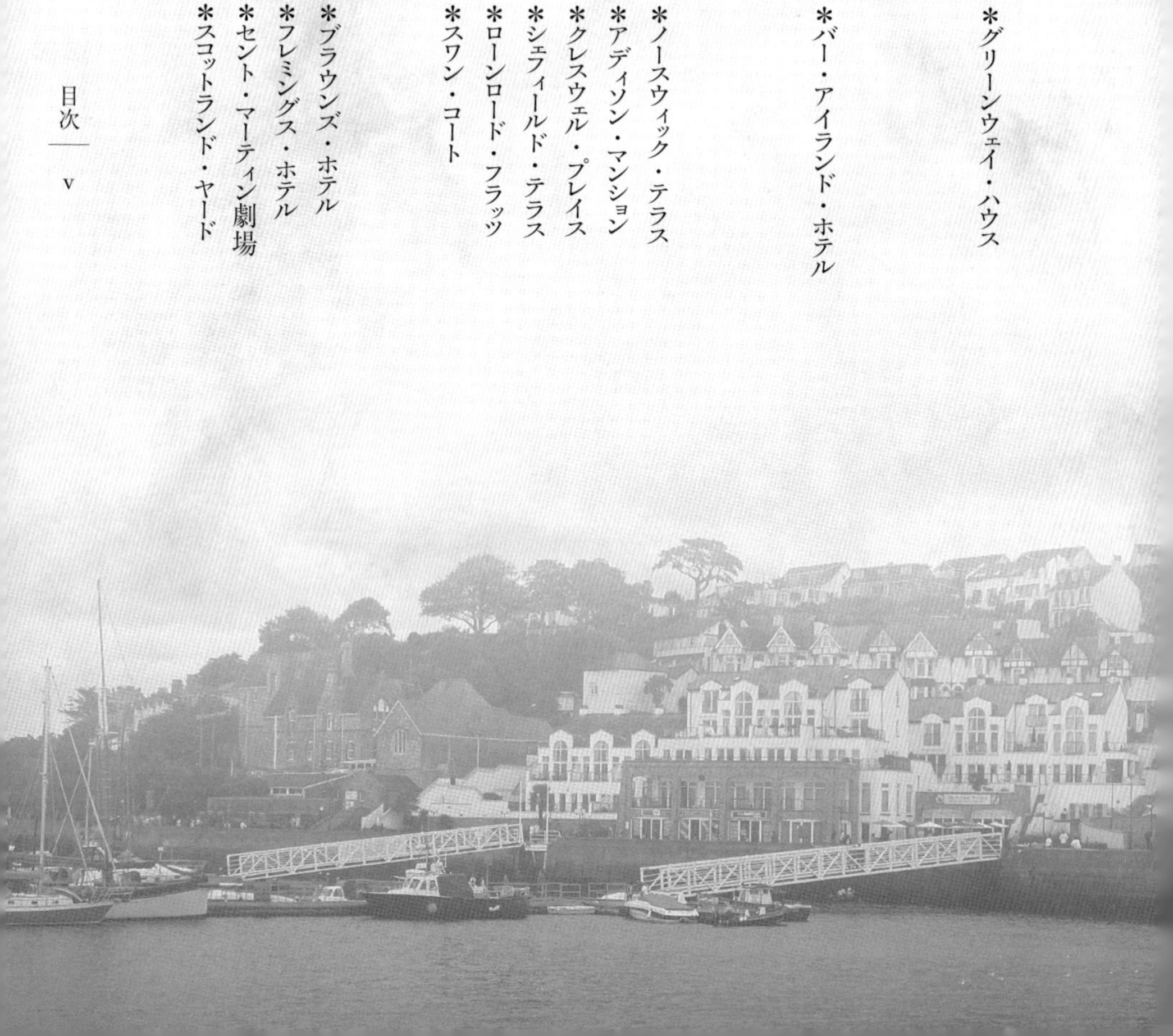

アガサ・クリスティを訪ねる旅

——鉄道とバスで回る英国ミステリの舞台

1

ミステリ・ワールドの扉
ロンドン

*パディントン駅
*グレイト・ウェスタン鉄道

『なぜ、エヴァンズに頼まなかったのか?』

『パディントン発四時五〇分』

「プリマス行き急行列車」

『殺人は容易だ』

♣パディントン駅♣

ロンドン、パディントン駅のざわめきに包まれながら、これからの旅の風景を思い描いてみよう。鉄道沿いに広がる深い藍色の海、胸に焼きつくデヴォンの赤土、内陸の荒野、ムアに吹き渡る風、そこに咲き乱れるヒースやハリエニシダの可憐な花。すると、ここからもう何度も、アガサ・クリスティのミステリ・ワールドに旅立った記憶があるような、不思議な既視感にとらえられることだろう。

パディントン駅は、英国を旅したことのある者にとっては、なじみの駅だ。碩学の町オックスフォード、シェイクスピアの生地ストラトフォード・アポン・エイヴォン、ウィリアム・モリスの讃えたコッツウォルズの丘陵、ケルトの香り残るウェールズ、ジョージアンの華やぎを残すバース、ストーンヘンジを懐に抱くソールズベリー平原、そして、その先のイ

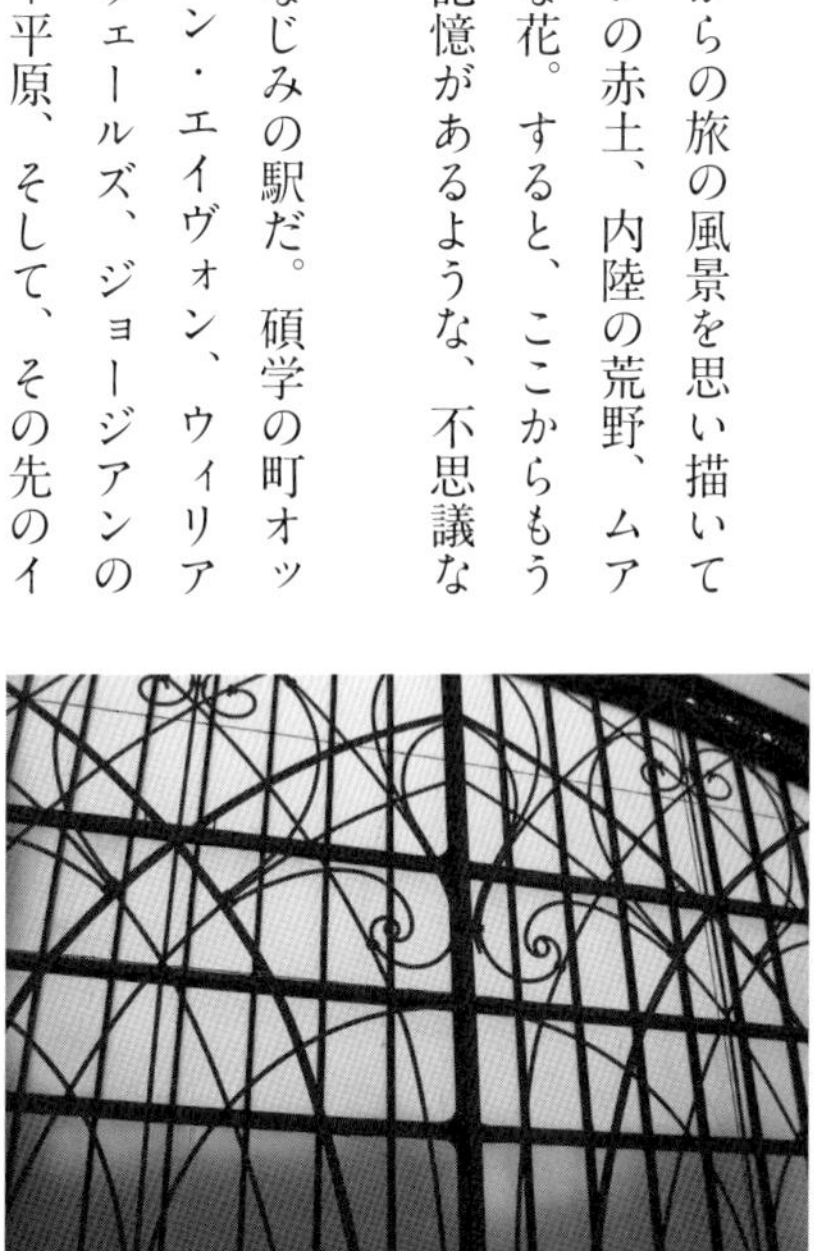
往時のままのパディントン駅の窓枠。

ングランド西端コーンウォール。そんな場所を訪れるとき、パディントン駅はいつもロンドンからの旅の起点になる。

しかしこの旅は、いつもとはどこか違うはずだ。キングスクロス駅でホグワーツ校に向かう列車を探すハリー・ポッターの前に、九と四分の三プラットホームが魔法で開かれるように、まさに時空を超えた世界への扉が開かれようとしているのだから。そう、ここパディントン駅は、アガサ・クリスティ描くミステリ・ワールドへの入り口なのだ。アガサ自身はもちろん、そのペン先から生まれた多くの登場人物たちが、ロマンに胸躍らせながら、あるいは底知れぬ不安を抱えながら、いくたびこの駅に降り立ち、この駅から旅立ったことだろう。

私たちもアガサに誘われながら、作品に描かれた魅力的な土地を訪ね、その歴史や文化を心ゆくまで味わってみたい。地図を手に、バスや列車やタクシー、そしてときには船を乗り継いで。アガサは、第二次大戦後に執筆を開始し一九六五年に筆を置いた『自伝』（一九七七）にこう書いている。「人生を振り返るとき、いちばん鮮やかに、生き生きと胸に刻まれているのは、私自身が訪れたことのある場所です」と。

ロンドンに数あるターミナル・ステーションのなかで、西の端にあるパディントン駅は、アガサがもっともよく利用した駅だった。彼女は生涯にわたって、デヴォン州やロンドンとその郊外、そしてオックスフォードシャーに何軒もの家を所有したり、借りて住んだりしたが、この駅から、あるいはこの路線から遠く離れて暮らしたことは、いちどもなかったので

キングスクロス駅の九と四分の三ホーム。この壁の向こうに『ハリー・ポッター』の魔法の世界が。

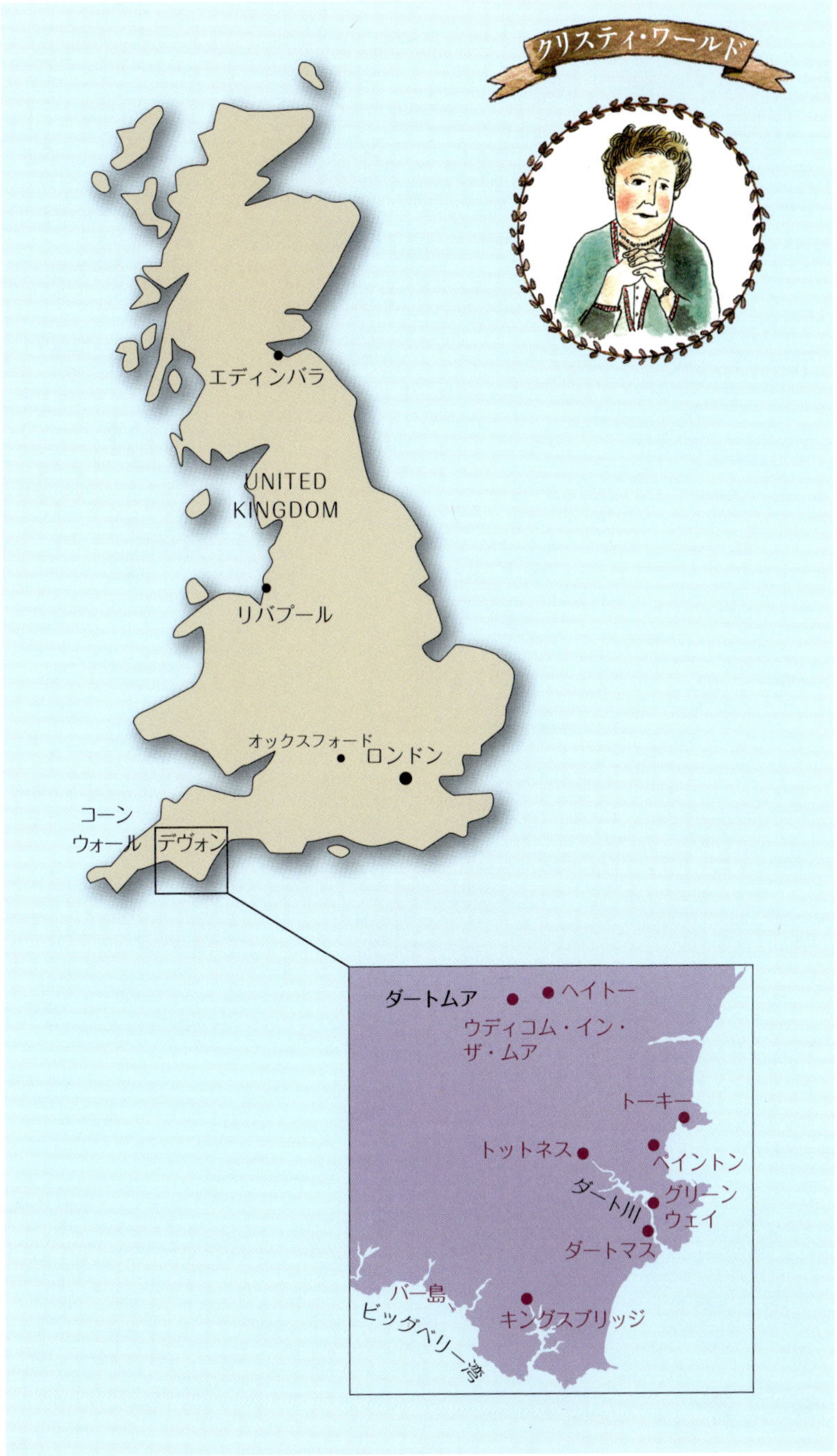
クリスティ・ワールド
エディンバラ
UNITED
KINGDOM
リバプール
オックスフォード
ロンドン
コーン
ウォール
デヴォン
ダートムア
ヘイトー
ウディコム・イン・
ザ・ムア
トーキー
トットネス
ペイントン
ダート川
グリーン
ウェイ
ダートマス
バー島、
ビッグベリー湾
キングスブリッジ

ある。アガサは列車で旅することが何よりも好きだった。『自伝』に彼女はこう記している。「列車はいつも、大のお気に入りのひとつだった。近頃ではもう、友だちのような蒸気機関車が姿を消して悲しい」と。

パディントン駅は、イングランド南西部に鉄道網を広げていたグレイト・ウェスタン鉄道の終着駅として一八三八年六月にオープンした、ロンドンで三番目に古い駅である。ヴィクトリア女王の即位が前年のことだから、イギリスがもっとも繁栄をきわめた時代とともに、歴史を刻んできたことになる。そしてアガサ・メアリ・クラリッサ・ミラーが、デヴォン州トーキーで、父フレデリック・ミラーと母クラリッサ（クララ）の二女として生まれたのは、一八九〇年九月一五日。パディントン駅のオープンからすでに半世紀もあとのことだから、鉄道はもはや日常の暮らしに欠かすことのできない重要な足となっていたはずだ。

イングランド南西部の農漁村で暮らす人びとにとっては、パディントン駅はまさしく、大都会ロンドンへのマジックドアであり、いっぽう、都会の喧騒を離れ、穏やかな気候と美しい海を求めて旅立つ人びとにとっては、非日常の世界へのエントランスでもあった。そして一九九八年からこの駅は、ヒースロー空港とロンドン市街を一五分で結ぶ便利な駅として旅行客に親しまれている。

ロンドンのほとんどのターミナル駅がそうであるように、今でもパディントン駅には、開設当時の面影がそのまま残っている。とはいえ現在の鉄とガラスの美しい建物が完成したのは一八五四年のこと。モダンな駅舎の設計に貢献したのは、イザムバード・ブルネルである。ブルネルはデヴォン州出身の技術者で、汽船や橋、トンネルやドックなど、さまざまなもの

パディントン駅のホームは、イングランド南西部やヒースロー空港に向かう旅行者で賑わっている。

を手がけたが、何よりも讃えるべき功績は、南西部イングランドとロンドンを結ぶグレイト・ウェスタン鉄道を敷設したことだろう。二〇〇六年は、一八〇六年生まれのブルネルの生誕二〇〇年にあたり、さまざまなイベントが行われた。パディントン駅の片隅には、脚を組み、満足げな表情のブルネル像が、行きかう旅人を眺めている。この旅のあいだにも、山高帽で正装し葉巻を口にしたブルネルの、ちょっと気取った肖像画や、彼が設計した鉄の建造物と出会うことになるだろう。パディントン駅のアーチ状の天井を見上げると、二世紀もの時がうっすらと埃になって降り積もってはいるものの、蝶の羽根のような美しい浮き彫りや窓枠は昔のまま、古きよき時代の優美さをとどめている。

アガサの小説にはもちろん、パディントン駅とその周辺のことが何度も描かれている。**『なぜ、エヴァンズに頼まなかったのか?』**(一九三四)では、海に面したウェールズのゴルフ場の崖下の岩場で、牧師の四男ボビー・ジョーンズが見知らぬ男の死をぐうぜん看取り、表題の臨終の言葉を聴くのだが、その翌朝ロンドンの友人を訪ねた帰り、パディントン駅からあわてて飛び乗った一等車のコンパートメントで、幼なじみの伯爵令嬢レディー・フランシス、愛称フランキーと再会し、刺激を求めていた彼女にそそのかされて事件の謎にいどむことになる。彼らが乗ったパディントン発の列車は、西のブリストルを経由してウェールズへ。そしてゴルフ場で死んだ男の妹夫妻を名乗る怪しげな人物の家は、パディントンにあるという設定だ。一等車の切符を持っていないボビーのために、フランキーが車掌にとっておきの

パディントン駅構内のイザムバード・ブルネル像(右)と、彼が設計した羽根型の美しい天井アーチ。

笑顔を向けると、「車掌は思わせぶりな咳払いをして『ブリストルを過ぎるまで、もう回って参りませんから』と意味ありげに言い添え」て粋なはからいを見せる。事件が解決したあと、ふたりは婚約することになるのだが、父親の牧師が教会に招き入れ案内していた婦人会の女性陣が、ボビーのキスの相手を「お城の」レディーだと見咎めるや、「一時間もしないうちに、この噂はマーチボルト中に広がった」とは、何と愉快な時代だろう。

そういえば、ロンドンの繁華街ソーホーのセント・マーティン劇場で、今なお世界一のロングラン記録を更新しつづけている『**ねずみとり**』（一九五四）では、雪に閉ざされたマンクスウェル山荘を舞台に、緊迫した人間模様が繰り広げられるが、この事件の始まりもまた、パディントンのカルヴァー通りで起きた殺人事件だった。山荘の経営者、モリーとジャイルズ夫妻は、叔母から相続したマンクスウェル山荘で民宿を始めたばかりなのだが、客たちはいわくありげな者ばかり。そこへ吹雪をついて警官がやってくる。と、この山荘が密室殺人の舞台へと化していくのである。

そしてもちろん、パディントンと言えば、『**パディントン発四時五〇分**』（一九五七）。同年出版されたニューヨーク版では、駅名になじみのないアメリカ人に配慮して、『マギリカディ夫人は見た』にタイトルが変更された。四時五〇分という時刻を決定するまでにも紆余曲折があったというが、残念ながらこの時刻に出発する列車はない。駅構内の大時計は、当時と同じように、今も正確な時を刻みつづけている。

パディントンという名に親しみを覚える読者も多いはずだ。そう、あのくまのパディントン。童話作家マイケル・ボンドの、今もつづく人気シリーズの主人公だ。第一作『パディン

カラフルな、くまのパディントンの店も駅構内にある。駅の大時計は四時五〇分の時を刻んでいるが、この時刻に出発する列車はない。左頁下は旅行者で賑わうパディントン駅界隈と、宮殿の厩に展示されている豪華なヴィクトリア女王の馬車。

トンという名のくま』が出版されたのは一九五八年のこと。ペルーから移民としてやってきた独りぼっちのくまが、駅の片隅で途方に暮れているところを、親切な一家に拾われて、パディントンと名づけられ、アンティーク・マーケット街ポートベロー界隈で暮らすことになる。そのパディントンの愛らしい像が駅の片隅に立っていて、旅行客のほほえみを誘っている。青い帽子をかぶり、赤いチョッキを着た、ちょっと色黒のパディントンのぬいぐるみを売る店もある。駅構内には、数年前から回転寿司のバーもできていて、カウンターには客足が絶えない。未来のこんな光景を、いかに想像力豊かなアガサでも、たぶん思い描くことはできなかったことだろう。

パディントン駅と聞いて私がいつも思い出すのは、『自伝』に書かれていた一九〇一年のヴィクトリア女王の葬儀のときの、切なくも滑稽なエピソードだ。アガサには伯母ちゃ

んおばあちゃんと呼び慣わしていた父の継母と、母の生母のふたりの祖母がいて、女王葬儀の日、このふたりはパディントン駅近くの二階家に見物席を確保していたのだが、群集に遮られてその場所に行き着くことができない。伯母ちゃんおばあちゃんが、大泣きに泣きながら救急隊員に誘導されて救急車までたどり着くと、なんとそこには、同じように太った体躯で涙をながしているもうひとりのおばあちゃんが保護されていたのだった。「『メアリ』、『マーガレット』、ビーズ飾りの揺れるふたつの巨大な胸がかちあった」とアガサはこの話を、ユーモラスに締めくくっている。

♣ グレイト・ウェスタン鉄道 ♣

パディントン駅から、デヴォン州の州都、エクセターを経由して西へ向かうには、いくつかのルートがあるが、短編「**プリマス行き急行列車**」（一九五一）には、代表的なふたつの路線への言及がある。海軍大尉アレック・シンプソンは、ニュートン・アボット駅からパディントン発プリマス行きの急行列車に乗りこみ、ほっと一息ついたところで座席の下に若い女性の死体を発見することになる。富豪の娘で、豪華な宝石を所持していたことが判明する死体の女性は、ブリストルで別の路線に乗り換えるはずだったのに、どうしてこんなところに、というわけだ。アレックが乗車したプリマス行きの列車は、パディントンを出たあと西のブリストルまでノンストップ、そこからウェストン、トーントン、エクセター・セント・デイヴィッズ、そしてニュートン・アボットへ南下する。いっぽう、もうひとつの路線は、彼女の父親ハリディ氏の言葉にあるように、ブリストル方向には向かわず、途中から斜めに

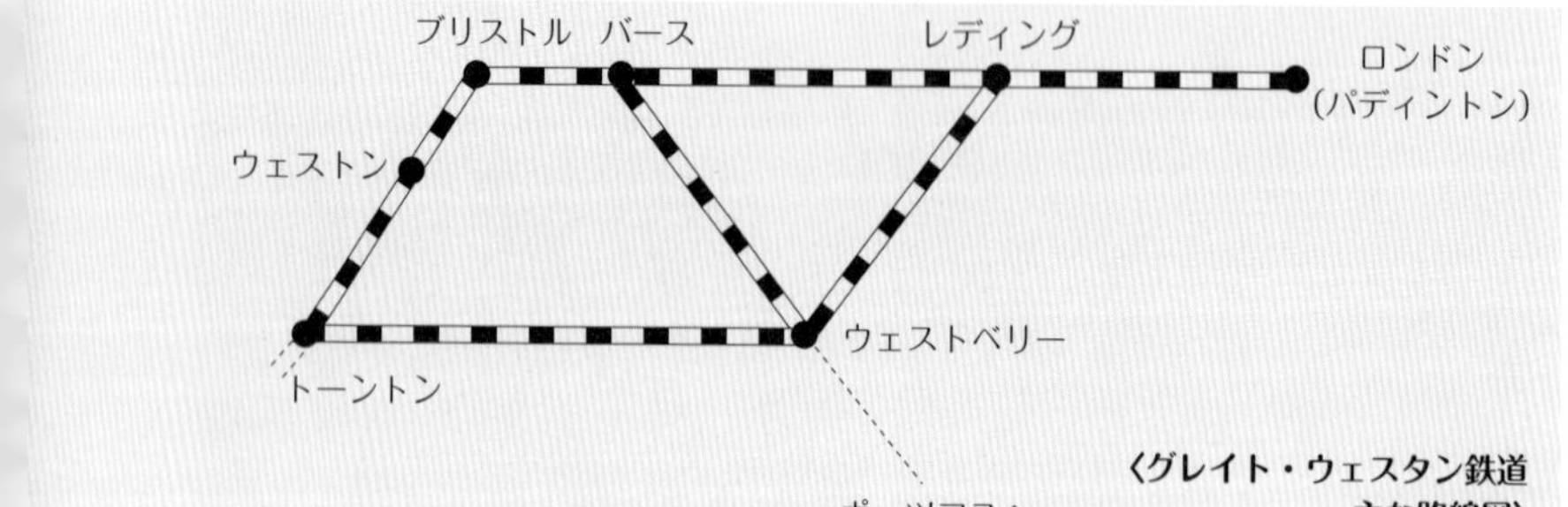

**〈グレイト・ウェスタン鉄道
主な路線図〉**

下ってウェストベリーを経由し、ニュートン・アボットを抜けて、プリマスへ向かう。

このブリストルという町には、アガサの最初の結婚相手アーチボルド（アーチー）・クリスティの生母と義父が暮らしていた。アガサとアーチーはその郊外のクリフトンの教会で、一九一四年のクリスマス・イヴに、駆け落ち同然に結婚式を挙げた。ちなみにクリフトンの峡谷にかかる有名なクリフトン鉄橋を設計したのも、あのブルネルである。戯曲『**招かれざる客**』（一九五八）では、南ウェールズの海を望むウォリック家の書斎で、車椅子に座った館のあるじが射殺されるが、ブリストル海峡の霧笛と窓外の霧が物悲しい風情を添えていて、アイルランドを代表する作家ジェイムズ・ジョイスの『エグザイルズ』に描かれるダブリン湾の風景を思い起こさせる。湾岸都市ブリストルは、中世から一八世紀半ばの産業革命の頃まで、アイルランド交易で栄えた町だった。ケルトの香り残るウェールズもブリストル湾をはさんですぐ北にある。

最近は、イングランド南西部へ向かう列車の本数も増えたが、アガサの生まれ故郷トーキーに向かうなら、まずは急行でエクセター・セント・デイヴィッズ駅まで行き、そこでペイントン行きに乗り換えるのが便利だろう。エクセターまで二時間ちょっと、そこから終点ペイントンのひとつ手前のトーキーまでは四五分の距離。エクセターからの列車は約三〇分おきに出ている。またニュートン・アボットまで行ってローカル線に乗り換えると、ここからトーキーまではわずか一〇分だが、乗り継ぎがうまくいかないと待たされることになる。「プリマス行き急行列車」のアレック大尉がニュートン・アボットで乗りこんだ列車内でも、「この列車はプリマスへ直行。トーキー行きは乗り換え」のアナウンスが流れる。つまりこ

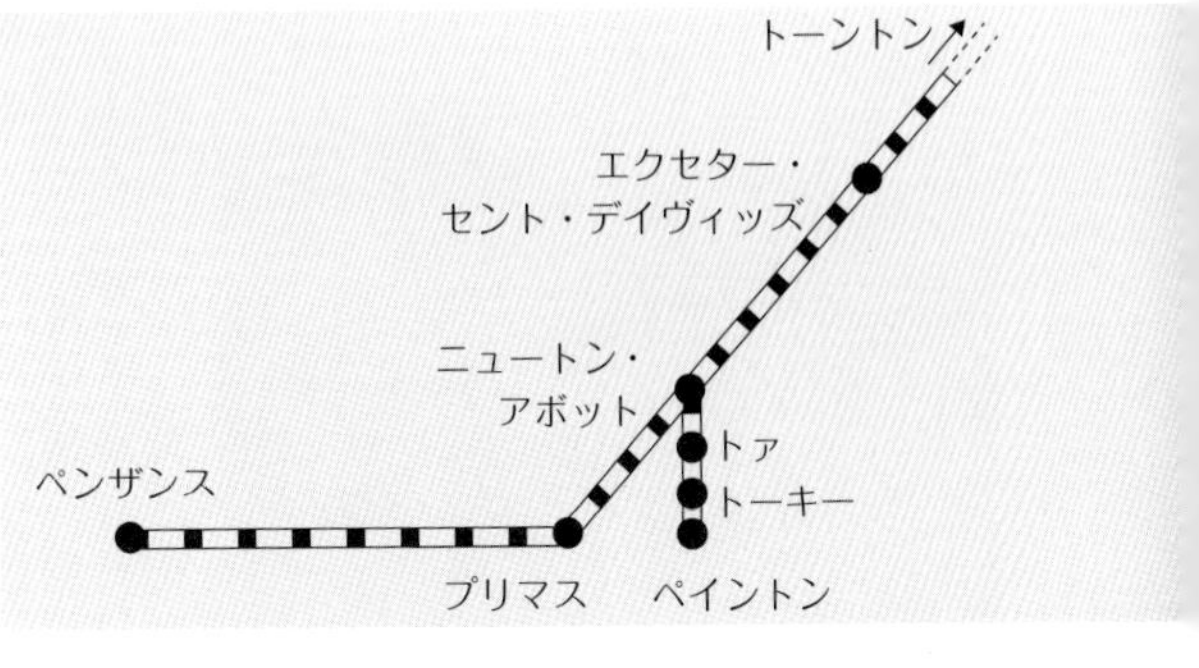

のニュートン・アボットで、トーキーやペイントンへ南下する支線と、西のプリマスやペンザンスへ向かう列車とは枝分かれするというわけだ。

このニュートン・アボット、『**殺人は容易だ**』（一九三九）に出てくる駅にどこか似ているような気がするのは、私の思い過ごしだろうか。植民地駐在の警察官だったルーク・フィッツウィリアムが、退職後イギリスへ帰国したところからこの話は始まる。船から降りたルークはイギリスの灰色の空を仰ぎ、小さく粗末な家並みを眺めて気を滅入らせていたが、やがてロンドン行きの列車に乗った彼は、臨時停車したフェニー・クレイトンという小さな駅のホームにうっかり降りて置き去りにされてしまう。その駅は、ウイッチウッド・アンダー・アッシュへの乗換駅で、時代遅れの小さな車両をひとつだけつけた蒸気機関車が、ゆっくりと蒸気を吐きバックしながら入って来て、構内の片隅に停車すると、ブリッジを渡って乗客たちがぞろぞろと、ルークのいるロンドン行きのホームに渡ってくる。

ルークがようやく次のロンドン行きの汽車に乗ると、ミス・ピンカートンという老女と乗り合わせ、彼女の住むウイッチウッド・アンダー・アッシュ村で、不可解な死がつづいているので、ロンドン警視庁に相談に行くところなのだという話を聞かされる。後日、新聞でミス・ピンカートンの事故死を知ったルークは、真相を究明するために彼女の村に赴くが、そこは魔女伝説のある土地柄とされ、デヴォン州のメンヒルの話題も出ているところを見ると、やはりこのあたりということになるのだろう。となると、ルークが降り立った港もとうぜんプリマスということになる。

しかしそう考えると、時間的には問題があることがわかる。ルークがフェニー・クレイト

どこか物悲しい夕暮れのブリストル港。左頁は、ニュートン・アボットの素朴だがお洒落な駅ホーム（右）と、美しい彫刻で飾られた、重厚な趣のウォータールー駅正面。アガサはもちろん、ポワロもしばしばこの駅を利用した。

ンで乗った次の列車は四時二五分発。ミス・ピンカートンが言うには、ここから一時間一〇分でロンドンに着くという。彼女はそこから地下鉄でトラファルガー広場まで行って、ロンドン警視庁のあるホワイトホールに向かうと言っていたのだが、五時から六時のあいだに、そのホワイトホールの交差点でひき逃げされたのだ。五時三五分にロンドンに着いたとすれば、年寄りの足のことでもあり、そこはパディントンではなく、ほんの二駅で目的地に行けるウォータールー駅だったと考えるのが妥当だろう。となれば、ルークの船が入港したのは軍港ポーツマスかサウサンプトン。ウイッチウッド・アンダー・アッシュは、あのストーンヘンジで知られるソールズベリー平原に近いどこかかもしれない、と空想は広がっていく。

ところで私は、『パディントン発四時五〇分』のマギリカディ夫人やミス・マープルだけでなく、ポワロもヘイスティングスも、そしてかのシャーロック・ホームズもワトスンも利用したことのある一等車なるものに乗ってみた。だが海水浴シーズンの八月の朝のことでもあるし、車内には子どもたちの愛らしい声が弾み、マギリカディ夫人が、夕刻の列車で一車両を独占するという至福と恐怖を味わったときの気分とは、かなり違っていたようだ。扉の傍では、鮮やかな花柄のブラウス姿の中年女性と、それに負けず劣らず艶やかな毛並みをした大型犬ゴールデン・レトリバーのカップルが、四人分のボックス席を占拠している。お犬様の座席には、赤と緑のタータンチェックのブランケットがうやうやしく延べ広げられ、その上に悠然と鎮座しているのだ。さすが英国、と感嘆しながら眺めていると、犬とダブルブ

ッキングの憂き目にあったらしい乗客がやってきてひと悶着。しばらくもめていたが、どう決着したものか、レトリバー・カップルは隣の車両に立ち去っていった。

私の向かいの席の初老の夫婦は、『タイムズ』をテーブルの上に広げながら、なにやら難しい政治の話に余念がない。三〇分ほどでレディングに着くが、この駅はあとで述べるように、アガサが晩年暮らすことになるウォリングフォードへ向かうときの乗換駅である。レディングを過ぎると緑の牧草地に木がまばらに生えた風景が広がりはじめる。点々と羊の姿が見える。窓ガラスに鼻先を押しつけて眺めていると、ふいに、汚れた赤レンガの壁と赤屋根のくすんだ二軒長屋（セミ・ディタッチト・ハウス）の群れが流れ過ぎる。空は低い雲に覆われているが、ところどころに光を集めて煌めいている。何層にも重なった雲の切れ目に、思いがけず澄んだ青空が覗く。なだらかな丘がつらなり、牛が寝そべっている。運河の水面が光り、木の間がくれに赤や黄色で彩色したナロウボートが見える。

マギリカディ夫人の場合は、スコットランドから夜行でロンドンにやってきてクリスマスの買い物をすませ、親友であるミス・マープルの住むセント・メアリ・ミード村を訪ねようと、パディントン駅から四時五〇分発の列車に乗った。買い物の疲れで、ついうとうとした夫人が、ふと目を覚ますと、窓の外をこちらの列車と並行して走る列車がある。そのときだった。向こうの列車のブラインドが跳ね上がり、なんと、今まさに男の手で絞め殺されようとしている女性の断末魔の表情が目に飛びこんでくる。驚いた夫人はただちに車掌に伝え、知らせを受けた警察が車内と沿線をくまなく捜したが、死体は見つからなかった。

ことの顛末を聞いたミス・マープルは、列車が大きくカーブしてスピードを落とすあたり

グレイト・ウェスタン鉄道の快適な一等車。ポワロやヘイスティングス、ホームズやワトスンが乗った頃はどうだっただろうか。

に死体が遺棄されたとにらみ、その地点にあるラザフォード邸に、腕利きの家政婦ルーシー・アイルズバロウを潜入させ、ついに死体を発見する。このラザフォード邸、ルーシーによればまるでウィンザー城のミニチュア版だというほど広大な屋敷らしい。しかしもちろん屋敷のあるブラックハンプトンは架空の村で、車窓を流れる木立の向こうにいくら目を凝らしても、そんな館が見えてくることはない。

じつはこのラザフォード邸、アガサの姉マッジの嫁ぎ先、グレイター・マンチェスターのジェイムズ・ワッツ邸アブニー・ホールのイメージで書かれたという説がある。ジェイムズの祖父でマンチェスター市長も務めたサー・ジェイムズ・ワッツが、ヴィクトリア時代のゴシック・リヴァイバル期の一八四〇年頃に、現在の国会議事堂の装飾を手がけたオーガスタス・ウェルビー・ピュージンに依頼して建てた屋敷で、ヴィクトリア女王の夫君アルバート公を迎えたこともあるという由緒ある館である。この館を、アガサは想像のなかで南イングランドの沿線に移したのだ、とは『アガサ・クリスティ・リーダーズ・コンパニオン』の著者ヴァネッサ・ワグスタッフとスティーヴン・プールの言葉だ。アブニー・ホールは、一八七〇年に息子ジェイムズ・ワッツ・シニアに譲られ、やがてマッジの夫で孫のジェイムズがこの名邸を引き継いだ。アガサは一九〇一年に父を亡くしてから、クリスマスにはいつも、母のクララとアブニー・ホールを訪れて、その幸福な思い出を『**自伝**』や短編集『**クリスマス・プディングの冒険**』（一九六〇）の序文などに書き記している。館で供されたご馳走たるや、ラブレーの小説に出てくる巨人ガルガンチュアの食を思わせるほど大量なものだったという。カキのスープにヒラメ、ロースト・ターキー、サーロイン・ステーキ、プラム・

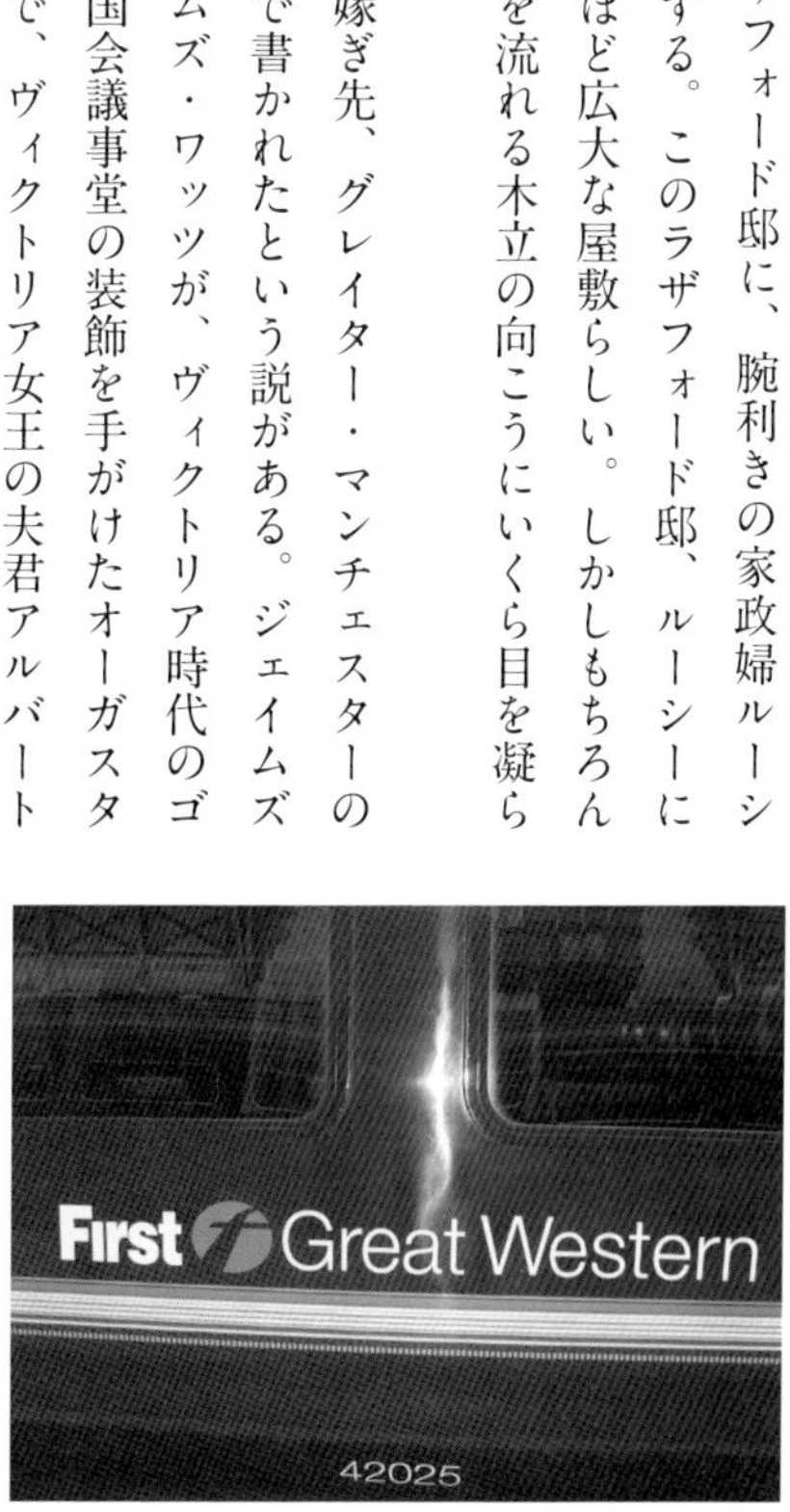

車体には、誇らしげなグレイト・ウエスタンの文字が。

プディング、ミンス・パイ、トライフル、デザートにチョコレート。それを子どもの頃のアガサはすべて平らげたというのだから、後年の健啖家ぶりもなるほどと頷ける。

　そんなことに思いをはせていると、上りの電車がすれ違いざま、かん高い汽笛を鳴らした。前の席の女性が、叫び声を上げて腰を浮かせたので思わず笑うと、それから話がはずんだ。「私もミス・マープルの大ファンなのよ。セント・メアリ・ミード村のモデルになったコッキントン村へは、ぜひ行ってほしいわ、すごい事件に出会うかも」。ミス・マープルそのひとを思わせるような、いたずらっぽい笑顔だった。うす曇りの空から日が差し、ふいに照明を浴びたように、あたりの風景がきらきらと輝いた。

　ロンドンからエクセター・セント・デイヴィッズまでは二時間の旅で、私の乗ってきた列車はそのままコーンウォールのペンザンスへ向かう。ここで降りてペイントン行きのローカル列車を待つ乗客たちは、売店で思い思いに飲み物を手にして、短い待ち時間を楽しんでいる。エクセターは、イングランドが帝政ローマの統治下にあった二世紀まで遡る古都である。アガサの母クララはここの大聖堂が好きで、トーキーよりもむしろこの町で暮らしたがっていたらしい。英国航空隊に入隊したばかりのアーチーとアガサは、一九一二年、エクセター近郊のさる屋敷で開かれたパーティーで出会った。後日、オートバイでアガサの家アッシュフィールドにさっそうと現われたアーチーに誘われ、エクセターで初デイトを楽しんだが、時代が時代で、お目つけ役の母親も一緒だったという。エクセター大学のオールド・ライブラリーには、アガサから彼女のエイジェントに宛てた仕事関係の書簡類が保管されている。

　ペイントン行きのローカル線に乗り換えると、トーキーまでの停車駅は六つ。左の車窓に

海原が広がる。スタークロスのずっと沖合にはヨットの帆影が見える。海はこのあたりからもう淡いピンクに色づいているようだ。やがて遠浅の赤い砂地が広がりはじめ、白鳥やかもめが干潟でえさをついばんでいる湿地帯がどこまでもつづく。ドーリッシュ・ワレンを過ぎたころ、右の目の端にふいに火が燃え立ったような気がして、思わず振り返ると、車窓のすぐ向こうに切り立った赤い崖が迫っていた。

短編集『**ヘラクレスの冒険**』（一九四七）に収められた「**ゲリュオンの牛たち**」では、ギリシア神話の英雄ヘラクレスと同じエルキュールという名をもつポワロが、デヴォンの怪しげな宗教団体の聖地に偵察の女性を送りこむのだが、彼女が藍色の海を見下ろすその岬には、青い牧草が生い茂り、地面と崖は燃え立つような赤い色だったと書かれている。今しがた間近に見たデヴォンの赤土は、燃え立つというより、焼きたてのレンガのように、どこかほっこりとした温かみを帯びていた。

つぎの駅ドーリッシュには海水浴場があって、砂浜ではたくさんの家族連れが遊んでいる。しかし水が冷たいのか、泳いでいる人の姿はなかった。いくつも短いトンネルを潜り抜けるたびに海も色合いを変え、赤やグレーのまだらの水がひたひたと広がり、テイマスを過ぎると畑の土までもが赤く染まっている。その色が訪れる人の心を掻き立てるのか、あるいはいよいよトーキーが近づいてきたせいか、胸のあたりが熱くなってくる。ニュートン・アボットを過ぎると列車はやや内陸に入り、緑の丘陵に抱かれた町を過ぎ、トァ駅を過ぎると、そこが目指すトーキー駅である。

エクセター・セント・デイヴィッズ駅のホーム。待ち時間を楽しむ旅行者の前に、鮮やかな車体の列車が滑り込んでくる。

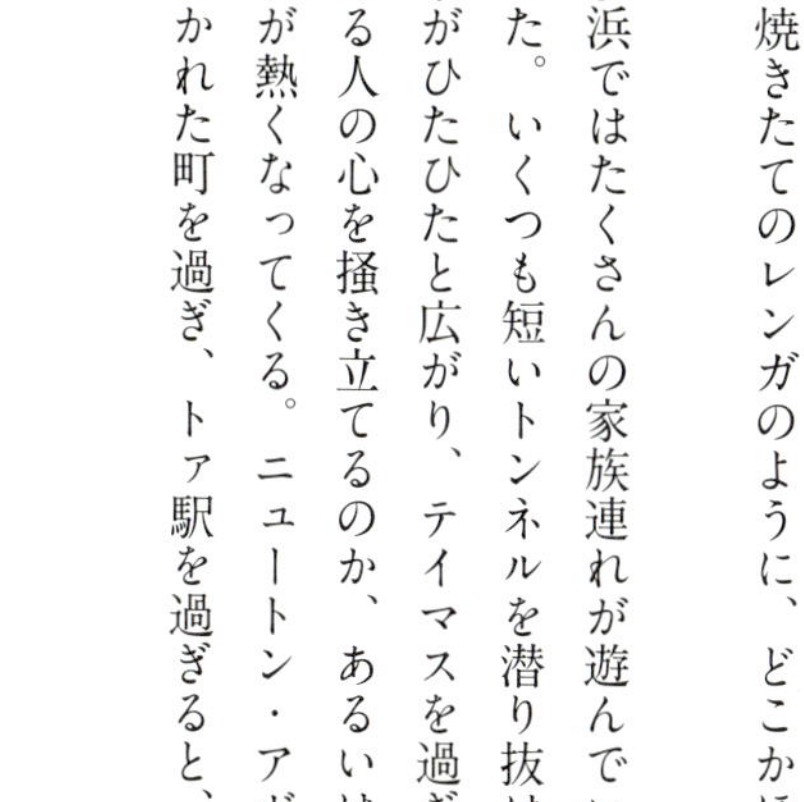

赤と緑の棟飾りが愛らしいトーキー駅。一八五九年に、現在のトァ駅からここに移った。

2

少女時代の夢
トーキー

＊インペリアル・ホテル
＊ビーコン・コウヴ

『エンド・ハウスの怪事件』
『薔薇とイチイの木』
『書斎の死体』
『スリーピング・マーダー』

♣トーキー♣

トーキーの駅舎は思いのほか小さく、鄙びた印象だった。海浜の町だというのに、風向きのせいかプラットホームには潮の香も光の煌《きら》めきも届かない。この駅では、アガサの生誕百年にあたる一九九〇年に劇的なイベントが行われた。オリエント急行が名優デイヴィッド・スーシェ扮するポワロとジョーン・ヒクソン扮するマープルを運んできて、原作ではついに実現することのなかった出会いを果たしたのだ。

トーキー駅が現在のトァ駅から今の位置に移ったのは一八五九年のことだが、素朴なスレートの屋根や鉄製の美しい棟飾りには、まだ当時の面影が残っている。駅の外に出ると、ずっと左手の端にタクシー乗り場があって短い列ができている。一〇分ほど待っていると、小ぶりのワゴン車のような、タクシーと呼ぶのもはばかられるような車が、がたがたとやってきた。乗りこむと黒革のシートも傷んでいて、白い中身がはみ出している。「インペリアル・ホテルまで」と告げると、「ベリー・グッド」と力強い答え。

左右に車体を揺らしながら、プリンセス公園の色鮮やかな花壇やグリーンの芝生、海水浴場を抜けて走って行く。日差しの強い海岸通りは観光客でいっぱいだが、心なしか褪色し疲弊しているように見える。しばらく口をつぐんでいたドライバーが、とつぜん堰を切ったように話し始めた。「トーキーは世界一だね。トー（tor）ってのは尖った岩山、キー（quay）は波止場や河岸のことなんだ。七つの丘の切り立った崖が海に迫っているから、どこからでもトーベイ（湾）が見えて最高さ。フランスにもイタリアにも行ったことはないけど、リヴィエラやナポリだって、たぶん日本だって、こんなにいいところじゃあないと思うよ」。

返答に詰まったが、たしかにヴィクトリア女王の治世には、イギリスのリヴィエラと讃えられて、ヨーロッパ中から富裕層や王侯貴族がやってきたと聞くから、ほかの土地とは違う格別な魅力があるのだろう。女王をはじめ、その息子でのちのエドワード七世、作家ではラドヤード・キプリングやヘンリー・ジェイムズ、ロバート・ブラウニング、オスカー・ワイルドなども滞在したことがある。陽光の乏しいイングランドにあって、その最南端に位置するという地の利ゆえだろうか。イングランド唯一の温泉地で一八世紀に華やかな社交場として栄えたバースからそう遠くないことも、いくらかは影響しているだろうか。

近代小説の母と呼ばれたジェイン・オースティンは、一時期バースに暮らして、『ノーサンガー・アビー』という作品に、当時の有閑階級の華麗でどこか浮薄な社交生活を描いたが、おそらく半世紀後のここトーキーでも、やや田舎めいた素朴さはあっただろうが、同じよう

トーキー駅ホームでは、アガサの生誕百年にポワロとマープルの出会いが演出された。

に華やかな社交シーンが繰り広げられていたことだろう。トーキーの人びとは、今でもここを、ローマの七つの丘になぞらえたり、英国のナポリと呼んだりしているが、しかし現在はレートの関係で海外へ出かけたほうが安くつくこともあり、トーキーを訪れるのは、外国旅行のできない老人や子ども連ればかりだというのが、タクシー・ドライバーの嘆きだった。

アガサの父フレデリックはアメリカ人の資産家で、イギリス人の妻、すなわちアガサの母クララとは義理のいとこ同士。一八七八年に結婚して一時期アメリカに渡ったが、ふたたびイギリスに戻り、海岸から少し奥まったバートン・ロードにある、アッシュフィールド屋敷を購入した。三、四〇軒もの家をめぐり歩いた末にこの屋敷を気に入って買ったのは母クララだったという。フレデリックはアメリカ人ではあったが、いわゆる紳士階級に属していたから、これといった仕事ももたず、社交やスポーツ、芸術鑑賞に明け暮れる日を送っていた。

アガサは一八九〇年九月一五日生まれ。先にも述べた姉マーガレットと、ニューヨーク生まれの兄ルイ・モンタントというふたりのきょうだいがいて、それぞれマッジ、モンティの愛称で呼び合っていた。自然に恵まれたこの地で、子どもたちはのびのびと暮らしていたが、一八九六年、アガサが六歳のときに父の健康が衰え、一家の幸福に影が差しはじめる。療養のためしばらくフランスに家族で移り住むが、一九〇一年一一月、まさにヴィクトリア女王の崩御と年を同じくして父フレデリックは他界する。母は子どもたちとトーキーで暮らすことに決め、それ以後アガサは、少女時代、青春時代、そして新婚時代をこの地で過ごすことになる。結婚後ロンドンに居を移してからも、アガサはデヴォン州には帰るべき家を所有しつづけていた。アガサの心は生涯、ここデヴォンの海とともにあったのである。

バートン・ロードのアガサの生家から道を少し下ったところ。遠くに海のきらめきが見える。左頁はインペリアル・ホテル正面（左）と、トーキー東側の海岸通りを海から眺める景色。この右手の静かな丘にインペリアル・ホテルはある。

タクシーはやがて、観光客のひしめく海岸通りを抜け、深い藍色の水に真っ白な帆影を映すヨット・ハーバーを通り過ぎ、静かな東のはずれにやってきた。

♣ インペリアル・ホテル ♣

ビーコン・コウヴ・ヒルという丘陵の上り口にあるロイヤル・トーベイ・ヨットクラブ前の細い坂道を登ると、車はやがて、海を一望できる高台にあるインペリアル・ホテルの玄関前にとまった。インペリアル・ホテルは、今でもトーキー随一の豪華ホテルなのだが、外観や表玄関にいたる短いアプローチには、かつての重厚な面影はなく、一見するとどこの海辺のホテルにもありがちな、退廃したようなムードが漂っている。

ここは一八六六年、ヴィクトリア時代前期の華やかな時代に、ロンドン以外にできた初の五つ星ホテルだった。とはいえ当時のトーキーには、同じように立派な建物が立ち並び、大型の帆船が出入りし、町全体が富裕な活気に満ちていたから、インペリアル・ホテルばかりが飛びぬけて豪華だったというわけではない。恋多きエドワード七世が、まだプリンス・オヴ・ウェールズと呼ばれる皇太子時代に、下のビーコン・コウヴの小さな入り江に船を着け、このホテルのスウィート・ルームに滞在する恋人のもとを訪れたという逸話は、今でも現地の人びとの心をときめかすらしい。母親のヴィクトリア女王もプリンセス時代からいく度か、ここからさらに北のババコムビー・ビーチに帆船を停泊させて、トーキーを訪れたという。

かつてはフランスやロシアの皇帝、イギリスのロイヤル・ファミリーが同時期に滞在したこともあるという華麗な時代の石造りの建物は、第二次大戦時に大きな被害を受けた。その

後改築されたものの、いにしえの夢を再現することはもはや不可能だった。

しかし外観の印象とは違って、一歩なかへ入ると、そこにはヴィクトリア時代やエドワード時代の残り香がたしかに漂っている。ちょうどランチタイムのウェディング・パーティーがお開きになったところらしく、タキシードやドレス姿の華やぎを身にまとった人びとが玄関ホールにあふれていた。シックな色合いの大理石が敷き詰められ、天井の白い漆喰が往時の情緒を現代にかもし出している。壁には黒い額縁の絵、大理石のテーブルには赤や黄色の美しい生花、頭上には豪華なシャンデリアが輝いている。

そのときふと目の端に映ったのは、ロビー奥の壁からじっとこちらを見つめているアガサ・クリスティの肖像だった。トーキーへ来て、はじめて目にするアガサ・マイルである。マイルとはマイルストーンのことで、トーキーにはアガサの足跡を記した〈アガサ・クリスティ・マイル〉というプレートがアガサゆかりの場所に掲げられていて、観光客の道しるべになっているのだが、気をつけていなければ見過ごしてしまうほどの小さなものだ。日本の瓦のようなかたちをしたプレートの上方に丸窓があって、そこから、顎の辺りで両手を組み、じっと前方を見つめているアガサの顔が覗いている。

案内された客室は海側一面が窓で、外にはテラスのひさしが張り出しているものの、波のきらめきが部屋の奥まで踊りこみ、白い壁に反射して落ち着かない。もっとも、こんなに日の高いうちから、部屋にこもるような客はいないのかもしれない。

それではと、さっそくポワロやマープルもくつろいだことのあるホテルのメイン・テラスに出てみることにした。絨毯を敷き詰めた廊下の端で、階段の真鍮の手すりを磨いていたホ

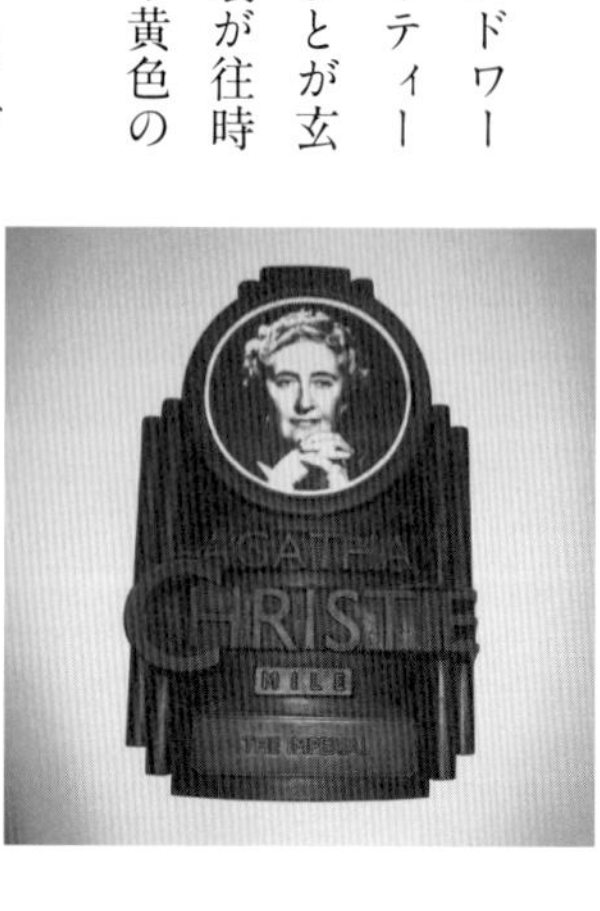

トーキーのアガサゆかりの場所では、このアガサ・マイルが観光客の道しるべになっているが、小さいのでつい見逃してしまう人も。

テルマンに尋ねると、思いがけないことにテラスはグラウンドフロア、すなわち地上階にあるという。ホテルは斜面に建っているのだから、不思議ではないのだが、屋上のような場所を想像していた私は、半信半疑で教えられた方向に向かった。

広びろとしたラウンジは、昼間は電灯も消されていて薄暗く人影はない。だがここでは、日が落ちると懐かしい調べのバンド演奏が始まり、華やかにドレスアップした老若男女がフロアでステップを踏み始めるのだ。ふと、どこからかエレガントな香水の香りが漂ってくる。アガサもこのラウンジで、午後のお茶を楽しみながらのティーダンスやディナーを楽しんだ。ラウンジの一方にしつらえられた重厚なバーカウンターやサンルームに置かれたコロニアル・スタイルの籐の椅子とテーブル、窓際のモーニングテーブル、片隅に置かれたリージェンシー様式の椅子やテーブルにも、華やかな時代の香りがある。

ホールの向こうに、海に面したバルコニーがあって、ガラス扉を開けて外に出ると、トーベイのきらめきが目にまぶしい。眼下に、新しくできたばかりなのだろう、透明な水を湛えたプールがあるが、その背後の赤い崖と、海にせり出すように生えている松の枝ぶりは、昔の写真で見るものとほとんど変わらない。

かつては重厚な石造りの広いテラスがあったところに、今ではテーブルを一列に配するのがやっとというほどの細いバルコニーがある。ポワロとヘイスティングスが優雅な休暇をすごしていたのと同じ八月に、同じ海を眺めながら、素朴な木のテーブルで冷たいレモネードを飲んでいると、バルコニーの右のほうで歓声が上がった。

結婚式の流れなのか、真っ白なスーツの胸に赤いバラの花を挿した男性や、肩もあらわな

インペリアル・ホテルのベランダからトーベイの海を望む。

ドレス姿の女性たちが、右手遥か遠くに、沖のほうまでずっと伸びている細長い岬の上空を指さして何やら叫んでいる。ワイングラスを手にした男性が、こちらを向いて「ダートマス」と叫ぶので、何ごとかと思い、立ち上がって近寄ると、岬の先端にあるブリクサムの上空あたりに、赤、白、青の飛行機雲がうっすらと崩れていくところだった。聞くと、岬のそのまた向こう側にあるダートマスのロイヤル・レガッタ・デー〔毎年八月に開催〕を祝って、飛行隊が、ユニオンジャックを描いているところなのだという。

ここトーキーは近年、ペイントン、ブリクサムを合わせて公的にはトーベイ市の一部になったが、それぞれべつの表情をもつ町である。そのトーキーを讃えるときに昔から使われてきた〈イギリスのリヴィエラ〉という呼称が、アガサの小説にはよく出てきて、話の舞台を特定する手がかりになっている。たとえば、『**エンド・ハウスの怪事件**』（一九三二、邦訳『**邪悪の家**』）には、セント・ルーという架空の町の、マジェスティック・ホテルという名の高級ホテルが出てくる。このセント・ルーという町、作中では、コーンウォールという設定になっているが、ポワロの友人のヘイスティングスが、イギリス南部の海岸でもっとも魅力的な町だとか、海水浴場の女王だとか、南フランスのリヴィエラを思い起こさせるような町、などと連発しているところを見ると、まさしくそこはトーキーをおいてほかにない。となるとマジェスティック・ホテルは、インペリアル・ホテルということになる。もっともこのセント・ルーという町、アガサがメアリ・ウェストマコットの別名で書いた、ミステリではな

古い絵葉書に描かれたインペリアル・ホテル。左頁は現在のホテルのラウンジ（左）。夕刻になるとノスタルジックな調べが流れダンスに興じる人の姿も。写真右はホテルの玄関ホール。奥からアガサ・マイルがこちらを見つめている。

い普遍小説六作のうちのひとつ『**薔薇とイチイの木**』（一九四八、邦訳『**暗い抱擁**』）の舞台にもなっていて、ここでもアガサは念の入ったことに、セント・ルーはコーンウォールの海水浴場だとことわっている。

さて、『**エンド・ハウスの怪事件**』に話を戻そう。ある夏、ポワロとヘイスティングスが一週間のバカンスを楽しもうと、インペリアル・ホテルならぬマジェスティック・ホテルのテラスに座っているところから事件は始まる。岬の崖上にあるホテルの、海を一望できるメイン・テラスからは、棕櫚の木を植えた庭が眼下に見渡せる。アガサが両親とともにこのホテルを訪れていた時代とテラスの位置はほとんど同じはずだから、私もヘイスティングスを真似て見下ろしてみると、たしかに庭らしきものがあって、小さく育ちの悪い棕櫚の木がまばらに生えているし、ささやかに切り立った崖もある。しかしポワロたちが眺めた風景と比べると、あきらかに野趣に欠けるようだ。

ポワロとヘイスティングスがこのテラスでくつろいでいるところに、ホテル近くのエンド・ハウスの女主人ニックを狙ったとおぼしき弾丸が飛んでくる。探偵をすでに引退したというポワロは、「なんども引退興行を繰り返すような舞台役者とはわけが違う」などとヘイスティングス相手に息巻いていたのだが、たちまちやる気復活、臆面もなく「比類なき世界一の名探偵」を名乗ってエンド・ハウスに乗りこんでいく。しかし事件を未然に防ぐことはできず、花火見物の夜に屋敷の庭で、ニックのいとこマギーが銃に撃たれて殺されてしまう。ニックの赤いショールを身につけていたマギーは、間違えて殺されたのか。冒険家シートンの飛行機墜落死という一見関わりのないニュースと絡んで、事件は思わぬ方向に発展する。

ふだんは質素な生活をむねとしている老婦人ミス・マープルも、『**書斎の死体**』（一九四二）と『**スリーピング・マーダー**』（一九七六）で、二度マジェスティック・ホテルを訪れている。もっとも、『書斎の死体』では、マジェスティック・ホテルは、セント・ルーではなく、デーンマスというこれも架空の町の同名のホテルということになっているから少しややこしい。

ここも海を見下ろす崖の上にある高級ホテルで、このホテルからダンス・ホステスをしている若い女が、ある夜こつ然と姿を消すのである。その女性はミス・マープルの暮らすセント・メアリ・ミード村のバントリー氏邸の書斎で死体となって発見され、友人のバントリー夫人から謎解きを依頼されたミス・マープルは、夫人に誘われてこの海辺のホテルに滞在する。スウィート・ルームにはバントリー夫妻の友人で、裕福なコンウェイ・ジェファーソンが、義理の息子や娘と泊まっていて、彼は失踪したダンス・ホステスのルビーを気に入り、養女にしようとしていたことがわかる。この高級ホテル、初老の婦人ふたりが気軽にやってくるくらいだから、セント・メアリ・ミード村からもそう遠くないということになるのだろう。

『スリーピング・マーダー』には「トーキーでのあとがき」という最終章があって、ミス・マープルは事件の当事者である若き友人夫妻、グエンダとジャイルズ、そしてブライマー警部とともに、事件解決後ホテルのテラスに座り、その青く澄み切った瞳でトーベイの遥か沖を眺めやるのである。ミス・マープルは甥で作家のレイモンド・ウエストがジャイルズのいとこに当たることから、事件に関わることになったのだが、レイモンドが、妻で画家のジョーンとグエンダを相手に喋るマープル評が面白い。「彼女は言ってみれば、まったくの時代

インペリアル・ホテルを海から見る。かつてはこの右上にエンド・ハウスのモデルになった屋敷があった。

物ってところかな。芯までヴィクトリア人なのさ。ドレッシング・テーブルの脚にはみんなさらさ木綿を巻いてるんだ」。女性の曲線を連想させる家具の脚を布で覆ったというヴィクトリア朝的な慎みをからかいの種にしたのだろうが、ミス・マープルがほんとうにそんなことをしていたかどうかは疑わしい。やがてミス・マープルに引き合わされたグエンダの目には、「ほっそりと背が高く、ばら色の頬と青い目をした、優しく、だけど神経の細やかな老婦人」に映ったという。

この『スリーピング・マーダー』がミス・マープル最後の事件簿として世に出たのは、アガサが亡くなった年だったが、書かれたのは第二次大戦中のことだった。タイトルから想像できるように、心底に眠りつづけていた殺人の記憶が、ある日、意識の表層にふつふつと浮き上がってくる、という恐ろしい話である。夫よりひと足先にニュージーランドからプリマスに入港したグエンダは、これから新婚のふたりが暮らす家をイングランド南部で探そうと思い立つ。そして小さな海辺の避暑地ディルマスへ車で向かい、町外れに、白く美しいヴィクトリアン・スタイルの売り家ヒルサイド荘を見つける。そしてこの家が、グエンダの幼い頃の恐怖の記憶を揺り起こすのである。

このディルマスという町の名、シドマスとかダートマスという実在の町の名を思い起こさせるが、ここはダートマスではないという断りが作中にわざわざ書きこまれている。ディルマスには丘に沿って新しい家が立ち並び、ホテルや映画館や海岸の散歩道も作られ、遊覧バスで客がやってくるようになったが、海岸に丘が迫っているせいで町が広がらずにすんだというから、やはりどこかトーキーを思わせる。ミス・マープルが海岸の遊歩道を渡り、アー

ホテルの坂下には、五〇年の営業を誇るフィッシュ・アンド・チップスの店があって行列が絶えない。

ケードの脇を丘へ上がるフォアー通りを歩いていくと、手芸洋品店や菓子屋やヴィクトリアン・スタイルの装身具店や洋服店が並んでいるさまも、トーキーの海岸通りのアーケードと、その先を丘のほうに折れたところにある、アガサお気に入りのフリート街やストランド通りを髣髴させる。しかし、わざわざ最終章に「トーキーでのあとがき」などというタイトルをつけているところをみると、事件が起きたのはトーキーではありませんよ、というアガサの念押しと読み取れないでもない。

先ほど述べた『**エンド・ハウスの怪事件**』で、心優しいマギーが庭で殺されたエンド・ハウスは、かつてインペリアル・ホテル近くの崖上にあった実在の屋敷ロックエンド・ハウスをヒントにしたとも言われている。夕方、付近を散策してみることにした。物語では、ホテルの正門を出て、右手の急勾配の丘を登ったその頂にエンド・ハウスへ通じる私道があり、海を見晴らす広い庭と、崖下の海につづく急勾配の石段があることになっている。じっさいも、ホテルの右手にビーチへ向かう道と、さらに上に向かう車の道とがあって、水辺に下る細い道を歩いていくと、ホテルを側面から見上げる場所に出る。水際にはかつてのホテルの礎石の跡か、古い建造物の瓦礫が残り、心なしか荒廃した眺めである。背後の切り立った崖のふもとにはピンクの昼顔が咲き乱れ、見上げると〈ヴィラ〉と表札の出た、大きな個人の別荘がある。エンド・ハウスのように花火見物には格好の場所に違いない。

そんなことを考えながら部屋に戻って休んでいると、夜になって、とつぜん花火の音が響き渡った。ベランダに出て首を伸ばしてみるが、樹木の陰になってよく見えない。あたりを揺るがすような音が響き渡ると、黒い大樹のシルエットのなかから、鳥たちが群れになって

トーキーの海岸沿いには、小さなテント張りの店が軒を連ねて果物や野菜を売っている。左頁は、トーキーのヨットハーバー（右）と、伝統を誇るロイヤル・トーベイ・ヨットクラブの食堂。アガサの父もここの常連だった。

いっせいに飛び立った。樹木のむこうに赤や緑色の火玉が大きくはじけ飛んで、まるでクリスマスツリーのようだ。どうやら湾のなかほどから打ち上げられているらしい。土曜日から三日間休みがつづいたので、バンクホリデーの最後を彩る花火なのか、それとも、ダートマスよりひと足先に行われたトーキー・レガッタで最高潮を迎える夏のバカンスシーズンの終わりを告げる花火なのだろうか。子ども時代のアガサもこの花火を楽しみにしていたという。

♣ビーコン・コウヴ♣

トーキー駅からインペリアル・ホテルに向かうときに車で通った坂の途中に、ビーコン・コウヴ・テラスと呼ばれる高台がある。ビーコンには合図の烽火とか信号、見張りの塔という意味があり、コウヴは海岸にある崖の窪みのこと。この丘陵の下にあるビーコン・コウヴから、先に述べたようにプリンス時代のエドワード七世が上陸したというから、かつては船を導くための灯台のようなものがあったのだろう。坂の下までフィッシュ・アンド・チップスを売る店や土産物の店が立ち並び、海浜の保養地らしい賑わいを見せているが、一歩坂を上ると観光客の姿はぱたりと途絶える。このビーコン・コウヴ・テラスの崖の石にも、ひっそりとアガサ・マイルがつけられている。このテラスには一時期、詩人ロバート・ブラウニングの妻で詩人のエリザベス・バレットが、病気の保養のために住んでいたこともあった。

アガサの父フレデリックは、テラスの下にあるロイヤル・トーベイ・ヨットクラブのメンバーだった。ロイヤルの語を冠していることからもわかるように、ヴィクトリア女王の時代からつづく由緒あるヨットクラブである。フレデリックは、働かないことを旨とする紳士階

級に属していたから、シーズン中は毎朝ここへやってきては昼食まで時間をつぶし、いったん帰宅して昼食をとったあと、また戻って仲間たちとトランプのホイストをしたり、シェリーを飲んだりしながら談笑にふけったという。馬車を雇うこともあったが、ここからはほぼ町の反対側にあるバートン・ロードの屋敷から、起伏の多い道を、途中なじみの骨董屋に立ち寄りながら、徒歩で往復していたというから、その健脚ぶりには驚かされる。

権威あるクラブとはいうが、表から見ただけでは、とくに格式ある建物とも思えない。もちろん部外者は立ち入ることができないのだが、案内を請うと、たくましい腕をした女性が、日焼けした笑顔で迎えてくれ、狭い階段を二階に導いてくれた。

なるほど二階の部屋へ足を踏み入れると、表からはうかがい知れない重厚さがある。広びろとしたダイニングルームの一隅にパブがあって、昼間から大ジョッキを片手に大声で談笑する男たちの姿があり、なかにはパーカーを羽織った女性の姿もまじっている。「今では女性会員もいっぱいいるの、階段の左手に女性用のバスルームができたの。でもね、そちらの部屋だけは、今も女子禁制なのよ。入り口から見せてあげるわね」とドアノブをまわしたが、ロックされているらしく開かない。「残念、誰かが鍵をかけちゃったわ、すっごく大きなビリヤード台があるんだけど、男性専用なの。ひと月前に、女性が知らずに入っちゃって、大騒ぎよ」。ヒューッと息を吸い、彼女は豊かな胸を上下させながら笑った。

奥のセレモニー用の広間には、壁一面に金色に輝くトロフィーが並べられ、若き日のエリザベス二世女王陛下と夫のエジンバラ公の大きな写真が掲げられている。不思議なことに、このヨットクラブはアガサの作品に一度も出てこない。そう口にすると、「女王様に敬意を

ヨットクラブの建物正面。左頁はもはや往時の華やぎを失ったビーコン・コウヴ・ビーチ。ビーコン・コウヴ・テラスの石垣にもひっそりとアガサ・マイルが。

表したんでしょう、伝統あるクラブで殺人なんてねえ」と彼女は肩をすくめた。

じつはアガサの父がここへ足しげく通ったのには、もうひとつ理由があった。それはクラブの窓から海を、というよりそこで泳いでいる女性たちを眺める楽しみがあったからだ。ヨットクラブの前は、インペリアル・ホテルにつづく左上がりの坂になっているが、その道向こうの落ちこんだ場所に、ビーコン・コウヴ・ビーチの小さな入り江があり、アガサの少女時代には女性専用の小さな海水浴場として使われていた。複雑な海岸線をもつトーベイ一帯には、入り江ごとに海水浴場があって、ここからさらに東にあるミードフット・ビーチの砂地もアガサのお気に入りだった。しかし、アガサの父と仲間たちにとってこのビーコン・コウヴ・ビーチがとくべつだったのは、沖合に小さな筏が組まれていて、そこに泳ぎ着いて休息する女性たちの露わな水着姿を、双眼鏡で眺める楽しみがあったからだという。当時、女性はベイジング・マシーン、つまり水浴車のなかで長靴下に長いワンピース型の水着に着替え、男たちや馬の力で車ごと水中まで引き入れてもらい、水着姿を人目に晒さないようにしたものだが、この筏まで泳いだあとは靴下はずり落ち、あられもない姿になったのだという。

今では道路下の、日の差しにくい小さな入り江はどこか陰うつで、こんな場所で水浴びをするような酔狂な人間がいるとは思えなかった。右手には、ネットで覆われた、いささかわびしい鳥の楽園ならぬ、人工の巨大な鳥かごが作られていて、日になんどか大勢の観光客がバスで運ばれてくる。周辺に、怪鳥のようなかん高い鳥の鳴き声が響きわたる。旅の疲れが出てきたようだ。今夜はゆっくり休んで、明日はいよいよアガサの生まれた場所を訪ねてみよう。

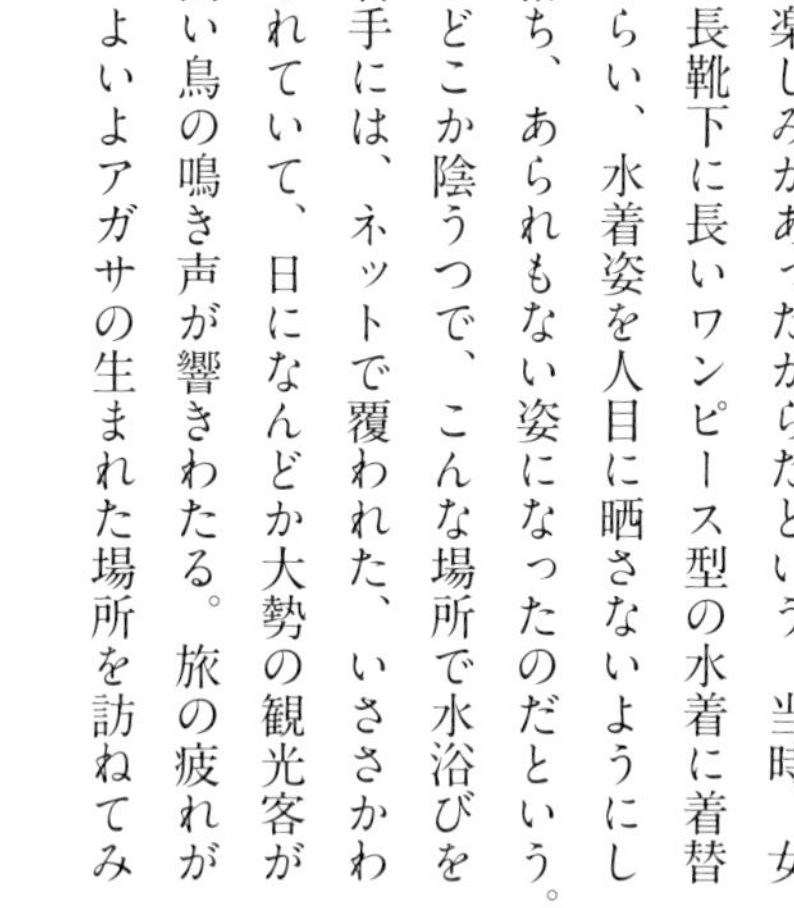

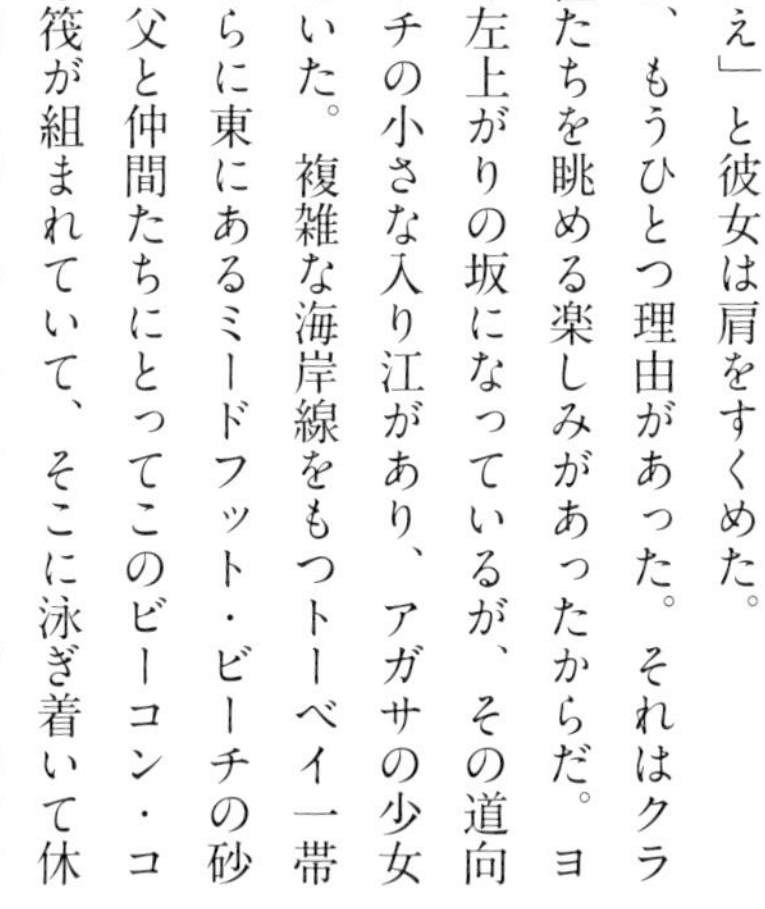

3
懐かしい記憶 続・トーキー

『運命の裏木戸』
『ABC殺人事件』
『マギンティ夫人は死んだ』
『おしどり探偵』

♣ バートン・ロード ♣

アガサの生家アッシュフィールドは、トーキーにある七つの丘のひとつマウント・スチュアートの、海岸からはやや北に奥まったバートン・ロードの中腹にあった。丘の麓にはトァ（Torre）駅があって、アガサはよくこの駅を利用したが、父のフレデリックも、駅前で馬車を拾ってはヨットクラブなどへ出かけていたという。小さな駅舎はもともとサウス・デヴォン鉄道のトーキー（Torquay）駅として作られたが、一八五九年に新トーキー駅の建設とともに現在の駅名に変わった。昔の面影を残す駅舎のプラットホームには古い旅行鞄が積み上げられていて、ノスタルジックな情緒をかもし出している。

当時のバートン・ロードはトーキーの町はずれで、背後は牧草地や畑につながっていた。大きな邸宅がいくつか建っていたが、そのひとつアッシュフィールドも、ヴィクトリア時代

トーキーの街
Barton
Cricket Club
Cricketfield Rd.
Barton Rd.
Ashfield
Torre
Town Hall
Avenue Rd.
Torre Abbey
Torbay Rd.
Torquay Museum
Pavilion
Torwood St.
Torquay
Royal Torbay
Yacht Club
The Imperial

の風格ある構えの屋敷だった。アガサの小説にもイチイ荘とか月桂樹荘、カラマツ荘という名が出てくるように、英国には植物の名にちなんだ屋敷の名前が多い。必ずしもそこに植えられている植物と関係があるわけではないというが、アッシュフィールド屋敷にはその名のとおり、トネリコの群生が林を作っていた。斜面になった芝生の庭にも、ヒイラギやブナやヒマラヤスギ、セコイヤ、モミの木などが生い茂り、菜園には木イチゴや青リンゴがたわわに実っていた。この豊かな庭の記憶は、アガサを生涯幸福な思いで満たした。アガサは幼年時代と娘時代をここで過ごし、結婚後も、第一次大戦の開戦とともに夫アーチーが戦地に赴くと、この屋敷で母親と暮らしながら、タウンホールで傷病兵の看護や薬局での任務についた。アガサの一人娘、ロザリンドも一九一九年にここで生まれている。

　海浜の保養地として人気のあったトーキーには文人たちも数多く訪れ、『獄中記』で有名な劇作家のオスカー・ワイルドも、同性愛の罪を負う原因となった美青年アルフレッド・ダグラス（ボジー）とともに暮らしたことがある。アッシュフィールドには、『ジャングルブック』で知られるラドヤード・キプリングやヘンリー・ジェイムズなどが食事に招かれてやってきた。『**自伝**』によれば、母のクララがヘンリー・ジェイムズのことを「気取り屋」だと言ったり、「キプリングはどうしてあの奥さんと結婚したのかしら」というような噂話をしていたことを、アガサは幼心に覚えていたという。

　また、近くのオークヒル・ロードには、『赤毛のレドメイン家』で知られるミステリ作家のイーデン・フィルポッツが住んでいて、アガサは少女時代、母の勧めで「砂漠の砂」と題する習作を彼に読んでもらい、生涯で初めて創作の手ほどきを受けた。『**エンド・ハウスの**

アガサの生家アッシュフィールド跡を示す青色の標識が二〇〇七年にバートン・ロードに置かれた。

怪事件』には、そのフィルポッツへの献辞が記されている。彼の名は日本ではあまり知られていないが、代表劇「農夫の妻」は、アルフレッド・ヒチコックによって一九二八年に映画化されている。人間心理の劇とも言われる深い味わいの作品も多い。

バートン・ロードは、屋敷の区画も当時とはまったく違い、うっそうと庭木が生い茂っていたという往時の面影はどこにも残っていない。ややカーブしながら緩やかに傾斜した道からも、海のきらめきはほんのわずかしか見えない。空と海とのあわいを見定めながら坂道を歩いていると、コーンウォールのセント・アイヴズでヴァージニア・ウルフの別荘を探しながら歩いた道をふと思い出した。高台の別荘から揺曳《ようえい》する海の光を眺めて過ごした少女時代の記憶を、ウルフは『燈台へ』という珠玉の名編に結晶させたが、アガサの心にはどんな光がきらめいていたのだろうか。二〇〇七年にアッシュフィールド跡を示す小さな石碑が道路わきに建てられたが、その場所からずっと下ったところに、屋敷のいちばん低い場所を示す古い石垣が残っており、菜園や林やテニスコート、クローケーのためのグリーンまであったという庭の広さがおよそ推測できる。

当時の屋敷の姿をもっともよく伝えているのは、アガサの実質上の絶筆**『運命の裏木戸』**（一九七三）である。**『秘密機関』**（一九二二）で初登場した二〇代のトミー・ベレズフォードとプルーデンス・カウリイ、通称トミーとタペンスのカップルが、結婚しておしどり探偵夫婦となり、今や七〇代半ばの引退の身となって、トーキーがモデルのホロウキイという町に広い庭つきの屋敷、月桂樹荘を買い、ロンドンから移り住んできたところから、過去の殺人事件に首を突っこむことになる。先住者が残していった子ども向けの本、ロバート・ルイ

屋敷跡のいちばん低い場所に残る石垣。広大な庭には果樹園やうっそうとした林もあった。

ス・スティーヴンスンの『黒い矢』のなかに、アレグザンダーと署名した幼い文字で「メアリ・ジョーダンの死は自然死ではない」と謎めいた書き込みがあったのだ。このホロウキイという町、漁村として栄え、その後はイギリスのリヴィエラとして発展し、八月になると避暑地として賑わうとある。しかも、夫妻が購入したこの古い屋敷にはアッシュフィールドの面影が細部に投影されており、アガサが幼い頃、遊びに使ったマチルドやトゥルーラヴという名の木馬も、作品に重要なモチーフとして使われている。

『自伝』によれば、一九三八年に屋敷を手放したあとも、アガサはこの思い出の家がそのままの姿を永遠にとどめているものと、なぜか思いこんでいた。ところが屋敷は一九六二年に新しい所有者によって取り壊されることになり、それを伝え聞いたアガサは、屋敷を買い戻したいと願ったが、もはや手遅れだったという。

バートン・ロードを登りつめ、そこからやや下ったところにバートン・クリケットクラブがある。クリケット場としては一八世紀から使われていたというが、正式にクラブが発足したのは一八五二年で、一五〇年以上の歴史をもつ由緒あるクラブである。父親のフレデリックが会長を務めていた関係から、アガサも家族と一緒によくここを訪れた。クラブ前に生えているオークの下に座り、スコアをつけて楽しんだこともあるという。隆起した幹の根元から太く枝分かれしたオークは、今も深ぶかとした木陰を作り、下生えの草が青く茂っている。ここ数年つづいた酷暑のせいか、グリーンはまばらに剥げ落ちている。アッシュフィールドが姿を消したあと、アガサはこのオークの下に立って、昔を懐かしんだというが、今アガサがこの場所に立ったら、いっそうの寂しさに襲われるのではないだろうか。

バートン・クリケットクラブには、アガサが木陰に座って観戦したオークの樹と古いクラブハウスがそのまま残っている。

♣ オール・セインツ・トァ教会 ♣

アッシュフィールドの坂下にあるオール・セインツ・トァ教会は、アガサが洗礼を受けた教会である。教区の人びとの寄進によって教会が建造されたのは一八九〇年九月のことで、なかでもアガサの父は多額の資金と、精巧な刺繍をほどこした儀礼用服を寄贈した。アガサが洗礼を受けたのは、完成から二か月後の一一月二〇日のことである。石造りの建物は、素朴だがどっしりとした風格があり、灰色の石畳の道に溶けこんで美しい。デヴォン特有の淡く赤味の差した石の壁面は強い日差しを受けて、まわりの街路樹の鮮やかな陰影を刻んでいる。英国国教会のなかでも、厳格な教義や古いしきたりを重んじることで知られる高教会派（ハイチャーチ）のこの教会には、アガサの小説によく描かれる、のどかな教区教会とは違った、厳かな雰囲気が漂っている。

ふだんは日曜日の礼拝が行われる時刻に教会は開かれて、誰でも入ることができる。毎年九月の半ばには〈アガサ・クリスティ・殺人ミステリ・ウィーク〉という催しが、トーベイ・カルチュラル・パートナーシップの主催で開催されているが、この教会でも、期間中に見学者を受け入れている。

アガサの洗礼書の写しは、ふだんも内陣にある大理石の洗礼盤の右手の壁に掛けられていて、そこには「一八九〇年九月一五日。名前、アガサ・メアリ・クラリッサ・ミラー。生誕地、バートン・ロード、アッシュフィールド。両親の名、フレデリック・ミラー、クラリッサ。父の職業、ジェントルマン」と記されている。ちなみにアガサのクラリッサという名は母から、メアリの名は祖母から譲り受けたものである。教会の小さな庭には、可憐な花が咲

アガサが洗礼を受けた、美しい石造りのオール・セインツ・トァ教会。

き乱れていて、いかめしい石造りの建物や頑丈な扉にささやかな彩りを添えている。

教会から見て東の方角にあたるタウンホールは、両大戦の折、赤十字病院として使われた。第一次大戦時は、夫アーチーの出征中、ここでアガサは篤志看護婦隊支部のメンバーとして一九一六年まで働き、その後、裏手の建物に置かれていた調剤部門に移ってからは、薬学の勉強を始め、これがミステリ作家アガサ・クリスティ誕生のきっかけとなった。

♣ トーキー・ミュージアムとトァ・アビー ♣

トーキー・ミュージアムは、一八七六年に開館したデヴォン最古のミュージアムである。観光客で賑わう海岸通りのアーケードを折れて坂を上り、アガサもよく訪れていたというショッピング街ストランドとその上のフリート街を抜け、トーウッド・ストリートの坂を登る途中にある。歴史を感じさせる灰色の石造りの歴史博物館で、正面に鮮やかな色の旗や看板が掲げられているが、建物自体はそれほど大きくないから、見過ごしてしまう人もあるかもしれない。入り口の石段の左手には、アガサ・マイルが掲げられている。海岸から離れているせいか、それとも三ポンドの入館料のせいか、思いのほか見学者の姿は少ない。ここはもともとトーキー自然史協会（現、トーキー博物館協会）の発掘品を展示するために作られた博物館で、とくにケンツ洞窟の発掘に大きな貢献をした考古学者ウィリアム・ペンゲリーゆかりの品が数多く展示されている。ケンツ洞窟は一八六五年にペンゲリーによって発掘が開始され、その後、長年にわたって調査、研究が進められたが、ここで発見された人骨は何と三五万年も前のもので、英国における最も重要な考古学上の発見だと言われている。じつは

アガサが第一次大戦時に篤志看護婦として働いたタウンホール。その後アガサはこの裏手にあった薬剤部門に移り毒薬の知識を得た。

この発掘調査に多額の寄付を投じたのが、一八九四年にトーキー自然史協会のフェローに推挙されたアガサの父フレデリックだった。ということで、トーキー・ミュージアムには、彼自身の発掘品や研究ノートも展示されている。

『茶色の服の男』（一九二四）では、語り手のアンが考古学者の娘で、彼女の父親は、町の小さな博物館の館長とともに、リトル・ハンプスリーという名の大洞窟で発掘調査をしている。やがてその父が亡くなり、身寄りのないアンはロンドンに出て、地下鉄のホームで殺人事件に巻きこまれ、やがてアフリカへ冒険の旅に出ることになる。父が死んだときアンは、「せめて遺体をトナカイの絵や石器類とともに郷里の洞窟に埋めてやれたら心が休まるのに」と思うのだが、周囲の人びとの反対で、村の教会墓地に大理石の墓碑を立てて埋葬する。アガサの、早世した父親への思いがこめられているのだろうか。この小説では、ロンドンから列車で三〇分のところにあるマーロウのミルハウスで、もうひとつの死体が発見される。マーロウという地名、釣り好きの人なら耳にしたことがあるかもしれない。アイザック・ウォールトンが、太公望のバイブル『釣魚大全』を執筆したコンプリート・アングラー・ホテルのある静かな町である。ホテルの対岸に小さな古い教会があり、傾いた墓石が点在していて、**『親指のうずき』**（一九六八）でタペンスが子どもの墓石を探すシーンが思い出される風景である。

トーキー・ミュージアムには、デヴォンの歴史資料、戦争関係の記録、ヴィクトリア時代のコレクションなどが展示されている。しかしこの博物館の名が広く知られるようになったのは、一九九〇年にアガサの生誕百年を記念して、アガサ・メモリアル・ルームが設置され

街中で見かけた、アガサ・クリスティ・フェスティバルの看板（左）とトーキー・ミュージアムのポスター。

てからである。記念室にはアガサの生涯を写真でたどるコーナーが設けられ、昔のアッシュフィールドの写真やローラースケートに興じるアガサの写真などが飾られている。また一九五〇年代から六〇年代にかけてアガサが愛用したというミンクのコートが飾られていて、〈毛皮のコートは今でこそ批判の対象だが、当時は着用しても問題はなかった〉というほほえましい但し書きも添えられている。さらにハードカバーの初版本や、映画やドラマの資料を展示するコーナーもあり、こちらには、生誕百年を記念してトーキー駅でデイヴィッド・スーシェ扮するポワロと、ジョーン・ヒクソン扮するマープルが出会いを果たしたときに着用した衣装が展示されている。ポワロの薄いグレーのスーツには襟元に赤いバラの花が飾られ、濃いグレーのチョッキと蝶ネクタイが、おしゃれにこだわるポワロの姿を髣髴させる。マープルの衣装はグレーのスーツ、茶色の帽子、薄いグレーの手袋、茶色の靴とバッグ。じっと見ていると、まるでそこに物語のなかのマープルがたたずんでいるように思えてくる。

二〇〇六年に私が初めてここを訪れたときには、**『カリブ海の秘密』**（一九六四）のエクササイズ・ノートが置かれていて、意外にもナイーヴなアガサの文字で走り書きがされていたのを見たし、またブルーのインクで打ったタイプ原稿には、紺色のインクで手書きの修正が加えられていた。アガサがジョーン・ヒクソンに宛てた手紙には、彼女の舞台での演技を讃え、アガサの作品がドラマ化されることになったあかつきには、ぜひミス・マープル役をやってほしいという願いが綴られていたし、ポワロがヘイスティングスに宛てたという設定の手紙を、撮影用にデイヴィッド・スーシェ自らが認めた手紙もあった。しかし、二〇〇九年からアガサの旧邸グリーンウェイ・ハウスが一般公開されるにあたり、これらの資料はそち

マーロウのコンプリート・アングラー・ホテルと対岸の教会墓地。

らに移された。一階のショップの片隅には、まるでアガサの世界から抜け出してきたような、黒いスーツ姿の堂どうたる体躯の老紳士が店番をしていた。隅の壁には、これも売り物なのだろうか、大きなアガサの写真が貼られている。

じつはトーキーには数年前まで、アガサの資料展示室がもうひとつあった。バートン・ロードから海の方角に下ったところに、トーキーに残存する建築のなかで最も古いトァ・アビーという大修道院跡がある。ここのアボッツ・タワー、すなわち大修道院長の塔と呼ばれるタワーの時計台の真下部分に、かつては書斎だった小部屋があり、ここがアガサ・クリスティ記念室として使われていたのである。アガサが愛用した一九三七年製のレミントン・タイプライター、ペン書きで手を入れたタイプ原稿、プロットのアイディアを書きとめたノート、家族の肖像画や写真、愛蔵書などが展示されていたが、これらの展示品もグリーンウェイ・ハウスに移され、海の方角に面したテラスの石段のふもとに、アガサ・マイルだけがぽつりと残されている。

ここは一一九六年に建てられた修道院だというから、獅子心王の名で知られるリチャード一世の御世のことであり、日本では鎌倉時代の初めにあたる。当時あたりには目ぼしい建物もなく、背後に緑豊かな丘陵を抱えた高台にぽつんと建っていたらしいから、トーベイの眩しいきらめきがすぐそこにあり、船からもアビーの美しい全容を遠望できたはずだが、今ではプレイグラウンドに遮られ、海岸線からはやや奥まっているような印象を受ける。美しい緑の芝生の向こうには空高く気球が上がり、移動遊園地が夏の終わりを彩り、小さな子どもたちが歓声を上げていた。トーキーでは、先に述べたように毎年八月末にトーキー・レガッ

トーキー・ミュージアムの古色蒼然とした建物とアガサ・グッズや本が置かれている売店。奥の本棚からアガサの写真がこちらを見つめている。

タが催されているが、子ども時代のアガサも、祭りの夜を飾る花火とともに、レガッタ・フェアーと呼ばれる市、そして移動遊園地のメリーゴーラウンドやローラーコースターを何よりも楽しみにしていたという。

一六六二年からは、ケアリー一族が二五〇年以上にわたり、この修道院を屋敷として暮らしていたが、一九三〇年にトーキー・バラ・カウンシルに売却され、現在は、ヴィクトリア時代の家具や絵画、トーキーゆかりの品を展示する歴史ミュージアムになっている。エリザベス二世の即位二五年を祝うシルバー・ジュビリーや、名誉革命の折にオランダからやってきたオレンジ公ウィリアムが、ブリクサムに上陸してから三百年が経過したことを祝賀するパーティーなどには、女王自身もここを訪れている。

トーキーでいちばん古いトァ・アビーには、かつてアガサの展示室があったが、遺品がグリーンウェイに移された今では、どこか寂しげ。

♣ プリンセス・ガーデン ♣

トーキーの町の中心部を占めるのは、海岸沿いに広がるプリンセス・ガーデンである。プリンセスというのは、ヴィクトリア女王の七人の子どもたちのうちの五子ルイーズ王女のことで、この公園は一八九〇年五月六日に王女がトーキーに来訪したのを記念して作られた。もともと沼地だったところに大量の荒石や土砂を埋める大工事だったというが、今では芝生と花壇が広がる美しい庭園に姿を変えている。

この公園は、『**ABC殺人事件**』（一九三六）の一場面として使われた。事件はポワロのもとにＡＢＣと署名された殺人予告の手紙が届くことから始まる。犯人の予告通りＡＢＣのアルファベット順に、アンドーヴァー、ベクスヒル・オン・シー、チャーストン、ドンカスターという実在の土地で、同じアルファベットが頭につく人物が殺される連続殺人事件である。ここトーキーに近いチャーストンでは中国陶磁器の名高い収集家であるカーマイケル・クラーク卿が屋敷から散歩に出たところを、頭を叩き潰されて死ぬ。

一方、何をやっても不運つづきのアレグザンダー・ボナパート・カストはストッキング売りの青年。この予告殺人に巻きこまれ、やがて犯人と目されて逮捕される。不思議なことに、事件が起きる場所にいつも居合わせることになるカスト青年は、このときもトーキーに滞在していて、映画館で時間をつぶしたあと、このプリンセス・ガーデンに足を踏み入れ、事件を報じた新聞を、プラカードを手に売り歩いていた男から買い、海に面したベンチに座って読む。私もカスト青年を真似てベンチに腰をおろし、しばらくあたりを眺め渡した。カモメの甲高い鳴き声が頭上に響き渡る。芝生に寝転ぶ青年、おぼつかない足取りで駆けまわる幼児。あたりは喧騒に満ちている。大きな体躯のセントバーナードと真っ白な毛並みのペキニーズが夢中でじゃれあい、それを懸命にとめようとする飼い主たちの姿に、周囲から笑い声がもれる。殺人事件が起きたのは一九三五年、今から七〇年以上も前のオフシーズンのことだから、あたりには、ほとんど人の気配はなかったのかもしれない。

カスト青年が映画を観たのは、プリンセス公園近くの繁華街だが、**『マギンティ夫人は死んだ』**（一九五二）に描かれているのも同じ場所である。南デヴォンのブローディニー村で、マギンティ夫人を撲殺した容疑で間借り人のジェイムズ・ベントリーが逮捕され、死刑の判決を受ける。しかし納得のいかないスペンス警視は、ポワロに真相解明を依頼し、ポワロは現場に赴くのだが、そのとき彼もまた、事件の手がかりを求めて、トーキーをモデルにした

トァ・アビーの階段隅には、アガサ・マイルだけがぽつりと残っている。

カレンキーという町の芝居小屋に足を運ぶのである。ちょうどこの地を訪れていたアリアドニ・オリヴァ夫人も、現地の劇作家ロビン・アップワードとともに、カレンキーの実験劇場を訪ねている。おそらくカスト青年と同じ道を、プリンセス公園の花壇や、トーベイの海を眺めながら、ポワロもオリヴァ夫人も歩いたに違いない。

プリンセス公園から海に突き出た美しい木の桟橋もまたプリンセス・ピアと呼ばれている。同じく一八九〇年に、ルイーズ王女がこの場所に礎石を置いて工事が開始され、一八九四年にオープンした。娘時代のアガサが二ペンスの料金を払って、ローラー・スケートに興じたという場所である。ロングスカート姿で大きな帽子をかぶり、ローラー靴を履いたアガサの写真が、トーキー・ミュージアムに展示されている。今ではもちろんスケートは禁止されており、木の床がささくれだっていて危険なためかと思ったが、造られた当時も今と同じ状態であったらしい。かつてはピアの端に音楽ホールがあって、冬場は室内リンクとして開放されていたというが、一九七四年の火事で焼失した。

翌朝早朝にもう一度、このピアを歩いてみた。初老の男女が腕を組んで散歩をしている。犬を連れた女性がいる。釣りは禁止されているが、まだ七時だというのに、先端には釣り竿がひしめいている。人だかりがしているので近づいてみると、ロボットのような真鍮製の潜水具を身につけて、小船から潜水しようとしている男性がいる。傍らの男性が言うには、古式の漁を楽しんでいるのだという。ふと振り返ると、長い竿を肩にかつぎ、銀色に光る一匹の釣魚を入れたビニールの袋を握り締め、急ぎ足で歩いている男性がいる。「朝食だよ、急いで帰らないとワイフに叱られるんだ」と、笑いながらこちらに手を振った。

娘時代のアガサがローラー・スケートを楽しんだプリンセス・ピア。左頁はプリンセス公園（上）とパビリオン（左下）、そして当時の面影を残す内部の装飾。アガサはここで催された演奏会でアーチーにプロポーズされた。

桟橋の両側には優美な白いベンチがずらりと設えられている。ブライトンや、ここトーキーなど、海岸の保養地に残るこうした巨大な桟橋は、一九世紀末から二〇世紀初頭にかけての海浜のレジャーブーム時代に、大型汽船を横づけするために建造された。一時は人気を博したが、本格的な鉄道時代の到来とともに、船が停泊することのなくなった桟橋は、遊園地や遊歩道などにつぎつぎと姿を変えていった。夜になると柔らかな光に包まれ、華やかな時代の郷愁が漂う。ジェイムズ・アイヴォリー監督によって映画化された、カズオ・イシグロ原作『日の名残り』のラストシーンの、雨に煙る夕暮れのピアの情景を記憶に刻んでいる人も多いことだろう。

プリンセス公園の東の端には、一九一二年にコンサート・ホールとして建てられ、トーキーがリゾート地として黄金時代であったころに、社交の中心となっていたパビリオンが

往時のままの姿で建っている。エドワード・エルガーをはじめ、トマス・ビーチャム、エイドリアン・ボールト、ヘンリー・ウッドらそうそうたる顔ぶれの音楽家や指揮者が、このホールの壇上に上がった。アガサは一九一三年一月四日に、アーチーとともに、このホールで「トリスタンとイゾルデ」を聴き、その夜プロポーズされた。知り合って三か月目のことだった。ふたりの愛を記念して、この建物の側壁にもアガサ・マイルがつけられている。パビリオンで最後のコンサートが行われたのは一九七六年一〇月のことで、その後しばらくアイス・リンクとして使われたが、現在は観光客向けのショッピング・モールに姿を変えている。しかし外観はそのままで、有名な高級陶磁器メーカー、ロイヤル・ドルトン社製のクリーム色のストーンウェアが壁に貼りつめられ、アールヌーボー様式の鉄製の飾りがドームを取り巻いている。内部も、天井の漆喰の浮き彫りや柱などは当時のままに残され、往時の優美さを伝えている。

パビリオンの近くには、ツーリスト・インフォメーション・センターがあり、アガサ・マイルを記した案内パンフレットが置いてある。このツーリスト・センターと背中合わせにあるのが〈アガサ・クリスティ・ショップ〉で、入り口は別だが、なかでひとつにつながっている。ここではアガサ関連の本を始め、さまざまなアガサ・グッズを扱っている。カウンターの女性に、オール・セインツ・トァ教会への道がわかりにくかったと言うと、手もとの白い紙に地図を書き始めた。どこから始まり、どこで終わるのかわからない線が、くねりながら交わるまさに迷路で、方角も高低差も定かでなく、いかにも起伏の多いトーキーならではの地図だった。思わず笑うと、彼女も「わけがわからなくなっちゃった」と肩をすくめた。

店の前には、ブロンズの胸像、アガサ・クリスティ・メモリアル・バストが立っている。一九九〇年に生誕百年を記念して、イングリッシュ・リヴィエラ・ツーリスト委員会の発案により、オランダ人アーティスト、カロル・ファン・デン・ブーム＝ケアンズが、アガサ六〇歳のときの写真をもとに制作したという。この像の前を日になんども通ったが、時刻によって影の差す位置が変わると、力なく物思いにふけっている表情に見えることもあれば、元気に笑っているようにも見える。口のまわりには、なぜか髯が生えているような皺が刻まれていて、当人から見れば、あまり嬉しい出来栄えではないのではと思われた。まわりは、フィッシュ・アンド・チップスやアイスクリームなどを手にした観光客でいっぱいだが、胸像の存在に気づかない人も多い。二人連れの白髪の女性が、「まあ、こんなところに、アガサ・クリスティがいるわ」と嬉しそうに近寄り、頬をなでさすっていたのが印象的だった。

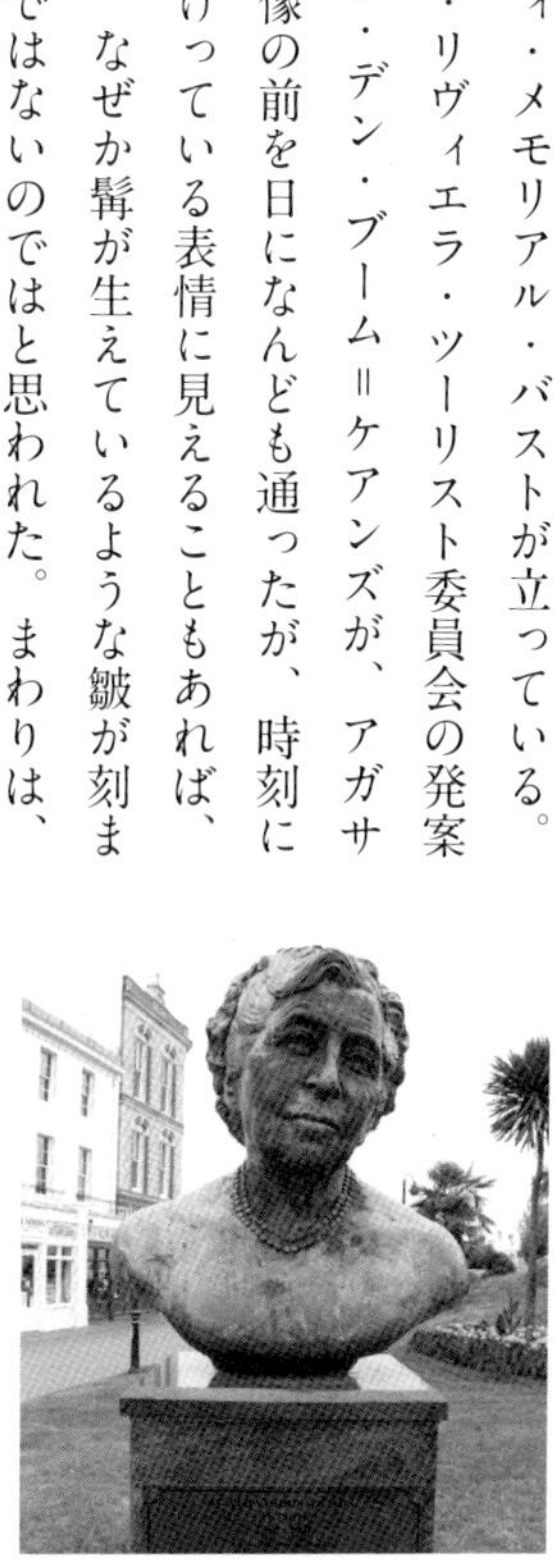

アガサ・クリスティ・ショップ（右頁）とアガサのメモリアル・バスト。

♣グランド・ホテル♣

トーキー駅のすぐ傍に一九〇八年にオープンしたグランド・ホテルは、アガサがアーチーと新婚の夜を過ごしたホテルである。すぐ隣のグリーンでは、老人たちがそろいの白いユニフォームを着て、ローン・ボウリングを楽しんでいる。海沿いの道には色とりどりの店が立ち並び、菓子や果物や、フィッシュ・アンド・チップスや、あやしい東洋風のアンティークの品などを売っている。目の前のビーチは、トーキーでいちばん広い海水浴場トァロード・ビーチで、海浜小屋（ビーチ・ハット）と呼ばれる色とりどりのバンガローが立ち並んでいる。南デヴォンの浜辺では、よく見られる光景で、「**海浜の午後**」（『**三つのルール**』

一九六三、邦訳『**海浜の午後**』所収）という戯曲を思い出す読者もあるだろう。近くのホテルで盗難にあったエメラルドのネックレスをめぐるひと騒動が、砂浜に建てられた三軒のビーチ・ハットを舞台に繰り広げられるコメディ・タッチの芝居だ。

このトァロード・ビーチに面して、グランド・ホテルの白いレトロ調の建物が建っている。ホテルの傍らにはパームの木が生えていて、南仏のような異国風の情緒を漂わせている。アガサは、一九一四年のクリスマス・イヴに、母の許しを得ないまま、夫アーチーの両親が暮らすブリストル郊外のクリフトンへ行き、翌日、エマニュエル教会で結婚式を挙げた。その夜二人は、第一次大戦勃発直後の混乱のなかをトーキーに戻り、夜中にひとまず身を落ち着けたのが、このグランド・ホテルだった。駅の近くにあって、とりあえず身を隠すには便利だったのだろう。

海岸通りに面した庭園にはプールがあり、水着姿の男女が水しぶきを上げている。駅側にある小さなエントランスから薄暗いロビーに入ると、真昼間からグラス片手に談笑する客で賑わっている。受付で尋ねると、当時の宿泊記録は残っておらず、その頃にはまだ無名だったアガサがどの部屋に宿泊したかは不明なので、ホテルは現在アガサ・クリスティ・スウィートという部屋を海に面した角部屋の二一六号室に用意しているという。予約すれば誰でも宿泊できるが、もちろん作り物のアガサ・ルームだから、満足の度合いは人それぞれだろう。酔狂なこととは知りながら、その部屋をひと目見せてほしいと頼んでみたが、長期滞在のお客があって、しばらくは無理だという答え。ロビー奥の空き部屋でテーブルセッティングをしていたスタッフに話しかけると、窓際にアガサの写真が飾られた、パステルカラーの愛ら

トーキー駅前にある、エキゾチックな雰囲気のグランド・ホテル。アガサとアーチーは、ここでひっそりと新婚の夜を過ごした。

しい部屋だと教えてくれた。臙脂色の絨毯をしきつめた狭い階段を登ったところにある小さな踊り場にも、アガサの写真が飾られている。

そういえば、『おしどり探偵』（一九二九）のトミーとタペンスは、犯人らしき人物のアリバイ崩しのために、トーキーの海を見晴らすキャッスル・ホテルという名のホテルに宿泊する。ロイヤル・キャッスル・ホテルは、あとで述べるように、ダートマスに実在するホテルだが、作中にはパビリオンへの言及もあるし、雰囲気としてはトーキー駅に近いこのグランド・ホテルが似合っている気がする。若い二人にはちょっと高価すぎるだろうか。グランド・ホテルでは〈アガサ・クリスティ・殺人ミステリ・ウィーク〉の週末に、殺人ミステリ舞踏会なるものが開かれていて、人びとは古き良き時代の衣装を身にまとって参加するのだそうだ。

4 マープルも住む妖精村 コッキントン村

＊コッキントンの領主館

『牧師館の殺人』
『書斎の死体』
『鏡は横にひび割れて』
『動く指』
『予告殺人』

♣ コッキントン村 ♣

まさにイギリスの田舎町から生まれたミス・マープルは、編み物とガーデニング、噂話が大好きな老婦人。アガサの祖母メアリ・アン・ベーマーやその友人たちをモデルに生まれたという天才的な素人探偵マープルが、長編小説で魅力的なその姿を読者の前に現わしたのは、**『牧師館の殺人』**（一九三〇）においてであった。

村で起こる出来事で、彼女の目をすり抜けることのできるものは何ひとつない。人の心の奥底まで見通すことのできる洞察力と、驚異的な記憶力もさることながら、彼女は好きな庭仕事にかこつけては、牧師館に出入りする人びとの服装から表情までを観察し、バードウォッチングと称しては、遥か遠くにも注意を怠らないのである。その千里眼ゆえに、ときには煙たがられながら、一方では、愛し敬すべき人物として慕われるのは、あやふやな情報を撒

妖精が住む村と言われるコッキントン村には、昔ながらの藁葺きや茅葺の家があって、まるでメルヘンの世界（右）。村へは馬以外の乗り物で入ることはできない。

き散らすお喋りの村の女たちと違って、決して嘘をつかず、悪意ある中傷をしない、澄み切った心の持ち主だからだ。ヴィクトリア時代の英国で生まれ育ち、イタリアのフィレンツェで教育を受けたマープルは、古きよき時代の美徳と教養の化身のような姿で、私たち現代人の心をひきつける。売れっ子作家のレイモンド・ウエストは、そんな伯母を心から愛しているが、「生き残り」などと辛らつな言葉を使ったりもする。牧師館で起きた殺人の犯人をつきとめたミス・マープルに牧師のレナード・クレメントが、その生意気な甥に水をあけたのではと、冗談めかして語りかけると、彼女はこんな洒落た言葉を返す。「大伯母はいつも言ってましたよ。『若い者は年寄りを馬鹿だと思ってるでしょうが……でもね、年寄りは若い者が馬鹿だということを知っているのよ』って」。

慌しい喧騒に取り巻かれた現代人を魅了するミス・マープルの村はいったいどこにあるのかと、ミステリファンなら誰でも、イングランドの地図やコンパスや定規を手に、真剣に探索したくなるのは自然のことだろう。これまでにも、多くのアガサ・クリスティ研究者が、セント・メアリ・ミード村の位置を特定しようと努め、その結果、ある程度の位置は割り出されたらしいが、もちろんこれは架空の地図の話。

トーキーの町はずれにあるコッキントン村も、モデル候補のひとつと噂された村である。残念ながら物語の舞台とそれほど酷似しているわけではないが、牧歌的なたたずまいと、アガサが幼年時代からよく訪れた場所であるところから、しばしば話題に上ることになった。トーキーの西のはずれを、内陸部に一キロ半ほど入ったところにコッキントン村はある。アガサが子どものころには、バートン・ロードの馬小屋で借りた馬で、乗馬の練習を兼ねて訪

れていたというが、今ではプリンセス・ガーデンのツーリスト・ビューロー近くのバス停から直通バスが出ている。小型のバスは、いったんトーキーの町の高台をくねくねとめぐり、あたりのホテルから客たちを拾い集めると、ふたたび下って海沿いの道を走り、トーキーの海岸をあとにし、内陸のほうへさらに走る。道の両側から覆いかぶさる樹木のトンネルを掻き分けるように進んで行くと、まるでタイム・トンネルを潜り抜けているような錯覚に陥る。緑のなかからふいに小さな広場に出ると、そこはもう中世のまま眠りに着いたようなコッキントン村の入り口である。

近隣の人びとは、ここを〈妖精の住む村〉と呼ぶが、まさにそんな場所だ。全長、三、四キロにわたる小さな谷あいにあるため、丘陵のすぐ背後まで這い登ってきた開拓の波もここまでは及ばず、昔のままの村の風景をそのままにとどめることができた。ゆるやかな傾斜地の麓に五〇軒ほどの藁葺きや茅葺きの民家が、昔懐かしい風情で立ち並んでいる。村のなかへは今でも馬で入ることは許されているが、車は入れない。この一帯は一七世紀まではある公爵の領地であった。村には飲み屋、製粉所、私設の救貧院、鍛冶屋、馬屋、猟番小屋、織工小屋など、イギリスの古い村にかつてあったようなものが一通り揃っていて、小さな村ながら、独立した村落共同体を営んでいたことがよくわかる。

小道を登って行くと、暗い水を湛えた池というよりは澱みのようなものがあり、鴨が泳いでいる。さらに進むと、視界を遮る深い樹木の向こうに、ふいに目にも鮮やかなグリーンが開け、そのずっと先の丘の頂にチューダー朝のものらしい古い佇まいのマナーハウスが見える。コッキントン・コートである。村の領主であったマロック家が三〇〇年にわたって所有

鬱蒼とした木立を抜けると、鮮やかなグリーンの先に領主館と古い教会が姿を見せる。

コッキントン村
Cockington Court

してきた館で、アガサの子ども時代には、リチャード・マロックがこの屋敷の当主だった。彼は一時期アマチュア演劇に熱中していたことがあり、彼の妻や六人の娘たちとも家族ぐるみのつき合いをしていたアガサや姉のマッジも、この屋敷の舞台に立ったことがあった。幼いアガサは、この美しい邸宅と庭の風景にさぞかし心を躍らせたことだろう。もしもこの村がアガサの作品に影響を与えたというなら、マナーハウスを中心とした優雅な村の営みそのものということになるだろうか。

屋敷そのものは、さほど広くはない。現在は村の事務所（クラフトセンター&ギャラリー）として使われている。どこかに昔の痕跡が残っていないかと、階段の手すりや天井や柱にまで目を凝らしたが、目を引くようなものは見つからなかった。建物の裏手の庭園にはバラのパーゴラが設えてあるが、酷暑のせいか、見るも無残に枯れてしまっていた。

屋敷の隣には、いかにも古いたたずまいのコッキントン教会がある。一〇六六年に建てられたものというから、まさに征服王と呼ばれるノルマンディー公ギョーム、すなわちウィリアム一世がヘイスティングスでアングロ・サクソン軍を破り、勝利をおさめて王位に就いた年である。なかへ入ると古色蒼然とした厳かな佇まいの内陣や窓に、長い歳月の経過が感じられる。聞くところによるとこの村には、教会が建設された時代よりも、さらに古くから住民がいたとも言われている。ジョー・コンネル著の『コッキントン』という冊子には、村の名の語源は、ケルト語とアングロ・サクソン語が結びついたもので、〈赤い牧草地の住居〉という意味だと書いてある。赤とは、デヴォン一帯の赤い土のことをさすらしい。

一一世紀に建てられたコッキントン教会は、この村の古い歴史を物語る。深い緑に包まれたその姿は美しく神秘的。

♣ セント・メアリ・ミード村はどこに ♣

小説ではミドルシャーという架空の州にあるセント・メアリ・ミード村は、イングランド南西部の田園風景をこよなく愛するアガサ・クリスティが生み出した、一種のアルカディアともいえる原風景である。いったいこの架空の村がどこにあるかといえば、『**パディントン発四時五〇分**』によれば、ミス・マープルの親友マギリカディ夫人は、パディントン駅から四時五〇分発の列車に乗り、出発してから三分後に、つい居眠りを始めてしまう。そして三五分後に目覚めるのだが、そのとき、併走する下り列車の窓の向こうで、女性が首を絞められているシーンを目撃する。列車はそれから七分後に、ひとつめのブラックハンプトン駅に停車した後、五時三八分に出発、そこからさらに一時間五分後に二つ目の、もちろんこれも架空の停車駅ミルチェスターに到着する。すなわちこの駅は、ロンドンのパディントン駅から二時間弱の距離だと推測される。そしてこのミルチェスター駅からタクシーで九マイル、すなわち一四・五キロのところに、ミス・マープルの住むセント・メアリ・ミード村は存在するというわけだ。

短編「**火曜クラブ**」（『一三の事件』一九三二、邦訳『火曜クラブ』所収）で初登場したミス・マープルは、すでに述べたように『**牧師館の殺人**』で長編に姿を現し、合計すると長編一二件、短編二〇件の殺人事件を解決に導いた。『牧師館の殺人』には、一九三〇年代の村の様子が生き生きと描かれている。ミス・マープルの家と隣り合った牧師館の書斎で、オールド・ホールの主人ルシアス・プロウズロウ大佐がピストルで撃ち殺される。村の嫌われ者の大佐には、殺される理由がいくつもあって捜査は難航する。そこへ登場するのがミス・マ

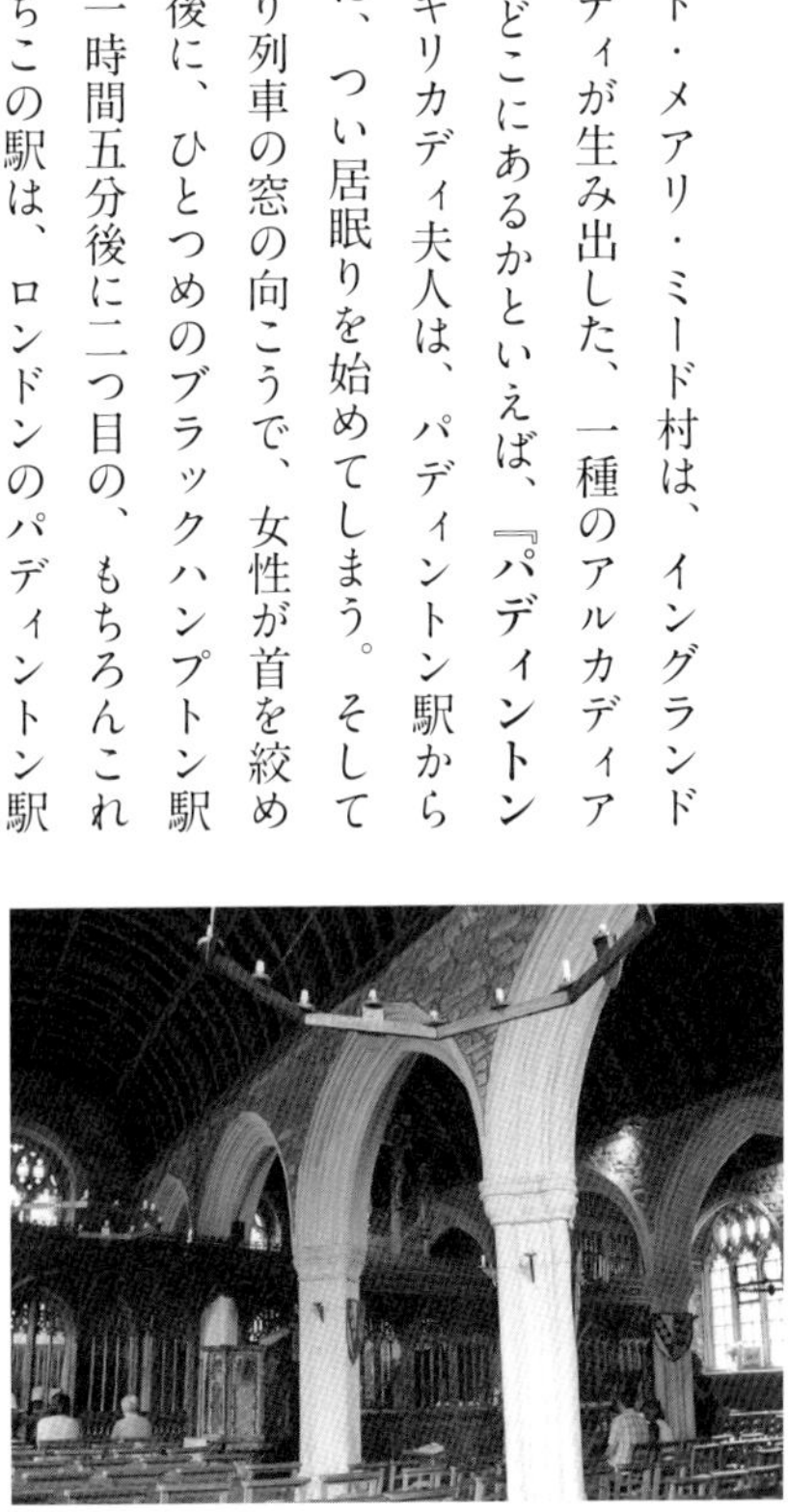

古色蒼然とした教会内部には厳かな雰囲気が漂っている。

ープルというわけだ。村人がお互いの動向を見つめあう小さな村、女たちは編み物と庭の手入れとお茶の時間のお喋りに余念のない牧歌的な村。一七世紀のチャールズ二世時代の銀の大皿を家宝として所蔵する古い領主の館があり、牧師と村医者を中心にしたそんな村は、どこと特定するまでもなく、英国中に数えきれないほどある。チャールズ二世とは、父王チャールズ一世が清教徒オリヴァ・クロムウェル率いる議会軍に処刑され、英国に一度だけ共和制が訪れたときフランスに逃れ、一六六〇年に王政を復古した王である。たった一枚の銀器といえども、そこには歴史にたいするイギリス人の深い思いが息づいているのだ。

ミス・マープルがつぎに姿を見せるのは、それから一二年後の『**書斎の死体**』事件においてである。この作品には村の様子がくわしく記されていて面白い。村はずれにあるアーサー・バントリー大佐の屋敷ゴシントン館の書斎で、ある朝、ドレス姿の見知らぬ若い女の死体が発見され、村びとの疑惑の目が大佐に向けられる。夫人から救いを求められたミス・マープルは、差し向けられた車でさっそく館に向かうのだが、そこは村から約二、五キロ離れたところにある古いマナーハウスである。村の中心部から約四〇〇メートルの場所には、ブルー・ボア亭というパブがあり、少し先には村の建設業者の開発した新興住宅地がある。そのうちの一軒は、チューダー様式を模したハーフ・ティンバー造りの家で、イギリスでも屈指の壮麗なマナーハウス、チャッツワース邸の名でふざけ半分に呼ばれている。この新しい屋敷を購入したのは、映画関係者のバジル・ブレイクという男で、屋敷と同様大いに村人のひんしゅくを買っている。一方、女の死体が横たわっていたゴシントン館のバントリー氏の書斎はだだっ広く、薄暗く、壁にはマナーハウスにお決まりの、先祖の肖像画や狩猟の絵画

領主館の裏にあるバラ園は、ここ数年の酷暑のせいで、無残に枯れているが、優美さは失われていない。

などが飾られ、どっしりとした暖炉があり、使い古された大きなアームチェアーがいくつも置かれている。

バントリー夫人の無邪気な性格は、朝のお茶をベッドで待つあいだに彼女が楽しんでいる夢の中身を知るだけでもわかるだろう。彼女は自分のスイートピーがフラワーショーで優勝し、教会で牧師に表彰される夢を見ているのだが、「水着姿の牧師夫人がふらふらと通りかかったが、夢の世界のありがたい慣わしで、現実とは違って教区民の非難の的にはならなかった」という。一方大佐は、気持ちが落ちこむと農園で豚の世話に没頭するような好人物。「村の些細なできごとを、大きな事件と結びつけ、事件の解明に光を投げかける才能で名声を得た」というミス・マープルが、身を呈して真犯人を追及する気持ちもよくわかる。

女の身元を割り出そうとする警察に、デーンマスのマジェスティック・ホテルからダンス・ホステスが失踪したという報告が入るのだが、このホテル、トーキーのインペリアル・ホテルがモデルになったことは先に述べた通り。警官によれば、デーンマスは、セント・メアリ・ミード村から三〇キロの海辺の観光地だという。この二作品から推測できることは、セント・メアリ・ミード村は、ロンドンからおよそ二時間、南か南西の方角に下ったあたりにある、海から少し離れた、いかにもイギリス風の牧歌的な村だということだ。

その後、『書斎の死体』事件から二〇年の月日が流れ、『**鏡は横にひび割れて**』（一九六二）では、今や年老いたミス・マープルが、村に訪れた時代の変化を、切ない思いとともに受け入れようとしている。すでに二度の大戦を経験したマープルは、日本に落とされた原爆のことも聞き及んでいるらしい。この作品には、『**牧師館の殺人**』や『書斎の死体』では言及さ

今は村のクラフト・センターとして使われている旧領主館。所有者のマロック家とはアガサ一家も交流があった。

れなかった村の様子がさらに詳しく書かれている。牧師館に隣り合ったミス・マープルの家は、じつはかなりの高台にあって、庭からは村の出来事がほとんど見渡せるほどの眺望であるらしいこともわかる。もっともミス・マープルは、小鳥の観察用と称して望遠鏡を愛用してはいるのだが。戦後、時代が変わったとはいえ、村の中心部にはクイーン・アン時代の家や、ジョージアン様式の瀟洒な家がまだ残っている。しかし寂しいことには、『**書斎の死体**』の、あのゴシントン・ホールの主人バントリー大佐はすでに他界し、夫人は屋敷を女優のマリーナ・グレッグに売り渡して、庭の小さな家で暮らしている。屋敷を開放して開いたパーティーでマリーナは、客のひとりバドコック夫人からむかし会ったことがあると話しかけられると、凍りついたような表情で、どこか一点を見つめる。アルフレッド・テニスンの、アーサー王伝説に取材した『国王牧歌』詩集中の「シャロット姫」から取られた題名の由来となるシーンである。バドコック夫人殺害現場となるゴシントン館はそれほど時代を遡るものではなく、ヴィクトリア時代の建物であることもわかる。

ちなみにジョーン・ヒクソン演じるミス・マープルのシリーズでは、ハンプシャーのネザー・ワロップ村が、セント・メアリ・ミード村のロケ地として使われているから、同じような美しい村は、英国のいたるところにあるということである。このあと述べるダートムアにも、映画のロケ地として使われた、小さな美しい村が点在している。

ウディコム村で見かけた古い牧師館。イギリスの村にはこんな牧師館がいたるところにある。

♣ 近隣の村でも大活躍 ♣

ところで、ミス・マープルはセント・メアリ・ミード村に閉じこもって暮らしているわけではない。近隣のさまざまな村に出没しては、なぜか行く先ざきで殺人事件に遭遇してしまうのだ。たとえば『**動く指**』(一九四二、米版一九四二)では、飛行機事故で傷病兵となったジェリー・バートンが、リムストックという小村にリトル・ファーズ邸という屋敷を借り、妹のジョアナと暮らし始めるところから話が始まる。折も折、村人のもとには悪意と中傷に満ちた匿名の手紙が届き、不穏な気配がただよっている。そしてついに、弁護士ディック・シミントンの妻モナが服毒自殺をはかり、お手伝いの少女が死体で発見される。そこへ登場するのが、村の牧師館に招かれてやってきたミス・マープルというわけである。「うまく殺人をやりおおせるには、手品のこつが必要」なのだと、マープルはバートン兄妹に指南する。つまり、「見当違いの誘導」が大切だというのだ。そのミス・マープルの生真面目な表情の影に、ミステリ作家アガサ・クリスティの微笑が覗くようだ。

この村もまた領主館や牧師館、修道院の廃墟、居酒屋などのある典型的な田舎の村である。語り手ジェリーによれば、一〇六六年のノルマン人征服のころには、すでに要衝地の一つだったという。当時から修道小院があって、代々野心的な院長が治めたため、周辺の王侯貴族はこぞって土地を献納して忠誠を誓った。こうしてリムストック修道小院は富と権勢を手にし、数世紀にわたってイギリス全土にその名を知られたが、やがて一六世紀にヘンリー八世が離婚問題に絡んで、ローマ教会と袂を分かち英国国教会を設立し、修道院の破壊と接収を開始すると、町の支配権は城主の手に移った。やがて一八世紀の産業革命の先触れによるものだろうか、文明の進歩の波に押し流され、ついに城は滅びた。鉄道時代の幕開けとなっても、鉄道は近くを通らず、今やなだらかに起伏する牧草地や農園に支えられた小さな田舎の

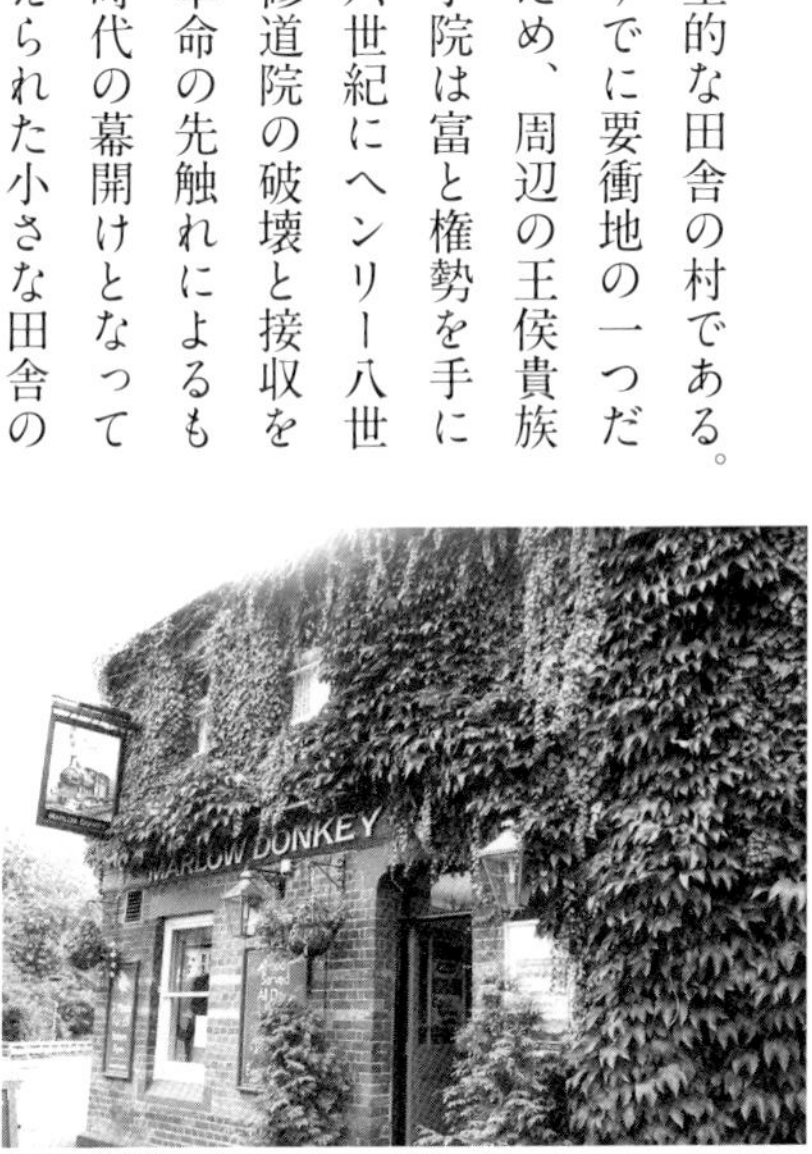

マーロウのパブ。イギリスの田舎でよく見かけるお洒落なパブでは、村の噂話が飛び交う。

市場町にすぎなくなったのだという。イギリスのどこの村にもある話である。

ところで、デヴォンシャーを中心とするアガサ・クリスティ・カントリー周辺にトーという名称のつく地名が多いのは、周辺にトー、すなわち尖った岩山が多いからなのだが、**『動く指』**でも、ジェリーが、死んだモナの娘ミーガンをレッジ・トーまで散歩に連れ出そうとしたというくだりがある。場所は特定できないが、デヴォンの風景がアガサの想像のなかに入りこんだことは間違いない。マープルはひとりで気軽にリムストックの村へやってきたようだから、セント・メアリ・ミード村はここからそう遠くないところにあるのだろう。

また**『予告殺人』**(一九五〇)で殺人の起きるチッピング・クレグホーン村も、コッツウォルズ地方で見かけるような、絵のように美しい村で、立派なアンティークショップと二軒の喫茶店もある。かつて農業に携わっていた人びとが暮らした小屋も立派に改造されていて、わりあいに豊かな土地柄であるらしい。殺人現場となるのは、レティシア・ブラックロックという女主人の館で、細長いベランダと、緑色のヨロイ窓をもつヴィクトリア時代初期の建物である。地元の新聞の広告欄に載った「殺人お知らせいたします。一〇月二九日金曜日、午後六時三〇分より、リトルパドックスにて、お知り合いの方のお越しをお待ちします」という記事に誘われて人びとが集まると、定刻に明りが消え、ドア口に懐中電灯を持った男が現われる。と、銃声が響き、なんとその男が息絶えていたのである。これを発端につぎつぎと人が殺されるのだが、近くのメデナム・ウェルズにあるロイヤル・スパ・ホテルにたまたま滞在していたミス・マープルが、手伝いを申し出る手紙を警察署長のもとに送ったのだった。署長いわく、その文字たるや「インク瓶に落ちた蜘蛛みたいに暴れまくった字」だった

というのだが、それを聞いたマープルの友人で前ロンドン警視庁の総監ヘンリー・クリザリングは、思わず歓声を上げてこう言った。「彼女は老猫中のスーパー老猫だよ。セント・メアリ・ミードの家で静かにしてりゃいいものを、何ということかメデナム・ウェルズなんかに、それも殺人事件の渦中に現われるんだからな」と。ふたりの紳士をうならせたミス・マープルの行動力は、私たち現代女性のお手本でもある。

コッツウォルズ地方には、ミス・マープルが活躍する村に似た、のどかな愛らしい村々が点在している。

5 独り歩む風の荒野 ダートムア

＊ウディコム・イン・ザ・ムア
＊ムアランズ・ハウス
＊ヘイトー

『スタイルズ荘の怪事件』
『ビッグ４』
『シタフォードの秘密』
『一三の事件』

ムアは通常「荒野」と訳されるが、言葉から連想するような不毛の土地ではない。湿地帯のムアには、四季折々に表情を変える美しい自然があり、夏のシーズンともなれば多くのハイキング客でにぎわう。イングランドには、いくつかの代表的なムアがあるが、エミリ・ブロンテの『嵐が丘』の舞台として知られるハワースムアやもっと北のノース・ヨークムア、湖水地方とマンチェスターとのあいだに広がるランカシャームアなどは、いずれも広大な草原地帯である。

♣ダートムア♣

プリンセス・ガーデンのインフォメーション・センター近くにあるバスターミナルから、ウディコム・イン・ザ・ムア行きのバスが出ている。アガサはよくバートン・ロードの下に

ウディコム・イン・ザ・ムア村の標

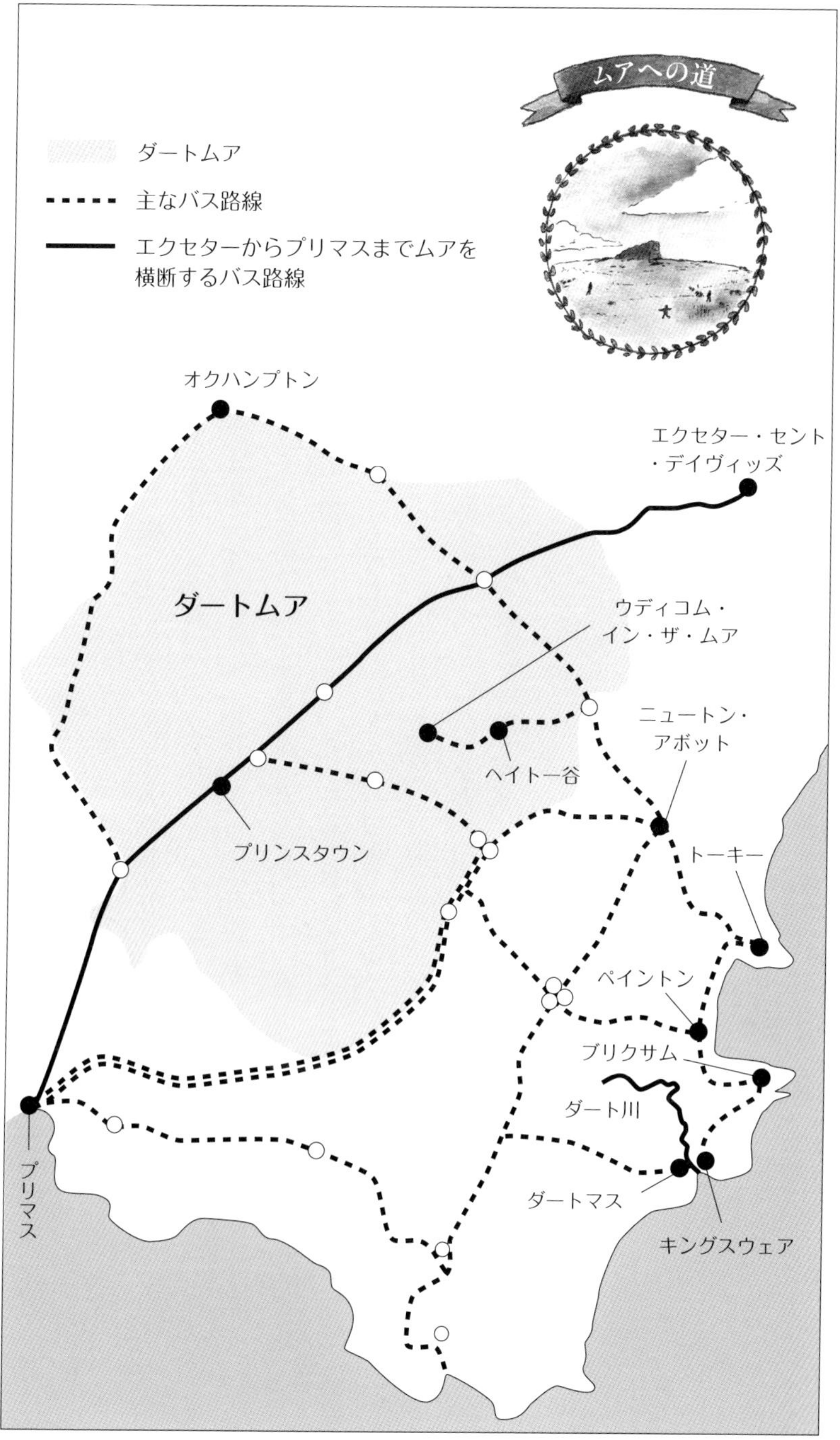
ムアへの道
ダートムア
主なバス路線
エクセターからプリマスまでムアを横断するバス路線
オクハンプトン
エクセター・セント・デイヴィッズ
ダートムア
ウディコム・イン・ザ・ムア
ヘイトー谷
ニュートン・アボット
プリンスタウン
トーキー
ペイントン
ブリクサム
ダート川
ダートマス
キングスウェア
プリマス

あるトァ駅から汽車に乗り、ニュートン・アボットを経由してダートムアへのハイキングに出かけたようだが、現在はトーキーから直通バスでかんたんに行くことができる。

人影のないバス停で、九時五分発のバスをしばらく待っていると、やがて赤いウインドブレーカー姿に登山靴、頑丈そうな杖を手にした、七〇代も後半と思われる女性が、足取りも軽く道を渡ってやってきた。仲間ができてほっとしたので、「ムアへいらっしゃるんですか」と声をかけた。すると、「行き先は決めてないの、日曜日にはいつも、これを使っていろんなところへ出かけるの」と、首にかけていたフリーパスを見せてくれた。私がもっていたのは一日乗り放題のローヴァー・チケット、値段は五ポンドだったが、彼女は「高すぎる」というのだった。私のスニーカーをしばらく見下ろしていた彼女は、杖の先で突くようにしながら、「ムアへ行くなら、いい靴をはかなきゃだめよ」と言った。いつの間にやってきたのか、こちらも七〇代とおぼしき男性が、「この靴はいいよ、一〇年以上も履いているが、少しも痛まないんだ」と横槍を入れた。女性はじろりとその靴を一瞥すると、ふん、と鼻を鳴らして、やってきたバスにさっさと乗りこんでしまった。

バスはアビー・ロードを抜け、バートン・ロード近くの住宅街を抜け、なだらかな山道を一時間ほど走って、ニュートン・アボットの鉄道駅から少し離れたところにあるバス停に着いた。ここで一五分の休憩を取るのだという。すぐ近くで大がかりな露天のサンデー・マーケットが開かれていた。珍しいものでもないかと回ってみたが、野菜やパンや、おもちゃや、安物の陶磁器や古着ばかりで、これといったものはない。郊外の典型的な村らしく、右手の傾斜地には、ヴィクトリアン・スタイルの小ぶりな赤レンガ造りの一軒家、ディタッチト・

アガサはバートン・ロードに近いこのトァ駅から、ダートムアへの散策に出かけた。父親が利用する貸し馬車屋もこの駅の傍にあった。

ウディコム・イン・ザ・ムアの牧草地と農家。

ハウスや、セミ・ディタッチト・ハウスが立ち並んでいる。

一〇時一五分きっかりにバスは出発したが、赤いウインドブレーカーの女性は戻ってこなかった。マーケットで遠くのほうに姿を見かけたから、気に入りの品でも見つけたのかもしれない。やがて緑の畑が広がりはじめる。道幅はしだいに狭くなってくるが、曲がりくねった道をバスは速度を緩めることなく走りつづける。あたりののどかな風景とはまったく不似合いなスピードだ。対向車とすれすれに行き違うと、ハリエニシダの茂みがバチンバチンとバスの車体に弾ける音がする。石積みの塀が流れるようなスピードで過ぎていく。

〈カントリー・パーク〉という標識を目にしたあたりから、ところどころにドライバーへの注意を促す鹿の絵のマークが現れる。ちらほらと、重装備のハイカーの姿も見えはじめる。うっそうと茂る緑の長いトンネルに入ると、きらめく照明のような木漏れ日が、車内に踊りこんでくる。ふいに眩しいほど明るい道に出た。ピラカンサの赤い実がぎっしりと茂り、薄紫のフクシャの花が咲き乱れている。〈鹿に注意〉とか〈動物の死骸に注意〉という標識が出ていて、バスの窓のすぐ下には野生のポニーの群れが草を食んでいる。一見のどかな風景だが、けっこう気性の荒いポニーがいるとガイドブックには書かれていた。鹿には出会わなかったが、これもレッド・ディア、赤鹿という褐色の大形の鹿で、写真で見るとなかなか精悍な姿をしている。

数分後〈ダートムア〉という看板が現れた。ここウエスト・カントリーには三つのムアがあり、デヴォン南部にあるのが、アガサの作品でなじみ深いダートムア。約五二〇平方キロもある自然保護地帯である。もうひとつはその北側に広がるエクスムア。そして西のコーン

ウォールのほうに広がっているのは、ボドミンムアである。一帯には地面からわずかに隆起した自然石が、万里の長城やローマン・ウォールを思わせるように線状に走って自然の道を作っている。周辺には紀元をはるかに遡る先住民族たちの遺跡ストーン・サークルがあり、ケルトの妖精伝説やアーサー王伝説などに彩られた土地である。その魅力が作家たちを引きつけるのだろうか、ムアを舞台にした多くの物語が生まれた。藁葺きのコブ・ウエッブと呼ばれるとうもろこし状、あるいは蜘蛛の巣を思わせるような石造りの家が身を寄せ合う小さな村が点在していて、アガサ作品のロケ地として使われたこともある。

ボドミンムアは直径二五キロほどの小さなムアで、『レベッカ』で有名な女性作家、ダフネ・デュ・モーリアによる密輸をめぐるロマンス小説『ジャマイカ・イン』の舞台となった。彼女は一九三〇年にここのジャマイカ・インという宿に泊まって作品を執筆している。その一〇年前にダートムアで書かれたアガサのデビュー作『スタイルズ荘の怪事件』（一九二〇）が、初版二〇〇〇部を売り上げたという情報は、彼女の耳に届いていただろうか。のちに彼女はアガサと手紙のやりとりもしている。ジャマイカ・インは今もムアのただなかに佇み、作者ゆかりの品を展示する小さな部屋には、彼女の写真や本、執筆に使ったタイプライターなどが置かれている。

またエクスムアはリチャード・D・ブラックモアの中世を舞台にしたロマンティック小説『ローナ・ドゥーン』の舞台として知られる。殺人に復讐、激しい恋がふんだんに盛りこまれた作品である。ムアには何か人の感情をむき出しにし、激しさを掻き立てる魔力があるのだろうか。現代の作家では、マーガレット・ドラブルが、書くことに取りつかれた作家フ

ボドミンムアの荒野に佇むジャマイカ・インとデュ・モーリア記念室

リーダ・ハクスビーを主人公とする『エクスムアの魔女』を書いている。

もちろんダートムアと聞けば、ミステリファンならずとも、コナン・ドイルの『バスカヴィル家の犬』を思い出すに違いない。アガサが処女作『スタイルズ荘の怪事件』を完成させるためにこの地を訪れたのは、第一次大戦の影響の及ばない静かな場所で執筆に専念しては、という母の薦めがあったからだが、幼い頃から姉マッジとともに愛読したというシャーロック・ホームズの足跡に心惹かれたためであったかもしれない。『**おしどり探偵**』のトミーとタペンスの書架にも『バスカヴィル家の犬』が置かれていて、この小説ならもう一度読み返してもいいと、タペンスの口を借りてドイルへの賛辞が添えられている。

さて、ダートムアの道はさらに狭くなるが、バスは一向に速度をゆるめないものだから、自然石の塀やシダの茂みや赤や紫のベリーの棘に、車体をぶつけるように進んで行く。やがて眺望が開け、右手前方に、ヘイトーの巨大な姿が見えてくる、左手には、なだらかな丘陵の麓にひっそりと立つムアランズ・ハウスが。ここへは帰りに立ち寄ることにして、流れ去る建物をひとまず見送る。さらにバスはその先の丘陵を越え、やがて、左手眼下にウディコム・イン・ザ・ムアの全景を望む地点にやってくる。丘陵の谷底に、そこだけ眠りに包まれ、時が静止したような緑の村である。まるで一瞬の蜃気楼のような風景が旅人の心をひきつける。カメラを構えたいところだが、バスは右に左にとくねる道を突き進み、シャッターを切るチャンスを与えてくれない。と思うまもなく、幻のように現れた美しい村の全貌は、たちまち消え去ってしまった。

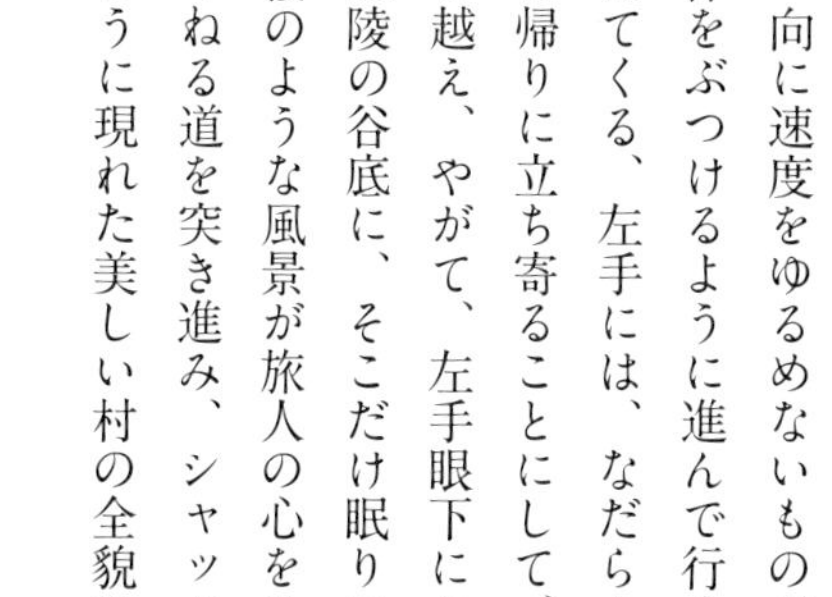

ムアランズ・ホテル滞在中のアガサはよくヘイトーへの散策に出かけた。

♣ウディコム・イン・ザ・ムア♣

かつてはセント・メアリ・ミード村のモデルではないかとも噂され、政府観光のパンフレットにもそう謳われていたことのあるウディコム・イン・ザ・ムアは、広大なダートムアを訪れるトレッキングの客たちに、人気の高い観光スポットのひとつである。というのも、英国人なら幼時から耳になじみのある『マザーグース』に収録されたフォークソング、「ウディコム・フェア」の歌と、そのなかに登場するアンクル・トム・コブリーの名でよく知られた村だからである。

このウディコム市は、デヴォン地方ではもっとも大きな市のひとつで、一八五〇年ごろから毎年、九月の第二火曜日に、羊やポニーの売買を行ったところから始まった。今も同じ時期に祭りが開かれ、メイポール・ダンスやドッグ・ショー、ポニー・ショーなどで賑わっている。ちなみに二〇〇八年には、九月九日の九時から開催とポスターには書かれていた。少女時代のアガサが創作の手ほどきを受けたイーデン・フィルポッツは、長年、ダートムア保存協会の会長を務めた人物で、ムアを舞台にした詩や小説を書いたが、そのなかに、この伝統的な市を描いた『ウディコム・フェア』という小説がある。

ウディコム村はイースト・ウェバーン川が作った谷底の村で、まさしく山懐に抱かれた村である。ウディコムの名は、もともとWithy-combe、すなわち柳の生えた峻険な谷という意味だという。バスを降りると清涼な空気が胸にしみわたる。目前に一四世紀に礎石が築かれたというセント・パンクラス教会の塔が聳え立っている。この尖塔は、ランドマークのように何マイルも遠くから眺められ、荒野の大聖堂と呼ばれて人びとに親しまれてきた。教会

のまわりの草地で、群れをなして草を食んでいる羊たちは、村中を勝手気ままに移動しているらしく、舗装された道のほうにも平然とやってくる。リーダーと思しき羊がいて、彼が動くと仲間たちがあとにつづく。教会前のスペースは通称グリーンと呼ばれ、中世までは、アーチェリーの練習場だったというから、まさにロビン・フッドを思わせる森の民の村である。

一見ケルト十字（ハイクロス）と見まがうような、ヴィレッジ・サインは、ダンストン・コート屋敷に住むフランシス・ハムリンが一九四八年に村に寄贈したものだと刻まれている。古いものに見えるが謂れはわからない。教会裏手にまわると、現在はナショナル・トラスト所有の、一五三七年建造のチャーチ・ハウスがある。時代の推移とともに、教会の人びとに供するためのビールの醸造所や学校、慈善の家などに使われてきた。かつて寺男の住居であった古い小屋の部分は、現在はギフトショップとダートムア国立公園のささやかなインフォメーション・センターになっている。この建物は面白い特徴を持っていて、日本でも雪国で見るような柱廊があり、八角形の柱が七本立っている。

裏手には古い墓石の立ち並ぶ墓地がある。教会は村の一番高い場所にあって、それを取り巻くように牧師の住まいであるレクターがあり、古いパブがあって、この狭い場所が村の中心部らしい。風雨にさらされ表面がざらざらになった石の建物は、観光客相手のカフェや土産物屋に変わっているが、その数もわずかなものである。壁に〈オールド・イン〉と標示された石造りの土産物店で、「村のメイン・ストリートはどちらですか」と尋ねると、的はずれの質問だったらしく、店番をしていた品のいい老婦人は、とまどった表情で小首を傾げながら、「小さな村なので、これだけなんですよ」と小さな窓から表を覗く仕草をした。

右頁、荒野の教会として人びとに親しまれてきたセント・パンクラス教会とその教会墓地。左頁、幽霊が出るという噂のオールド・イン。今は観光客で賑わうパブに姿を変えている。

絵葉書やハーブなどの置いてある棚の隅に、プリンスタウンのダートムア刑務所の小冊子が置かれていた。「この裏のパブは、一四世紀の造りなんですよ」と彼女は言い、ハリーとメアリ・ジェイという幽霊も出ると教えてくれたが、こんなにのどかな村では、あまり恐怖感も湧いてこない。しかし吹雪の夜や嵐の吹きすさぶ日には、それなりの凄みがあるのだろう。そのパブを覗いてみたが、ジョッキを傾ける男たちで賑わう、とくにどうということもない田舎の小さな酒場だった。

村は教会の両脇から二手に下る道に沿ってあるらしい。帰りのバスがやって来るまでには時間があるので、まずは右手の坂道を下ってみた。しかし、どこまで歩いても村らしい村の姿はなく、農家が一、二軒と小さな牧草地があるだけである。入り組んだ山懐に包まれているので、住人がいると言われても、いったいどこに隠れているのかと信じがたい。細い道の両側には棘のついたブラック・ベリーやピラカンサ、ヒイラギ、シダやイバラばかりが生い茂り、グリム童話の『眠り姫』のように、人を寄せつけないための仕業かとさえ思えてくる。中世の村の眠りを覚ますように観光客がバスで押し寄せてくる昨今、自然たちがこぞって抵抗するのも無理はないのかもしれない。

教会のところに戻ると、乗馬の練習をする少女が通り過ぎて行った。こんどは左手の細い道を、ビールジョッキを傾ける観光客の姿を眺めながら下っていくと、こちらにも青青とした草の茂る牧草地があるばかりだった。見上げると遠くに、なだらかな丘陵から犬歯が突き出たような、灰色の奇岩が見える。教会を高くいただき、緑深い谷間に農家が点在するばかりのこんな村では、セント・メアリ・ミード村のように人びとの噂が飛びかうこともあるま

さすがムアの住民らしく、乗馬の稽古をする少女の姿が。

いと思われた。

♣ ムアランズ・ハウス ♣

教会前のバス停から、先刻来た道を引き返す。夏のこの時期には、濃い紫色のヒースや黄色のハリエニシダが咲き乱れる丘のうねりを右に左に眺めながらバスは走る。左手に灰色の巨岩がいくつも現われては消えていく。花の色は濃く、胸がときめくような華やかさで一面に広がっている。ときにはその濃密な色彩で息苦しくなるほどだ。ところどころに密生するシダの茂みにも荒あらしい強靭さがある。

ヘイトーのバス停で止めてもらい、その少し先のホテルまで歩く。ホテルのすぐ前までなだらかな丘陵の裾野が降りてきて、草地には透明な水が湧き出している。それが、ホテルのそばを流れるレモン川の源流なのだろう。ポワロの秘書のミス・レモンの名はここからついたのかもしれない。

前にも述べたように、一九一四年に結婚したアガサは、戦地に赴いた夫アーチーと離れ、アッシュフィールドで母親と暮らしながら篤志看護婦として働いていた。その傍ら、初の長編ミステリの執筆に挑んでいたが、一九一六年、母親の勧めで、戦時下のざわめきに包まれていたトーキーを離れ、この人里はなれたヘイトー・ヴェイル、すなわちヘイトーの谷というロマンティックな名の村の入り口にあるムアランズ・ホテルに二週間ほど滞在して小説の仕上げに専念した。今でこそトーキーからそれほど遠い感じはしないが、さすがに当時は戦争の暗い影もここまでは及ばなかったのだろう。

あたりに人家がないだけに、ホテルの看板が旅人をほっとさせる。ホテルの敷地から門のほうを見ても、そこには樹木と空だけ。アガサも、この木と空を眺めたのだろうか。

　このホテルは、一八九二年に個人の家として建てられたが、二〇年後にムアランズ・ホテルとして営業を始めた。現在は、ムアランズ・ハウスに名前が変わっている。第一次大戦中の当時は、滞在客も少なく寂しいホテルだったとアガサは書いているが、今ではヘイトーを目指して車でやってくる家族連れも増え、かつての人里離れたホテルの佇まいではなくなった。それでも門のなかに足を踏み入れると静寂に包まれている。車寄せを歩き正面玄関のドアを開けようとしたが、鍵がかかっていて開かない。声をかけてみても、なかに人のいる気配さえない。前もって連絡をせずにやってきたのだから仕方がない。表の花壇のへりに腰を下ろして、門の両側に聳え立っている樹と澄みきった青い空を眺めていると、アガサもこんなふうにしてひとり物思いにふけったのではないかという気がしてくる。

　しばらくして気を取り直し、建物の左側面に回ると、通用口のドアが開いていて奥のほうに男性の姿が見えた。その出で立ちはと言えば、ゴーグルにガスマスク、耳栓に分厚いゴム手袋。一瞬、アガサの小説を思い浮かべてひるんだものの、思い切って大声で叫ぶと、どうやらキッチンの大がかりな消毒を行っていたらしい男性は、ものものしい装備を解くと、にこやかに応対してくれた。聞くとこの館のシェフなのだという。お茶をいただけないかと尋ねると、申しわけないが、ここは現在、プライベート・ホテルになっているので、一般のお客様を入れることはできないという丁重な答え。しかし事情を話すと、いいでしょう、クリスティ・ラウンジをお見せしましょうと、先に立って薄暗い建物のなかに案内してくれた。

　このあたりは雨が多く湿地帯でもあるのだろう、ホテルのまわりには冷んやりした水の気配が感じられたが、建物の内部に入っても、どこからか冷気が這い寄って足元にまとわり着

ムアランズ・ハウス。アガサは『スタイルズ荘の怪事件』をこのホテルで執筆した。

いてくるような気がする。たしかに避暑には最適だろうが、厳寒の冬にはどういうことになるのだろう。窓から差しこむ光が部屋のなかほどまで届き、シャンデリアのあるラウンジの褪色した家具を浮き立たせている。

薄暗い一角に白い暖炉があり、その上に飾られた金色の額縁のなかから、アガサの肖像画がこちらを見ている。深い思索にふけっているような静かな表情だ。額のまわりをポワロやマープル・シリーズの映画ポスターが取り囲んでいる。暖炉の前のウグイス色の革張りのソファーは、当時から使われているものだというから、アガサも腰を下ろしたことがあったかもしれない。殺人事件などとはもちろん無縁の、英国人好みの心地よさ、いわゆるコウジネスに包まれている。しかし、アガサの小説では、こんな平穏な安らぎのなかでこそ凄惨な事件は起こるのである。時おりパーティーなどを開くというテラス・ルームの籐の椅子には柔らかな日差しが注ぎ、窓の向こうには鮮やかな色彩の花壇が見える。昔はこの庭先から荒々しい野原が広がっていたという。

建物のまわりをぐるりと見せてもらうことにした。花壇のある裏庭に行ってみるが、ここにもまったく人気がない。ホテルには三二のベッドルームがあって、宿泊客も少なくないというのだが、ランチボックスを手にダートムアへの散策に出かけていて、昼間はほとんど無人なのだという。一九六三年に火災にあってアガサが泊まった時代の建物の一部は残念ながら焼失し、宿泊名簿も灰になったというが、左側の半分、灰色の花崗岩でできた部分は往時の写真そのままで、白い石で縁飾りをした窓も昔のままである。

ここで書かれたのが、アガサの第一作『**スタイルズ荘の怪事件**』だった。この静かな場所

アガサ・クリスティ・ラウンジと名づけられた居間や食堂には、柔らかな日差しが注ぐ。暖炉の上にはアガサの肖像画が飾られて。

でアガサは、午前中は心ゆくまで執筆に専念し、午後は二時間ほどムアを散策するという日を送った。

アガサの想像力が生み出した架空のスタイルズ荘は、ここダートムアではなく、ロンドン北東部にあるエセックス州の架空の村スタイルズ・セント・メアリ駅から三キロと少し離れたところにある同名の村から、さらに一・六キロ離れたところにあるカントリーハウスということになっている。このスタイルズ荘、二階だけでも女主人の部屋に客室が一二室、さらに使用人部屋もあるという広壮な屋敷である。歳若い夫を迎えたばかりの女主人ミセス・イングルソープが何者かに毒殺されるのだが、第一次大戦の前線から傷病兵として本国に送還されたヘイスティングスが、夫人の義理の息子である旧友ジョンの招きでスタイルズ荘に滞在中、切手を買いに立ち寄った村の郵便局でばったりと出会ったのが、昔なじみのポワロだったというわけだ。

ここに初登場するポワロは、かつてベルギー警察でもっとも名を馳せた人物だったが一九〇四年に引退し、戦局の悪化とともに、仲間の難民六名とともにイギリスに亡命し、イングルソープ夫人の庇護のもと、屋敷近くに逗留していたのである。ドーヴァー海峡を挟んで、フランスのカレーとケント州のドーヴァーを結ぶ船で、ポワロたちはヨーロッパ大陸から逃れてきたという。ポワロは、当時トーキーに数多くいたベルギーからの難民たちがヒントとなって生まれた人物で、この作品はまさに、第一次大戦の落とし子と言えるかもしれない。ヘイスティングス描くポワロ像は、私たちが今思い描く彼の姿そのままである。「ポワロは並はずれた風采の小男だった。背丈は五フィート四インチ足らず、だがじつに堂どうと

ムアランズ・ハウスの裏庭。美しい花が咲き乱れているが、ここにも人影はなく、ひっそりとした静寂に包まれている。

していた。卵そっくりの頭でいつも小首をかしげ、口ひげは軍人ふうにピンと跳ね上がっていた。装いの潔癖さは異様なほどで、埃ひとつ着こうものなら、銃弾を受けた以上に大騒ぎするに違いない」。そしてヘイスティングスはこうも言っている。「〈きちょうめんな人物〉というのが、ポワロが他人に捧げる最高の賛辞」だと。

♣ ヘイトー ♣

冬ともなれば積雪も多く、風の吹き荒れる土地であるが、夏には花が咲き乱れ、野生の動物たちの生命があふれている。あたりには有史以前の奇岩が地表に露出しており、ムアランズ・ハウスの近くにもそんな岩のひとつヘイトーがある。先刻ウディコム村のほうからバスで戻って来た道を五、六百メートルほどあと戻りして、当時のアガサと同じように、ヘイトーへの道をたどってみた。

八月だというのに身を切るほど冷たい風が奇岩の頂から降りてきてムアの丘陵に吹き渡っている。夏のピクニックを楽しもうとやってきた人びとは、わずかな潅木の茂みの陰に、見知らぬ者どうし身を寄せ合ってピクニック・ランチを広げている。その傍らには、ソフトクリームやクッキーなどを売る小さなバンが一台止まっていて、寒風のなか、子どもたちが震えながらソフトクリームを食べていた。

岩山につづく道にも小さな人影が点々と見え、頂に立つ人のシルエットも小さく見える。丘の裾野にあるカー・パークからは往復一時間の道のりで、ガイドブックによれば、海抜わずか四五七メートルというから、ダートムアに数多くある奇岩を目指すトレッキング・コースのなかでは、初心者向きなのかもしれない。このヘイトーの魅力が喧伝されるようになったのはヴィクトリア時代だったというから、アガサが滞在したムアランズ・ホテルにも、戦時中とはいえ、ヘイトー見物を目あてにした客が、あるいは滞在していたかもしれない。二〇世紀初頭には、近くに鉄道が敷かれる計画もあったらしいが、幸いなことに実現はしなかった。

しかしそれにしても、地表から露出した、数億年前の岩の隆起を目指して、人はなぜひたすら登っていくのだろうか。ただ高いところにあり、そこから四囲に広がる荒野の果てしないうねりが眺められるというだけではない、何かべつのものがそこにはあるような気がする。まるで大地の腸がむき出しになったような奇岩には、人類の遠い記憶につながる懐かしさがあるのかもしれない。このあたりはまだ、広大なダートムアの東の端に過ぎないが、荒野に心惹かれたアガサは、しばしば遠くまで足を伸ばし、物語の舞台にもよく使った。二度目の夫となるマックス・マローワンが初めてアッシュフィールドを訪ねた日に、雨の荒野へピクニックに誘い出したというエピソードを思い出した。

『**ビッグ4**』（一九二七）では、ビッグ4と呼ばれる国際的な悪の組織と戦うポワロが、手がかりを知る男の住む、ダートムアのホッパートンという小村を目指してパディントンから西へ向かう列車に乗る。荒野の端の窪地に家が密集する村に着いてみると、すでに男は殺されているという物騒な話である。また『**シタフォードの秘密**』（一九三一）には、過酷な冬のダートムアの姿が描かれている。人里離れたシタフォード荘に人びとが集まり、余興で霊を招きよせるテーブルターニングをしていると、荘の持ち主で、今はそれを人に貸して最寄

ワラビやシダの生い茂るヘイトーのまわりには、長年にわたってここを訪れた人びとの足に踏み固められた、自然の道ができている。

りの村、エクスハンプトンで暮らしているトレヴェリアン大佐の死を予言するお告げが出る。エクスハンプトンという村には、ムアの丘に登る人びとを乗せた大型バスがやってくるという、南のプリマスとは違った方角にあるらしいから、ダートムアの北に位置するオクハンプトンなどがイメージされているのかもしれない。物語ではエクセターから汽車で三〇分のところにある村という設定になっている。交霊会に参加していた友人のバーナビー少佐が、人びとの制止も聞かず、一メートルもの積雪を掻き分けて様子を見に行くと、予言どおり大佐は殺されていた。話中のエクスハンプトンから直線距離で二〇キロ、道なりに進むと二六キロのところにプリンスタウンの刑務所があり、囚人の逃亡を知らせる鐘の音が聞こえてくる。また近くには妖精の穴と呼ばれる洞窟があったりもする。

　架空のシタフォード村は、シタフォード・ビーコンの陰に当たる荒地を登ったところにあり、村には鍛冶屋と郵便局を兼ねた菓子屋しかない。エクスハンプトンとこの村を結ぶ道には、〈車は徐行〉と、ムアの道路でよく見かける標識が立っている。シタフォード荘は花崗岩でできていて、近くのシタフォードの丘には灰色の大きな奇岩の塊があり、頂からはダートムアを見晴らすことができるという。トレヴェリアン大佐からこのシタフォード荘を借りているのは、南アフリカから娘とともに帰国し、ダートムアに憧れてやってきたという酔狂な中年女性である。私が後日立ち寄ったダートマスのツーリスト・ビューローには、冬場の貸しロッジを宣伝するパンフレットが置かれていて、そこには暖かい暖炉の火と薪の香りが忘れられない思い出になると書かれていたから、あんがいロマンチックで心地よい暮らしなのかもしれない。彼女が読んだ本にはウディコム村の祭り、あのウディコム・フェアのこと

羊たちが日がな一日、村の中を歩き回る。

が詳しく書かれていたというくだりもある。

『一三の事件』（邦訳『火曜クラブ』）は、ミス・マープルの家に毎週火曜日に集まった人びとが、かつて見聞した未解決事件のことを語り合うという趣向の短編仕立てで、ミス・マープルが読者の前にはじめてその鋭敏なひらめきを披露した作品である。そのなかの牧師の話「アスタルテの祠」に、ダートムアのはずれにあるサイレント・グローヴという名の屋敷近くの森で起きた殺人事件の話がある。この屋敷もまた、デヴォン特有の花崗岩でできた家で、窓からはヒースとワラビの生い茂るムアが一望でき、長い年月、風雨に晒された高い岩山が連なって見える。近くの岩山の斜面には石器時代の住居跡もある。妖精の穴と呼ばれるこうした洞窟のことは、『白昼の悪魔』（一九四一）にも出てくる。ポワロは、南デヴォンのバー島をモデルにしたスマグラーズ島、すなわち密輸入者の島という名の島にあるジョリー・ロジャー・ホテルに泊まっているのだが、ここで元女優のアリーナが殺されるという事件が起き、足止めを食らった客たちは陰鬱な気分に包まれる。そこでポワロが、ホテルの泊り客たちを、気晴らしと称して、せきたてるようにダートムアへのピクニックに誘うのだが、気が進まないというデザイナーのロザモンド・ダーンリーの腕をつかんで客の一人が、ダートムア刑務所送りだとふざける場面もある。一行は車三台に分乗していざ出発となるのだが、滞在客の一人ホレス・ブラットは、観光ガイドよろしく皆を車に誘導しながら、「ヒースの花に草イチゴ、名物はクリームと監獄だよ」と声高に叫ぶ。クリームとは言わずと知れた、アガサの大好物、デヴォンシャー特産のクロッテッド・クリームのことである。一行はケルト伝説の妖精ピクシーの洞窟を探し求め、小川のせせらぎを聞きながらヒースの茂みで弁当

プリンスタウンの刑務所

を開き、おぞましい出来事をしばし忘れて、平穏なひと時を過ごすのである。戦争のさなかに、ムアを散策して心の憂鬱を慰めたアガサの思いが、どこかに反映しているのだろうか。

アガサは、このプリンスタウンの刑務所について、たとえば『**ポワロ登場**』（一九二四）集中の「**ミスタ・ダヴンハイムの失踪**」などでも触れているが、それほど詳しくは書かれていない。プリンスタウンは一八世紀にはたった四軒の家があるばかりの寒村だった。一七八九年に勃発したフランス革命後、英国はナポレオン率いるフランス軍を相手に戦い、やがて数千人の捕虜をハルクスと呼ばれる牢獄船や廃船などに収容したが、難船事故が相次いだため、やがてダートムアに捕虜収容所が作られた。プリマスの軍港にも近く、脱走が難しいということでこの土地が選ばれたのだろう。建設は一八〇六年に始まり三年かけて完成した。その後二〇年にわたって、フランス人ばかりでなく、のちにはアメリカ人捕虜も含め六千人が収容されたというが、劣悪な施設で死亡するものも多く、その多くはムアの土となったと伝えられている。一八一五年に捕虜の送還がはじまると、刑務所は空っぽになり一八五〇年まで放置された。やがて大幅な改築が行われ、以後は受刑者のための収容施設として使われるようになった。ほとんどが終身刑を言い渡された囚人で、ヴィクトリア時代には、イングランドでもっとも過酷な刑務所として知られた。コナン・ドイルの『バスカヴィル家の犬』にもあるように脱獄者も多く、初期の頃は大砲で、のちにはサイレンやベルで脱獄が村中に知らされると、人びとは戸締りをし、馬を盗まれないように警戒したという。一九一七年にすべての受刑者は他の地へ移送され、四階建ての白い建物が残るばかりとなった。アガサがムアランズ・ホテルに滞在した一九一六年は、刑務所としての最後の役目を果

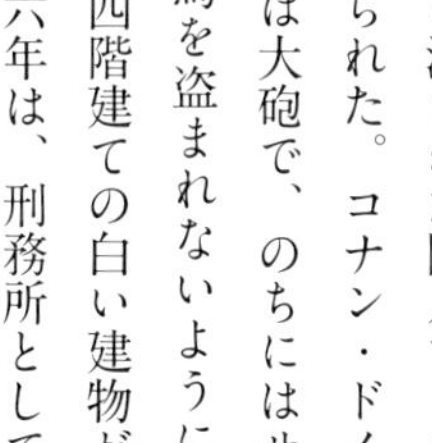

『バスカヴィル家の犬』ではホームズが、真犯人を探すためダートムアの石窟に潜んだ。それを怪しい人物と勘違いしたワトスンが待ち伏せする。

たしていた時期ということになる。現在はイングランドに唯一という刑務所博物館があり、囚人服や拷問の道具などが展示されている。

『死者のあやまち』（一九五六）では女性のハイカーが、北岸のクロバリーからエクセターを迂回してデヴォン南岸にあるナッシ屋敷にやって来たといい、また「二重の罪」（『二重の罪』一九六一所収）では、南デヴォンのエバーマスという土地に滞在中のポワロが、北デヴォンのチャーロック・ベイに向かおうと思い立つが、汽車で行くにはエクセターまで行って乗り換えるしかない。そこへ、ヘイスティングスが、ダートムアを経由するバスの情報をどこからか仕入れてくる。現在では、ダートムアを横断する立派な道路ができていて定期バスが走り、車の道も整備されているが、旅行者が好きな目的地を自在に訪ねられるほど便利ではない。当時から現在にいたるまで、ムアは人びとが容易に立ち入ることを許さない、それだからこそ神秘にあふれた土地なのである。

華麗な日の残り香
ペイントン

＊オールドウェイ・マンション
＊保存鉄道

『いち、にい、靴の留金しめて』
『第三の女』
『ハロウィーン・パーティー』
『ABC殺人事件』

♣　ペイントン　♣

トーキーに別れを告げ、トーベイの西に位置するペイントンに向かう。トーキーからペイントンまでは列車で一駅、もちろんバスも頻繁に出ている。バスのタイムテーブルを見ると、トーキーの繁華街ストランド通りからペイントン・バス・ステーションまでは、二〇分ちょっとかかることになっている。前にも述べたようにペイントンは、トーキーや、このあとに述べるブリクサムとともにトーベイ市に統合されているが、それぞれ違った表情をもつ町である。

もともとは小さな漁村に過ぎなかったペイントンの町が、現在のように大きく広がったのは、それほど遠い昔のことではなく、一九世紀半ばになってからだった。そのため町には今でも、ヴィクトリア時代の雰囲気が色濃く残っている。駅に荷物を預け、改札を出ると目の

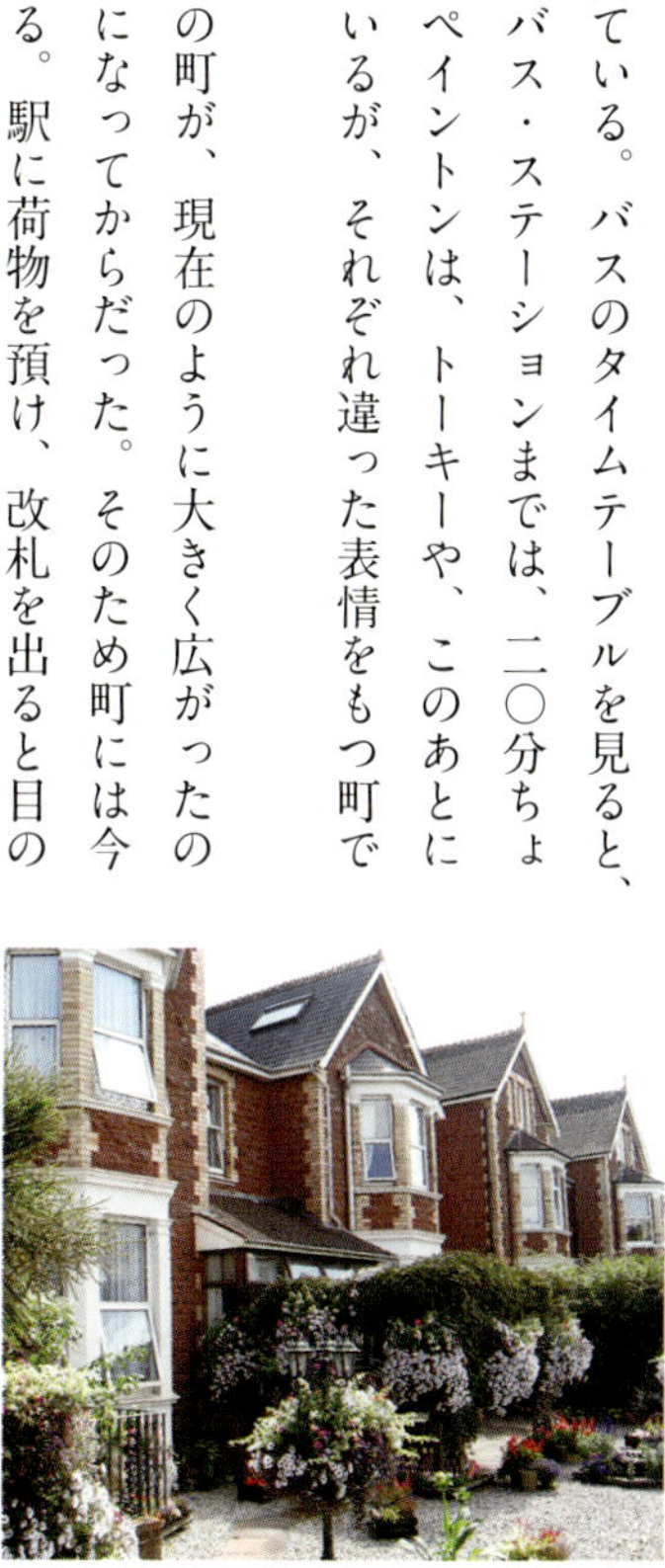
ペイントンの美しいテラスハウス。

前に小さなロータリーがある。そこから海の方角を背にして、緩やかに右手にカーブするヴィクトリア・ロードを歩いて行くと、両側に重厚なヴィクトリア様式のテラスハウスの商店街がつづく。その先の広い道にも、これまたヴィクトリア時代の、赤レンガ造りの住居が立ち並んでいる。瀟洒な玄関先には小さいが美しい前庭があり、町の人びとのゆとりある暮らしぶりを垣間見ることができる。しかし、同じように海浜の保養地として栄えたとはいえ、トーキーと比べれば、駅周辺の繁華街にはどことなく活気がない。

坂を上り詰めたところに、ハイド・ロードと書かれた標識がある。富裕な法廷弁護士アーサー・ハイド・デンディにちなんでつけられた道の名である。彼は、一八七〇年頃、ここペイントンで、あの女性海水浴客用の脱衣車ベイジング・マシーンを考案し、またペイントン・ピアを設計するなど、さまざまな文化的貢献をした人物である。ペイントンの海岸には、デヴォン独特の赤味をおびた砂浜、マーシュ・ランドが広がっているが、むかしはここハイド・ロードのあたりまで砂地が広がっていたのだという。標識を右手に折れてこの道をあとにし、トーキーとペイントンをつなぐトーキー・ロードと呼ばれる広い道路を少し歩くと、やがて右手の道沿いにヴィクトリア・パークという公園の入り口があり、その先の古い教会を過ぎて少し行くと、ようやく左手前方にオールドウェイ・マンションのある小高い丘が見えてくる。もちろんバスも通っているから、オールドウェイという名のバス停で下車してもよい。

一八歳から二四歳頃にかけて、アガサはこの屋敷で開かれるダンス・パーティーに、なんどか出席したという話が地元に伝わっており、屋敷の管理者もそう言うのだが、くわしいこ

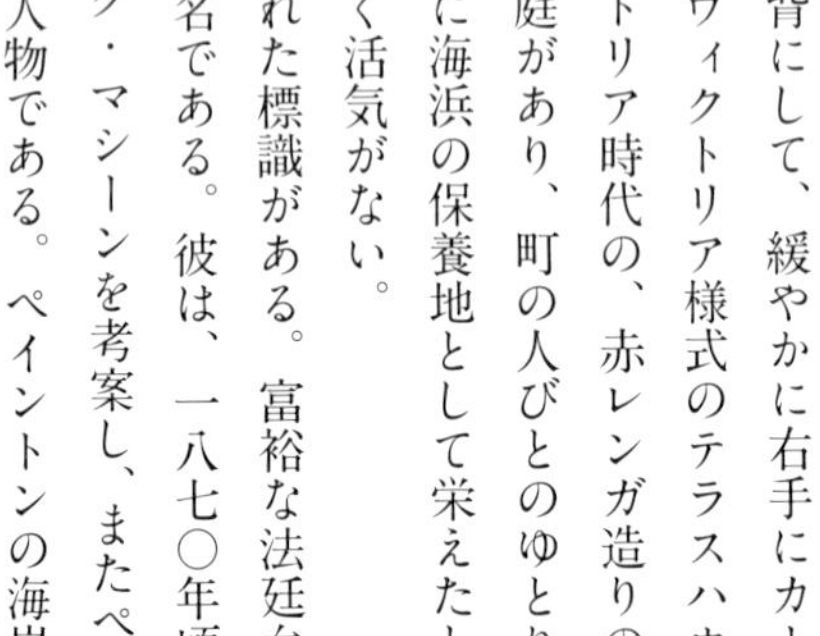

ペイントン駅前のロータリー。商店街のある緩やかな坂道を歩き、トーキー・ロードを右にたどると、オールドウェイ・マンションがある。

保存鉄道駅には、古い牛乳缶が飾られている。左は美しい景色に歓声を上げる子どもたち。

とはわからない。『自伝』には、「私たちはふつうのパーティーにも、テニス・パーティーにも、ガーデン・パーティーにも歩いていったが、地元の田舎で開かれる夜のダンス・パーティーには、もちろん馬車を雇った」と書いてある。一張羅のドレスを着て高いヒールの靴を履き、友人たちと笑いさざめきながらパーティー会場に向かうアガサの姿が目に浮かぶようだ。しかしそういえば、アガサの小説には、小さなハウス・パーティーのようすはよく描かれるが、華麗なダンス・パーティーが描かれたことはない。キツネ狩りや乗馬にも誘われて出かけはしたが、「じつのところ、私の友人のほとんどが、まあまあの収入の家庭の娘だった」と言い、「イヴニング・ドレスは三着以上はもっていなかった」と言うアガサには、豪邸での貴族趣味的なパーティーは憧れではあっても、どこか肌に合わなかったのだろうか。

オールドウェイ・マンションは、シンガー・ミシンの創設者で今日ならさしずめ億万長者をはるかに淩ぐアイザック・シンガーが、私邸として建てた壮麗な館である。シンガー一家は健康にいいという理由で、ここ海浜の町ペイントンに住み着いた。アイザックは一八七一年頃に、町を見下ろすこの丘を購入し、古くからそこにあった屋敷を壊し、地元の建築家に依頼してこの壮麗な館の建築を始めたが、四年後に完成を見ずに亡くなった。後継者で三男のパリス・シンガーが、一九〇四年から一九〇七年にかけて現在の姿に造り上げたというから、若いアガサがダンスに訪れた頃の館は、完成したばかりでまさに目もくらむばかりに光り輝いていたことだろう。胸をときめかせながらダンスに興じるアガサの姿が目に浮かぶようだ。その名が表すようにパリで生まれたパリスは建築にあたって、なんとあのヴェルサイユ宮殿やパリのコンコルド宮殿をモデルにしたというから、膨大な建設費用は想像を絶する

ものであったに違いない。

内装は床も柱もシックな色合いの大理石造りで、大階段をあがった二階踊り場正面の壁一面には、フランスの画家ジャック・ルイ・ダビッドによる「ナポレオン皇帝によるジョセフィーヌの戴冠」の絵の模写が飾られている。この絵画のオリジナルは一九四六年にフランス政府に売却され、現在はヴェルサイユ宮殿にある。天井はイタリア風の絵画で埋められ、二階の床にも美しい大理石が敷きつめられている。二階のボール・ルームは、白い壁に金色の装飾を散りばめた華やかな造りで、窓の間を埋め尽くした鏡や寄木の床にもヴェルサイユ宮殿の鏡の間を模したあとが窺える。〈アガサ・クリスティ・殺人ミステリ・ウィーク〉には、このホールでも当時の音楽を演奏して伝統的なティーダンス・パーティーが催されるという。

ところで、パリス・シンガーという名に聞き覚えのある方はないだろうか。じつは彼はアメリカの天才ダンサー、イサドラ・ダンカンとの恋で浮名を流した人物なのだ。現代的に再現されるこのパーティーは、かつてここで踊りを披露したイサドラ・ダンカンの姿を髣髴させる華麗な催しだ、とは主催者の謳い文句である。最初の妻と離婚した四四歳のパリスは、一九〇九年にパリを訪れたとき知り合ったダンカンと、世界中を旅して幸せな日を送ったが、一九一七年にふたりの関係は終わり、失意のパリスはアメリカ国籍を取得してこの屋敷を捨てた。第一次大戦中のことである。一九一四年以降の四年間は、あらゆるカントリー・ハウスがたどった運命をこの屋敷もたどり、接収されて傷病兵のためのベッドが運びこまれ、また第二次大戦時の一九三九年から四五年にかけても、ふたたび兵士たちに供された。

一九四三年にジョージ六世とエリザベス二世が慰問に訪れたが、この年に屋敷は被弾して被

ヴェルサイユ宮殿を模したというオールドウェイ・マンション（右頁）。階段の上には有名なナポレオンの戴冠の絵（左頁上）が飾られ、広大な庭園には色鮮やかなフォーマル・ガーデン（右）や楚々としたイングリッシュ・ガーデン（左）も。

害を受けた。

ギリシア式円柱のある南側の広いテラスの両側には、スフィンクスを模した、美しい女性の顔をもつ動物の像が二体設えられている。屋敷の外に広がる庭は、さすがにヴェルサイユ宮殿には及ぶべくもないが、一七エーカーの広さがある。左右対称の均衡を何よりも愛するポワロ好みの整形式庭園、すなわちフォーマル・ガーデンは小ぶりだが、ベゴニアやマリーゴールドが咲き乱れ、その傍らには、自然な風情のイングリッシュ・ガーデンも設えられている。

♣ 庭をめぐるミステリ ♣

それで思い出すのは、『いち、にい、靴の留金しめて』（一九四〇、邦訳『愛国殺人』）という作品のことだ。ポワロが年に二度診察を受けることにしている歯医者が、彼が訪れたその日に、治療室内でピストル自殺をした。

死因に不審を抱いたジャップ警部はポワロに相談を持ちかけ、ふたりは当日診療を受けた患者たちを訪ね歩く。そのなかに、大銀行の頭取で、国内の経済と政治的権力を一手に掌握しているアリステア・ブラントがいた。彼はチェルシー・エンバンクメントに有名なゴシックハウスを所有しているほかに、ケント州とノーフォーク州に、それぞれ立派な屋敷を持ち、趣味の造園を楽しんでいた。そのブラントの招きでケント州の屋敷に滞在することになったポワロは、ハーブガーデンやバラ園の美しさに心奪われ、「イングリッシュ・ガーデンの粋を集めたもの」だと認めはするのだが、一方で、彼の故郷ベルギーの海浜都市オステンドでよく見かけた、赤いゼラニュウムが行儀よく植えられたいわゆる大陸式のフォーマル・ガーデンのほうが好きだと、心に呟くのである。ベルギーは、チューリップなど花卉《かき》貿易の大国オランダから一八三〇年に独立した国だと言えば、彼の故国への思いもわかるだろう。

　作品の題名はマザーグースの数え歌からとったもので、一〇章に分かれたそれぞれのパートのタイトルには、歌詞がそのまま使われているが、アメリカ版では『**愛国殺人**』に変更された。歯科の外でたまたま女性の靴のバックルがはずれるのを目にしたことが、のちに事件解決の糸口になるのだが、「私は婦人の足と踵をよく見る男なのです」と言うポワロが、「新しいぴかぴかの、大きなバックル飾りのついたエナメル皮の靴でした。あかぬけしない、じつに下品な」と呟くのを聞くと、どんな田舎を訪ねるにも、いつも細いエナメル靴を愛用する彼自身の趣味はいったいどうなのか、と茶化したくなる。現に、珍しいアルプス植物を植えたロック・ガーデンを自慢するアリステア・ブラントの長広舌に耐え切れず、「片方の足からもう一方の足へと、そっと何度も重心を移し変えながら、我慢して聞いていた」あげく

オールドウェイ・マンションのテラスには、スフィンクスを真似た不思議な女性像が二体飾られている。いったいモデルは誰だろうか。

に、足が「大きなプディング」になったと嘆いているのだから。

ポワロはまた、『第三の女』（一九六六）でも、大実業家アンドルー・レスタリックの娘ノーマの身を案じて田舎の屋敷を訪ねる。そこで庭の手入れをしていたレスタリック夫人にポワロは、自分はベルギーの出身だが、「あなたがたの庭を、あなた方イギリス人を尊敬します。足元にひれ伏します。だが、ラテン民族はフォーマル・ガーデンを好みます、ヴェルサイユ宮殿を小さくしたような城館の庭園を愛します、それにまた、もちろん我われは菜園も考え出しました。ひじょうに大切です、菜園は。ここイギリスにも菜園はあります。だがそれはフランスから取り入れたもの、あなた方は花を愛するほどには菜園を愛してはおられない」などと、謙遜だか自慢だかわからない意見を、初対面の相手にとうとうと述べるのである。ヴェルサイユ宮殿のミニチュア版とは、まさにオールドウェイ・マンションをさす言葉ではないだろうか。

じつはノーマという娘、物語の冒頭で「自分が犯したかもしれない殺人事件」の相談をポワロのもとに持ちこみながら、彼と会ったとたんに、歳を取りすぎているからと、いきなり退散し、あの気取り屋のポワロをして、「ノム・ダン、ノム・ダン、ノム……」つまり、ちくしょう、ちくしょう、と叫ばせたのだったが、事件の解決と同時にポワロは、彼女の恋をとりもつ粋なはからいも見せて、友人でミステリ作家のアリアドニ・オリヴァ夫人から、「あなたって、ほんとに気のまわるひとねえ」と感嘆されたのだった。

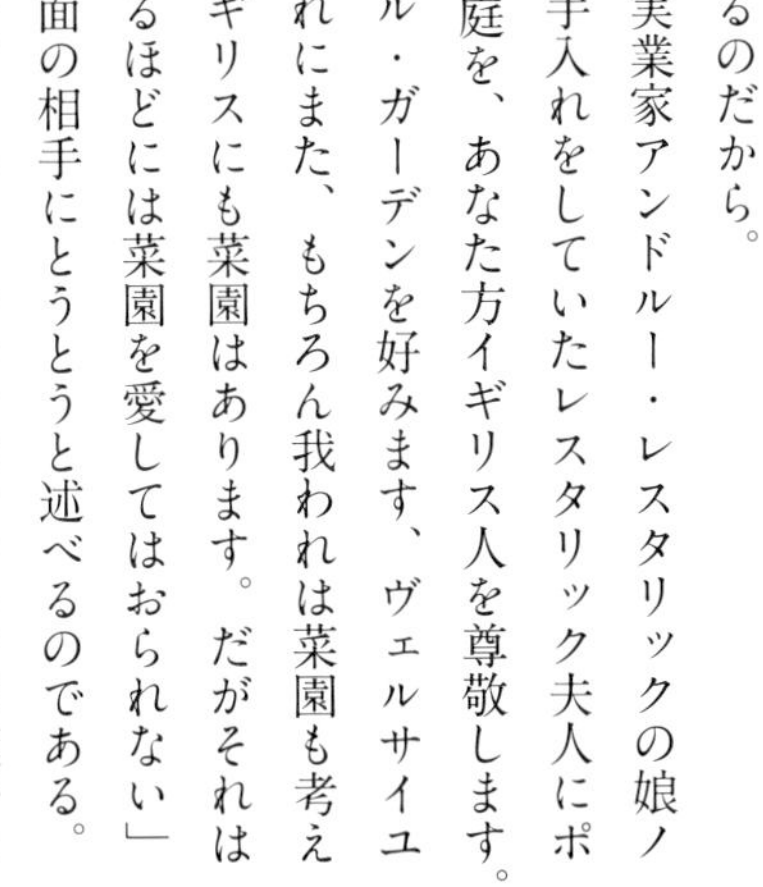

オールドウェイ・マンションの大理石の階段。二階には、ヴェルサイユ宮殿の鏡の間を模した大広間がある。

ところでオールドウェイ・マンションはまた、グロットや滝をそなえた野趣あふれる岩石庭園があることでもよく知られている。先ほど述べたように、『**いち、にい、靴の留金しめて**』のアリステア・ブラントの屋敷にも、珍しいアルプス植物を植えた、アルプス式岩石庭園の曲がりくねった道が描かれている。この岩石庭園へのイギリス人の嗜好は思いのほか強いものであるらしい。アルプス式とはいうがアルプスの植物とは限らず、高山植物のたぐいを集めたもので、このやや変わった趣向を凝らした岩石庭園、すなわちロック・ガーデンが、重要なモチーフとして使われている作品もある。

たとえば『**ハロウィーン・パーティー**』（一九六九）には、おぞましい殺人事件の現場となる石切り場庭園、すなわちクオリ・ガーデンが出てくる。このクオリという語、石を四角に切り出すという意味から、古文書などの情報を掘り出すという意味に転じ、さらに追跡の的や獲物という意味にも使われる。ミステリの舞台にふさわしい場所ということになるだろうか。ポワロはかつて英国の自然保護団体ナショナル・トラスト主催の、アイルランド庭園めぐりの旅に出かけ、南部コーク州の観光保養地、バントリー湾に浮かぶ島で、クオリ・ガーデンを見て感動した経験があるという。作中には書かれていないが、アガサは野趣あふれる美しい庭園で知られるバントリー・ハウスと湾に浮かぶウィディー島にヒントを得たのではないだろうか。ところでこの小説には、「ポワロに見わけられるのは、バラとチューリップだけだった」という驚くべき一文があって、庭園に関するこれまでの彼の蘊蓄はいったい何だったのかと、思わず首をひねってしまう。この『ハロウィーン・パーティー』、題名からわかるように、子どもたちがハロウィーン・パーティーを楽しんでいる最中に、虚言癖の

オールドウェイ・マンションは、野趣溢れるロック・ガーデンでも知られている。ミス・マープルもこんな庭に魅せられたのだろうか。

ある少女ジョイスが、リンゴ食い競争に使われたバケツに首を突っ込まれ、溺死するという事件で、「殺人事件では、被害者の性格が動機になることが多いのです」、「過去は現在の父なのです」、「人は信じたいことを信じるものです」という、いつもながらのポワロの信条が事件の解決に道を開いていく。

『牧師館の殺人』では、セント・メアリ・ミード村の牧師館に隣り合った自宅の庭で、なんと日本式の石庭を作ろうと奮闘しているミス・マープルの愛すべき姿が描かれている。殺人犯は、銃の発射音をカムフラージュするために森に爆薬を仕掛け、その証拠の石を取り除く作業をしている姿を目撃され、ミス・マープルのロック・ガーデンのための石を運んでいるところなのだと弁明するのだが、これがかえってミス・マープルに犯人のめぼしをつけさせてしまう。なぜならばその石はマープルいわく、彼女のロック・ガーデンにはまったく不似合いな石だったからだ。しかしそれにしても、マープルの日本式石庭とは、いったいどんなものだったのか、ぜひいちど見てみたい気がする。また**『スリーピング・マーダー』**でも、テラスの前の不自然な位置に設えられたロック・ガーデンが、主人公グエンダ・リードの記憶の底に眠っていた、過去の身の毛もよだつような殺人事件を掘り起こす手がかりのひとつとなる。

ところで現在のオールドウェイ・マンションだが、一九四六年にペイントン・カウンシルはシンガー一家からオールドウェイ・マンションを購入し、今では地域の公共施設として無料で公開され、結婚式などに使われている。私が訪ねたときも、ちょうど挙式が終わったところで、庭園では美しいウェディング・ドレスを着た花嫁と白いタキシード姿の花婿を囲ん

オールドウェイ・マンションから眺めたペイントンの町。

で、記念撮影がはじまろうとしているところだった。建物の一階にはアイザック・メリット・シンガー社が製作した初期のミシンが展示してあり、この華麗な屋敷の佇まいとは、どことなくそぐわない印象である。

♣ 保存鉄道 ♣

ペイントン駅は、保存鉄道の蒸気機関車の始発駅である。鉄道の正式名称はペイントン・アンド・ダートマス・スティーム・レイルウェイ。ホームの傍らには、黒く光る石炭が山積みになっている。売店には鉄道グッズの土産物が並び、子どもばかりでなく大の男までもが熱心に覗きこんでいる。壁には大きな保存鉄道のポスターが。私はここからふたつ目のチャーストンに宿を取ったのだが、荷物もあり、チャーストン駅でタクシーを拾うのは難しいので、とりあえずここペイントンからタクシーを利用することにし、蒸気機関車に乗るのは翌日の楽しみということにした。

つぎの日、ペイントンの鉄道本線のプラットホームに平行して作られた小さなホームで待っていると、やがて煙を吐きながらデヴォン・ベル号がしずしずとホームに入ってきた。一八六八年に運営が開始され、廃線となった時期もあったが、一九七〇年代初頭に保存鉄道として復活、夏のシーズンには約四五分おきに汽車が運行されている。車体は古いがノスタルジックな雰囲気があり、なかなかの乗り心地である。

ペイントンから終点のキングスウェアまでは、グドゥリントン・サンズとチャーストンの二駅があるだけで、わずか三〇分の乗車時間である。グドゥリントン・サンズ駅の前にはキ

ペイントン駅に掲げられた保存鉄道のこんな看板には、子どもだけでなく大の男たちも引きつけられるようだ。

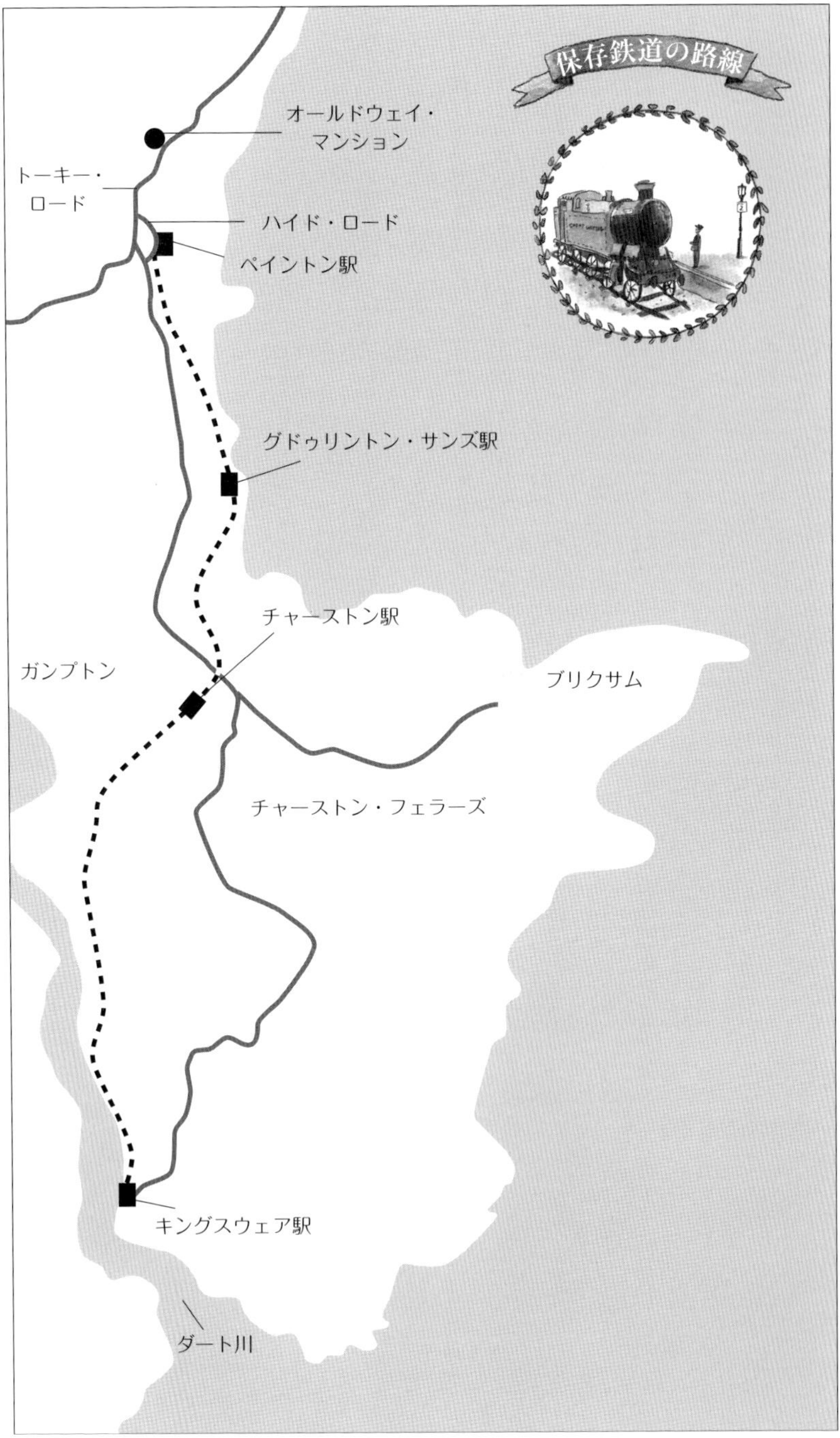
保存鉄道の路線
オールドウェイ・マンション
トーキー・ロード
ハイド・ロード
ペイントン駅
グドゥリントン・サンズ駅
チャーストン駅
ガンプトン
ブリクサム
チャーストン・フェラーズ
キングスウェア駅
ダート川

ー・ウエスト・ビーチ・リゾートという、ループ式の滑り台やプールのある遊園地が斜面を生かして作られており、その先に美しい海水浴場が広がっている。この駅を過ぎると左手前方にその名のとおり広びろとしたブロード・サンズのビーチと、その先の、『**ＡＢＣ殺人事件**』で殺人現場となったエルベリー・コウヴの入り江を遠望することができる。

　つぎのチャーストンは、ポワロもヘイスティングスも降り立ったことのある駅である。あとで述べるように、アガサがステンドグラスを寄贈したチャーストン・フェラーズのセント・メアリ教会と、私が宿をとったチャーストン・コート・ホテルを訪ねるにはここで下車することになる。駅のホームには張り紙があって、古い駅舎の傷みが激しいので、修復のためのボランティアを募集していると書いてあるが、駅舎はペンキを塗ったばかりのようにぴかぴかだった。求めに応じてボランティアが集まった成果なのかもしれない。

　『**ＡＢＣ殺人事件**』でポワロは、ヘイスティングスや警察の人間たちと、パディントン駅からこの場所にやってくる。ここは、アンドーヴァー、ベクスヒル・オン・シーにつづいて三番目に起きたＣの事件の舞台である。殺されたカーマイケル・クラーク卿は中国美術の収集家として名高く、海を一望できる広い敷地に、白い長方形の現代建築の屋敷コームサイドを所有している。コームとは櫛のことだが、転じてぎざぎざの波濤、波頭の意味がある。波の砕け散る場所に建つ屋敷という意味になるだろうか。ヘイスティングスの言葉によれば、チャーストンはパディントン駅から三二七・六キロメートル、人口六五六人のかなり小さな町だという。一行はパディントンからニュートン・アボット行きの夜行寝台に乗って、午前六時八分着、ニュートン・アボット乗り換えでチャーストンには七時過ぎに着くことになっ

ている。
このチャーストンの町は、トーベイの湾曲した海岸線南側のちょうどなかほどを占めている。『ＡＢＣ殺人事件』には、事件の一〇年ほど前まではゴルフ場しかなく、緑豊かな田園風景はコースのはずれから海へと落ちこみ、あたりには一、二軒の農家だけという寂しい場所だったが、近年チャーストンとペイントンのあいだで宅地開発が進み、今では海岸沿いに小さな家やバンガローが点在していると書かれているが、この作品が出版されたのが一九三六年、作中の事件が起きるのは一九三五年だから、ほぼリアル・タイムの町の様子だったと考えて差し支えないだろう。ところが驚いたことに汽車の窓から見る景色は、ここに書かれた風景とそれほど変わっていない。

チャーストンから線路はやや内陸寄りになり、林や牧草地が広がりはじめる、やがてグリーンウェイ・トンネルを抜けると、木立のあいだに美しい緑地が広がる。そして左手に鬱蒼と茂る森を過ぎ、右手にダート川が迫ると、終点のキングスウェアである。乗客たちは小さなホームに降り立ったあとも、なかなか立ち去ろうとせず、名残惜しそうに、白い蒸気を吐きつづけているデヴォン・ベル号の機関車の前で写真撮影に余念がない。よく磨かれて光沢を放つ車体を撫でさすったり、ほれぼれと眺めたり。プラットホームには、鉄道による牛乳の搬送が盛んになったヴィクトリア時代の牛乳缶や、バケツやホースなどの消防道具が置かれていて、ノスタルジックな雰囲気を盛り上げるのにひと役買っている。このホームはＢＢＣ制作の「エンド・ハウスの怪事件」では、ロンドンから情報を携えてやってくるミス・レモンを、一足先にこの地に来ていたポワロとヘイスティングスが出迎えるシーンの撮影に使われた。

キングスウェア駅にしずしずと入ってくる機関車（右）。チャーストン駅のホームには、古い旅行鞄が積み上げられていて郷愁を誘う。

チャーストンの村の風景は、『ＡＢＣ殺人事件』の頃とそう変わっていない。

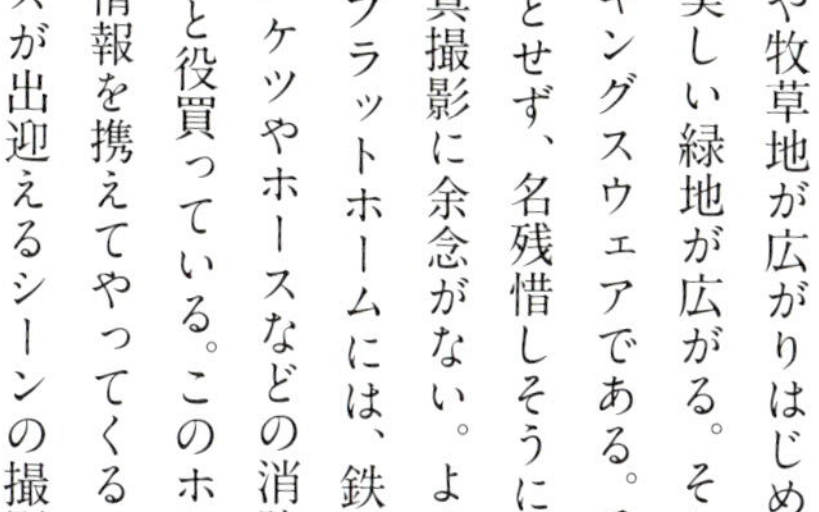

7
教区教会のある村　チャーストン～ブリクサム

*チャーストン・コート・ホテル
*セント・メアリ教会
*エルベリー・コウヴ
*ブリクサムの漁港
*メイプール・ハウス

『ねじれた家』
『復讐の女神』
『ABC殺人事件』
『葬儀を終えて』
『五匹の子豚』

♣チャーストン・コート・ホテル♣

さてペイントンからタクシーに乗った私は、チャーストン・フェラーズという小さな村にある、チャーストン・コートという名のホテルに向かった。高い石積みの塀のなかに車を乗り入れると、広い前庭に置かれた木のテーブルと椅子のまわりに、大きなジョッキを手にした男たちの姿があった。近くのゴルフ場でゲームを楽しんだ帰りなのだろうか。奥に見えるのは、一見しただけでは廃屋かと見まがうような古い石造りの建物である。ここは、領主のチャーストン卿が一二世紀に建てたチャーストン・コートという屋敷の跡で、隣接する教会の礎は、そのプライベート・チャペルであったらしい。現在の建物は一四世紀の建築で、おそらくその頃からだろう、チャーストン家はここで宿屋を経営するようになった。一六世紀には、のちに述べるアガサの住まいグリーンウェイの当時の当主であった、エリザベス一世の寵臣、サー・ハンフリー・ギルバートも義弟のサー・ウォルター・ローリーとよくここを訪れたという。一説によれば、宿の経営に何がしかの投資をしていたともいう。

アガサも、エリザベス時代の雰囲気をそのままに残すこのホテルに食事に訪れ、作品のインスピレーションを得たと言われている。かつてはオールド・チャーストン・インという名称だったが、一九五一年に新たな所有者に売却されて、現在はチャーストン・コート・ホテルという名称に変わっている。二〇ある客室のなかには、エリザベス時代の四柱式ベッドを備えた、古色蒼然とした部屋がいくつもあるのだが、タクシー・ドライバーにゴーストが出るとさんざん脅かされたので、私は、昔は使用人の部屋であったらしい白いペンキ塗りの部屋で三晩を過ごすことにした。

ホテルの特徴をひとことで言えば、とにかく暗いということだろうか。レセプションは、入り口を入って右手にあるバーの、カウンターのいちばん奥にあって、ここには朝も昼も息詰まるほどのアルコールのにおいが立ちこめている。パブの奥の暗がりには、正体のわからない老人が一日中腰をおろして、じっと動かない。廊下の暗がりには甲冑が立ち、階段の踊り場には青白い顔の女性の絵が浮かび上がる。夜になると、レストランは近隣からやってきたのか小さな子どもの客や老夫婦で賑わい、蝋燭の光のもとでひとときの華やぎを見せるが、朝になると明かりはなく、緑色の葉に覆われた窓から差す薄暗い光をたよりに食事を取ることになる。朝食は伝統的なイングリッシュ・ブレックファーストだが、夜には大皿に盛られた魚介類が供され、ここが海に近い場所であることを思い出した。エリザベス時代のハーフ・ティンバー作りの建物の壁は、歳月の重みに耐えかねて大きく傾いだり、膨らんだりしてい

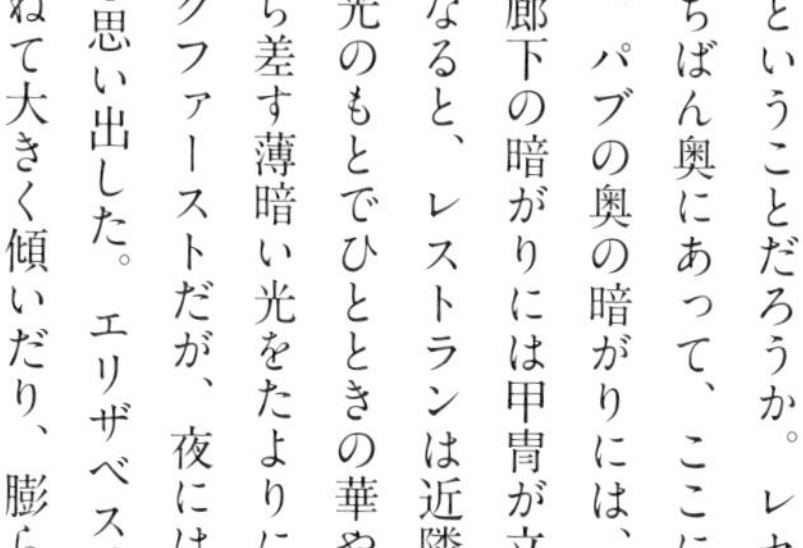

石積みの門の向こうに、チャーストン・コート・ホテルの古い建物が。

る。天井の梁も奇妙なぐあいに捩じ曲がり、よくぞ倒れずに数百年の歳月を持ちこたえてきたものだと思う。

この歪んだ宿にいると、『**ねじれた家**』（一九四九）のことを思い起こさずにはいられない。語り手で外交官のチャールズ・ヘイワードは、東洋勤務を終えて帰国すると、「タイムズ」の死亡欄で恋人ソフィアの祖父アリスタイド・レオニデスが死亡したことを知る。ロンドン警視庁の副総監を務めている父の口利きで、この大家族の屋敷に入りこんだチャールズは、容姿ばかりか心までも捻じ曲がったレオニデスの遺伝が、その孫であるソフィアの妹ジョセフィンに現われていることを知る。一族の屋敷はスリー・ゲイブルズという名で呼ばれているが、じっさいには一一ほどもある破風や、たび重なる建て増しのせいで大きく捩じれて見えるのだ。タイトルは『マザーグース』から取られたものだが、原題のcrookという語は本来、捩じれたというよりは、鉤型に曲がったという意味で、人差し指を折り曲げる仕草からもわかるように、騙し取るという動詞や悪党という名詞にも使われる。読者の目を欺く、じつにうまいタイトルだと言えよう。

到着した翌朝、薄暗いホテルの食堂で朝食をとっていると、窓ガラスの隅にある小さな割れ目に気づいた。そこから、緑色の細い蔦が触手を伸ばし、部屋のなかに進入している。窓に深い影を作っているその樹木の根は瘤のように絡み合っていて、『**復讐の女神**』（一九七一）に出てくるポリゴナム・バルドシュアニカムという蔦かずらのことを思い出した。この作品では、ミス・マープルが、めずらしく庭園めぐりツアー客の一人となって二、三週間ものぜいたくな旅に出る。話の発端は七年ほど過去に遡るのだが、ある年の冬、肺炎にかかったマ

ープルを気遣って、甥のレイモンドが、カリブ海への転地保養に出してくれた。その滞在先のホテルで、妻殺しの常習犯とおぼしき男の写真を、酔狂にも持ち歩いていたパルグレイヴ少佐が殺される。このときマープルは、気難しい車椅子の大富豪ラフィール氏と力を合わせて、新たな妻殺しを未然に防いだのだ。一九六四年の**『カリブ海の秘密』**事件である。首にふわふわしたピンクのスカーフを巻き、ラフィール氏の寝室に飛びこんで手助けを求め、私は復讐の女神ネメシスと名乗ったミス・マープルの雄姿は、読者の心に鮮やかに刻まれたのだった。

そして時は流れ、ラフィール氏はこの世を去り、遺言によって、彼の息子に汚名の着せられた少女殺し事件の真相解明を示唆されたマープルは、「なににでも鼻を突っこむおばあさん」を自称しながら、敬愛する死者からのメッセージにしたがって、まったく事情が飲みこめないままに、この庭めぐりの旅に出たというわけである。一行は、アン女王時代のマナーハウスや名園を見物したあと、ツアーのメイン・コースとも言うべき、チャーチルの生家ブレニム宮殿に立ち寄るのだが、その後この華麗な庭めぐりツアーは、一転して、おどろおどろしい殺人事件へと発展していく。マープルはホテル近くの旧領主邸に住む姉妹に招かれて、一七八〇年に建てられたという古い館に泊まることになるのだが、殺された少女は、かつてこの屋敷で庇護されていたことがわかる。屋敷には朽ちた温室が崩れ落ちた築山があって、ポリゴナム・バルドシュアニカムという名の蔦かずらが、その上に生い茂り、なんとも凄艶な美しさなのだ。

歪んだ愛、度を越した愛は不幸を招く。ミス・マープルも「愛とはほんとうに恐ろしいも

チャーストン・コート・ホテルと、隣のセント・メアリ教会（右）。ホテルの食堂は薄暗く、幽霊が出るという噂も。

ホテルの壁には、『復讐の女神』を思わせるこんな植物が絡みついている。

の。悪に変わりやすいのです、世の中でもっとも邪悪なもののひとつに変わりやすいのです」と、しみじみ呟くのだった。事件の解決後、ラフィール氏の遺言により巨額の謝礼を手にしたミス・マープルは、「雨の日の用心のために」と勧められた投資を断り、そのお金でただ楽しみたいだけ、「雨の日に必要なのは、傘だけです」とお茶目な答えを残して立ち去っていく。

♣セント・メアリ教会♣

高い石積みの塀をはさんでチャーストン・コートと隣接するのが、セント・メアリ教会である。この一帯の教区教会で、アガサがグリーンウェイ・ハウスに滞在したときには、日曜日の礼拝のたびに訪れていたという教会である。教会入り口には、日曜礼拝のための告知板がある。それによれば、教会の正式な名称はチャーストン・フェラーズ・聖母マリア教会。毎週日曜日には、八時、九時半、一一時、四時、六時半と、五回の礼拝が一部場所を変えて行われるとあるが、日曜日以外は、残念ながら内部を見ることはできない。

その日曜日の朝、朝食後の八時から教会の扉が開くのを待ちわびていたが、いっこうにその気配がない。小糠雨の降るなかを、なんども教会に足を運んだが、どっしりとした木の扉は押しても引いても一ミリたりともゆるがなかった。ぬかるんだ道が粘った足音を立てるたびに、藪のなかから、名前のわからない鳥が、大きな羽音を立てて飛び立った。昨今は信者の数も少なくなり、日曜礼拝など行われていないのではないかと不安が胸をよぎる。あとで手にしたパンフレットには、千年の歴史をもつ教会だと書かれていたが、おそらく改修につ

静かなたたずまいのセント・メアリ教会。

ぐ改修を重ねてきたのだろう。温かみのあるグレーの石に赤い縁取りが愛らしい。ホテルのレセプションのカウンターで、早朝からビールを飲みながらパソコンをたたいていた女性に尋ねてみたが、鐘の音が合図だが、何時に鳴るのか気にかけたことはないという。

所在なく教会墓地で、真新しい墓石の碑文を読んだり、墓参にやってきた老夫婦が手向けて行った花束を眺めたりして時間をつぶしていると、一一時ちょうどに待望の鐘が鳴り響いた。塔には六つの鐘があるというから、六人の手がカリオンの引き綱を引いているのだろう。まるで高らかな笑い声が周囲に弾け散っていくような華やかさだ。大急ぎで教会の玄関に行くと、驚いたことに大勢の人びとが、まるで結婚式かと見まがうような晴れ着姿で笑いさざめいている。入り口から首を差し入れると、品のいい白髪の婦人と牧師らしい男性が両側から分厚いバイブルを差し出してくれた。デイム・アガサの寄贈したステンドグラスを見に日本からやって来たと言うと、まあ、よくいらっしゃったわね、祈祷が始まらないうちに早く御覧なさいと急き立てられ、祭壇の前に急いだ。

アガサの座る席は右側の前から三番目と決まっていたという。東側にある祭壇背後の窓に、一九五七年にアガサが寄進した、藤紫色と薄緑色をメインカラーに描かれた、〈よき羊飼いイエス〉のステンドグラスがはめられている。アガサの注文で、ビディフォード美術学校の校長ジェイムズ・パターソンがデザインした、ヨハネの福音書からのメッセージである。『復讐の女神』でミス・マープルは、ヴィクトリア時代の鮮やかなステンドグラスのある教会を訪ねるが、その話を聞いた旧領主館の女たちが、ヴィクトリア時代のステンドグラスなんて値が張るばかりで悪趣味だと口ぐちに悪口を言うシーンがある。鮮やかな原色の色ガラスは、

日曜礼拝が始まると、華やかに着飾った人々が集まり、お喋りがはずむ。思わずミス・マープルの姿を探したくなるような光景。

どうやらアガサ自身の好みにも合わなかったらしく、『**親指のうずき**』でも、運河のそばの秘密めいた家を探索に出かけたタペンスが、村の古い教会に立ち寄る場面では、ヴィクトリア時代の化粧直しが建物を台無しにして、けばけばしい赤や青の色ガラスの窓が、古い時代の味わいを壊していると嘆いているから、柔らかな色合いのステンドグラスへの思いは、ことのほか強かったのだろう。

写真を撮り終えて振り返ると、いつの間にか教会の中は会衆であふれていた。出口近くに座っていた老人が、私の腕を叩き、「デイム・アガサは今も村の子どもたちの心の中に生きているんだよ、あの美しいステンドグラスを通してね」と言った。パンフレットの代金をはにかむように受け取った老婦人の姿に、まぎれもないミス・マープルの面影を見たと思った。

♣ エルベリー・コウヴ ♣

チャーストン・コートと教会の裏手のほうに、ゴルフ場につづく森の小道がある。両側にイバラとワラビが生い茂っている藪をかきわけて進む細い道なので、地元の人に尋ねないとわからないかもしれない。薄暗い道を分け入り、草深い小道をたどって行くと、その先に広いゴルフ場があって、そうとうに起伏の激しいグリーンがどこまでもつづいている。『**ABC殺人事件**』では、ポワロたちは、殺された中国陶磁器の蒐集家カーマイケル・クラーク卿の屋敷の庭にあるゲートからゴルフ・コースに出ることになっている。クラーク卿の屋敷は、このあたりには珍しい現代建築とされているが、今ではコースの端のほうに、海側を一面ガラス張りにした近代的な家が立ち並んでいる。

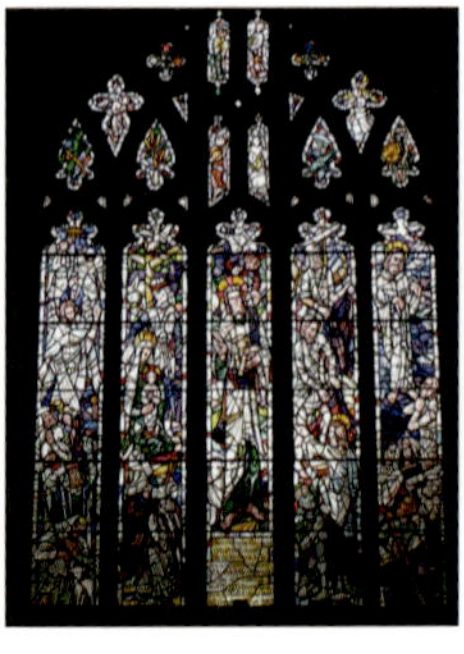

アガサがいつも座っていた席は前から3列目（右）。寄進した〈よき羊飼いイエス〉のステンドグラスが、好きだった薄紫色の光を投げかける。

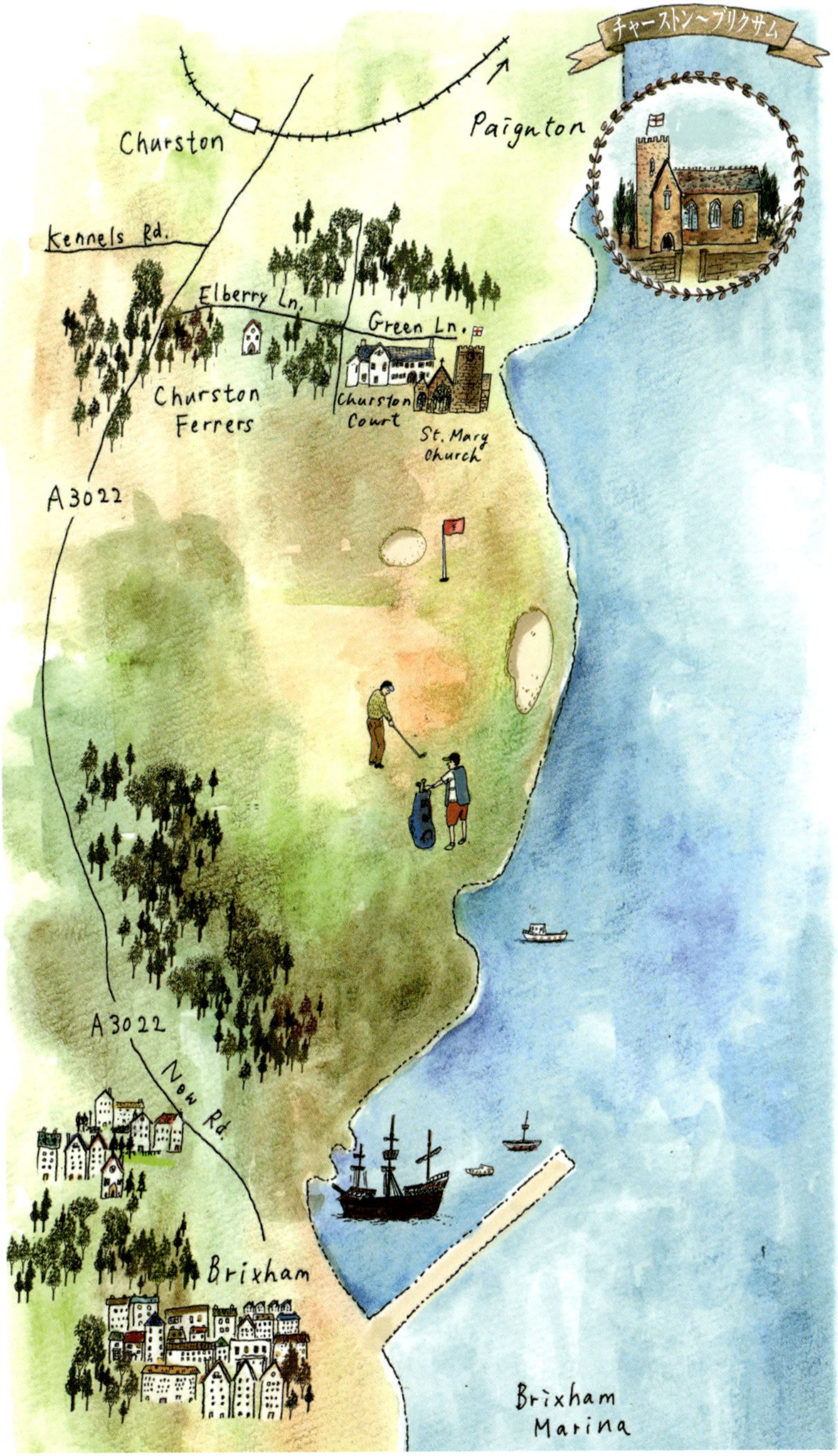
チャーストン〜ブリクサム
Paignton
Churston
Kennels Rd.
Elberry Ln.
Green Ln.
Churston Ferrers
Churston Court
St. Mary Church
A3022
A3022
New Rd.
Brixham
Brixham Marina

作中には、二年前に、幹線道路からブロード・サンズの海岸を抜ける新しい道ができたと書かれており、じっさいその通りなのだが、かなり遠い道を歩くことになるので、ゴルフボールが思わぬ方向から飛んでくるのではないかと、びくびくしながら不規則なアップダウンを早足で進むしかない。といっても、ゴルファーの姿はさほど多くない。あたりにはカモメやカラスの姿が目立つばかりだ。プレイをしていた初老の男性ふたりに声をかけられ、しばらく立ち話をしたが、かつてテーブルテニスの英国代表として日本へ行き、優勝したことがあったとか。人生の楽しい思い出の一こまだったと語ってくれた。しばらくアガサ・クリスティの話をしたあと、エルベリー・コウヴへの近道を教えてくれたが、パターが指し示す先の藪を抜けたそのまた先に、ようやく海へと落ちこむ崖がある。『**なぜエヴァンズに頼まなかったのか?**』で、牧師の息子ボビーが、崖下に見知らぬ男の死体を発見するゴルフ場は、ウェールズという設定だが、ふとこの話を思い出す風景だ。

『**ABC殺人事件**』のポワロとヘイスティングスが、イバラとワラビの茂る小道を行くと、その先に深い緑に覆われた白い小石の傾斜地がつくる浜と、サファイア・ブルーの海が開ける。思わず感嘆の声を上げるヘイスティングスに、カーマイケルの弟フランクリン・クラークは、こんなに美しい景色があるのにどうして誰もかれも、フランスのリヴィエラなんかへ行きたがるのかと嘆き、世界中をさがしても、こんなに美しいところはないと言う。この入り江を愛するアガサの思いが、思わず登場人物の口を借りて飛び出したということだろうか。あのトーキーのタクシーの運転手も同じことを言っていたのを思い出した。カーマイケル卿は、夕食後に散歩に出たところを、この場所で何者かに鈍器で撲殺されたのだが、なるほど、

鬱蒼とした緑地に囲まれた小さな入り江は、人目を避けるには格好の場所である。灰色がかった丸石の作る急勾配の浜には、すぐ近くまでデヴォン特有の赤い崖と草地が迫り、どこか荒々しい風情がある。水深があるので海水浴にはあまり適していないらしく、海のほうからモーターボートでやってくる若者たちが、賑やかに水しぶきを上げている。今のこの入り江のさまを見たら、アガサはどんな感懐を抱くだろうか。

♣ ブリクサムの漁港 ♣

ホテルから一キロほど歩いたところにあるチャーストン・フェラーズのバス停から、アガサもよく訪ねたというブリクサムに足を延ばしてみた。このバスはペイントンとブリクサムのあいだを約一時間で結んでいる。ブリクサムもまた歴史のある漁港で、ヨーロッパの港町でよく見かけるような、一軒ずつ色分けしたパステルカラーの家並みが美しい。港には丘陵が迫り、高台には美しい屋敷が立ち並んでいる。港町とは言っても、もともとは山手のほうで牛などの放牧をしていたカウ・タウンと、漁村のフィッシュ・タウンに分かれていたというから、半農半漁の町と言えるだろうか。デヴォンやコーンウォールのほかの町と同様、密輸を生業にしていた時代もあったらしい。全体としてはトーキーやダートマスよりもさらに庶民的な活気にあふれた町である。

堤防のなかに小ぶりの木造の船が係留されていて、そのまわりの岸壁を観光客が、フィッシュ・アンド・チップスやサンドイッチなどを手にそぞろ歩いている。じつはこの船、一六世紀のイングランドの提督フランシス・ドレイクの船ゴールデン・ハインド号の原寸大のレ

チャーストンの道端で見かけた道路標識（右）。エルベリー・コウヴにつづく道へは、こんな草深いトンネルをくぐり抜けて進む。

『ABC殺人事件』の現場となったエルベリー・コウヴの入り江。

プリカなのだ。一見鄙びたこの小さな漁港の歴史を知ったら、誰でもきっと驚くことだろう。この港はすでにヘンリー八世の時代から外敵に向かうための海の要所として知られていた。一六八八年の一一月五日には、旧教の復興をはかるジェイムズ二世に代わり、その娘の新教徒メアリ王女と夫オレンジ公ウィリアムとが、王位に迎えられるべく、オランダ軍を率いて上陸した記念すべき場所なのだ。あの名誉革命である。だから今でもオランダ風の姓を名乗る人びとが多く暮らす土地柄なのだという。

またここはダートマスと同様、第二次大戦時の一九四四年には、英、米、仏連合軍によるノルマンディー上陸作戦の出港地ともなった。しかし今では、岸壁沿いに土産物屋が立ち並び、釣り糸を垂らす子どもたちの歓声とカモメの鳴き声が賑やかに交錯する、活気あふれる観光地である。漁船の停泊するあたりには強烈な魚のにおいが立ちこめている。堤防の先端からは、左手のずっと向こうにトーキーと、インペリアル・ホテルを遠望することができる。海岸沿いの道に小さな観光案内所があったので覗いてみると、ここにも〈アガサ・クリスティ・殺人ミステリ・ウィーク〉のパンフレットが置いてあった。

そういえば、このブリクサムの波止場を描いた絵画が重要なモチーフとして使われている作品がある。**『葬儀を終えて』**（一九五三）がそれである。イングランド北部にあるヴィクトリア時代のゴシック・ハウス、エンダビー・ホールの主リチャード・アバネシーが亡くなったあと、遺言を当てにして近親者たちが久しぶりに一堂に会する。リチャードのいちばん下の妹コーラは、もともと常軌を逸した言動でひんしゅくを買うような女だったのだが、「だって、リチャードは殺されたのよね」と発言して一座の人びとを驚愕させ、レディング近く

ブリクサム港に停泊している、ドレイク船長のゴールデン・ハインド号のレプリカ。左頁は、現在ユースホステルとして使われているメイプール・ハウス（上）と、居間。ブリクサム行きのバスはこんなにカラフル（右下）。

の自宅に戻ったあと、殺されてしまうのである。コーラは画家で、家政をとりしきるミス・ギルクリストとふたり暮らしだったのだが、ギルクリストの部屋には、コーラが描いたブリクサムの波止場の絵や、コッキントン村の製鉄所、アンスティズの入り江、トーキーの北にあるババコムビー湾の絵などが飾られているのだ。そしてこれらの絵のなかに驚きの事実が隠されているのだった。

♣ メイプール・ハウス ♣

かつてのメイプール・ハウス、現在のリバー・ダート・ユースホステルは、ガンプトンにあるアガサの屋敷グリーンウェイの敷地に隣り合って建っている。『**死者のあやまち**』については、またあとでも述べるが、ミステリ作家オリヴァ夫人が滞在先のナッシ・ハウスから、事件が起こりそうな不吉な予感がすると、ロンドンにいるポワロを電話で呼びつ

けるところから話が始まる。このナッシ屋敷こそグリーンウェイ・ハウスのことにほかならない。ポワロはパディントン駅から列車に飛び乗り、乗り換えなしで三時間半、どうやらチャーストンらしき駅までたどり着くと、そこで屋敷からの迎えの車に拾われることになっている。出迎えのない私たちは、チャーストン駅にタクシーの便がないとなれば、ペイントン駅からタクシーに乗るか、それとも徒歩か、あるいはボートでダート河を遡るしか手はないというわけだ。幸いなことに私は、チャーストン・コートでタクシーの手配を頼むことができたので、ポワロと同じ道をたどってみることにした。ポワロの乗った車はダート川の流れを見下ろし、遠くにダートムアの高原を望み、やがて急勾配の丘を登りはじめる。とここで、フーダウンという名の公園にあるユースホステルを目ざして、息を切らし汗を流しながら歩くハイカーの女性二人を同乗させてやるのだが、ナッシ屋敷に隣接するというこのユースホステルこそが、メイプール・ハウスなのだ。

メイプール・ハウスは一八八三年に、造船業を営むリチャード・シンプソンの屋敷として建てられたヴィクトリア時代後期の建物で、一九五二年にユースホステルとして営業を始め、近年リバー・ダート・ユースホステルと名前を変えた。アガサもグリーンウェイと敷地を接するシンプソン家とは交流があり、屋敷に招かれたこともあったという。

グリーンウェイの敷地との境界が曖昧なために、よくユースホステルからハイカーが紛れこんできたという実体験をもとに書かれたのが、『**死者のあやまち**』であった。作中でオランダから来たというハイカーの娘は、オックスフォードシャーにあるウォリック城、シェイクスピアの故郷ストラトフォード・アポン・エイヴォン、北デヴォンのクロバリー、エクセ

船大工が建てたというメイプール・ハウスには、いたるところにヴィクトリア時代の雰囲気が残る。二階には美しい回廊がめぐらされている。

ター、トーキー、そしてこれからプリマスをめぐる旅の途中なのだという。ペイントンかチャーストン駅からハイカーとなって傾斜のある道を歩きつづければ、たしかに崖上のこの場所にたどり着くはずだが、タクシーの運転手によれば相当な道のりらしい。ハイカーは今でも大勢やってくるというが、道は狭く、起伏は激しく、ひどく曲がりくねっている。大きな荷物を担いだハイカーは、車をよけるのもやっとという有様で、タクシー・ドライバーも、「僕はこんなところでは、ぜったいに暮らせないね」と言うほど難儀な場所だ。

だが、やがてふいに、まるで廃屋かと見まがうような建物が目の前に現われた。水を含んだようにうねった屋根にも赤いレンガの壁面にも緑色のコケがこびりついている。玄関にコック姿の若い女性が現われたので、三か月も前に日本から取材依頼のメールを送ったことを伝えると、約束をした当のマネージャーは南の島で優雅なバカンス中なのだという。「太陽をさんさんと浴びているらしいの、くやしいわ」と笑顔を見せながら、まずは庭のほうに案内してくれた。ユースホステルは、今は団体の客にしか宿を提供しないことになっている。この日は、一組のカップルの結婚パーティーのために、家族や友人たちが集まっていた。急勾配になった庭のベンチに若いカップルが座り、それを取り巻くように人びとがダート川のきらめきを見下ろしている。陶然とした様子で誰も口をきかない。アガサの世界なら、これからひと波乱ありそうな気配だ。『死者のあやまち』で、アガサがこの急勾配の敷地をフーダウン（hoodown）と名づけたのは、フー（hoo）が風の吹き渡る音だからだろうか。

船大工が手がけたという屋敷は、天井の梁にも美しい細工が施され、ヴィクトリア時代の優美な雰囲気をそのまま残している。一階には、読書室と居間、食堂があり、読書室の窓か

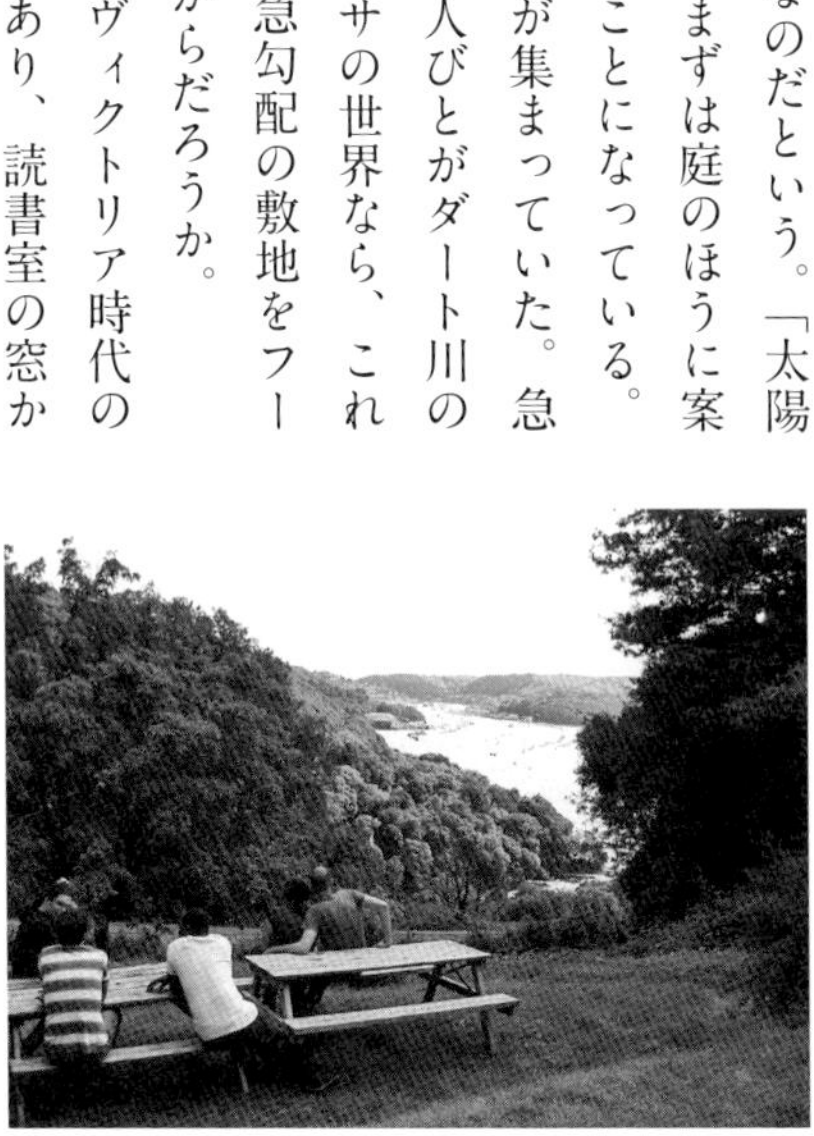

メイプール・ハウスからダート川を眺める。

らは、庭の緑とダート川の小さなきらめきが見える。大きな暖炉のある居間は吹き抜けになっており、二階部分には美しい回廊がめぐっている。彫刻をほどこした階段の手すりは艶のあるマホガニーで、踊り場には深い色合いのステンドグラスがはめられている。二階には回廊にそって客室のドアが並んでいるが、部屋数はさほど多くない。

ここはまた**『五匹の子豚』**（一九四二）で、画家アミアス・クレイルが毒殺されたオルダベリー屋敷に隣り合うハンドクロス・マナーのモデルにもなっている。あるじのメレディス・ブレイクは、事件当時、薬草の研究に凝っていて、クレイル殺害に使われたコニインは、彼の実験室から持ち出されたものだった。コニインとは、古代ギリシアの哲学者ソクラテスが最期に呷ったのと同じ、ドクニンジンから抽出した猛毒である。クレイルの妻カロリンが夫殺しの罪に問われて獄中で亡くなり、事件は落着したかに見えたが、二一歳に成長した娘のカーラが、一六年前の真相を明らかにして欲しいとポワロに依頼したのだった。『マザーグース』の指遊び唄「五匹の子豚」を口ずさみながらポワロは、事件当時の関係者たちを訪ね、記憶の層に分け入り、きれぎれの断片をつなぎ合わせて、過去の闇に光を点す。「私の場合、かがみこんで足跡の大きさをはかったり、タバコの吸殻を拾い上げたり、草の倒れぐあいを調べたりする必要はないんでしてね。椅子に座ったまま、考えるだけでじゅうぶん」と、いつもながらに〈灰色の脳細胞〉を自慢するポワロは、どうやらあのシャーロック・ホームズを意識しているようなのだ。

この悲劇的な殺人の舞台に足を運んだポワロは、まずはハンドクロス・マナーを訪ね、メレディスの案内で芝生のスロープを下り、ボートを操って細長いカメル・クリークという入

メイプール・ハウスの階段と、色彩が美しいステンドグラスの窓。

り江を渡って、殺人現場のオルダベリー屋敷に向かう。隣家とはいえ岸伝いにまわれば五キロあるのだとは、メレディスの言葉である。面白いことに、この作品では、ユースホステルに姿を変えたのは、グリーンウェイをモデルにしたオルダベリー屋敷のほうである。

グリーンウェイ・ハウスへは、日を改めてダート川のほうから船で向かう予定だったが、陸路で向かうときの距離を確かめるために、タクシーで屋敷の表門まで行ってもらうことにした。ユースホステルのマネージャーのメールには、グリーンウェイ・ハウスはネクスト・ドアだと書いてあったが、隣家とはいえ、日本語の感覚ではとても隣のドアと言えるような距離ではない。その道のりの長いこと。小説からは、なぜか広い道を想像していたのだが、歩行者とすれ違うことも容易でないほどの細い道で、登ったり下ったりを繰り返した末に、ようやく大きな門にたどりついた。右手にどっしりとした構えの門番小屋がある。『**死者のあやまち**』でポワロの乗った車は、林のなかの急坂を下り、やがて大きな鉄の門を過ぎると、車寄せを抜け、邸宅に辿り着くとある。その邸宅を見るのは後日の楽しみにして、とりあえずはそこで引き返した。

チャーストン・コート・ホテルに戻る途中、チャーストン駅からホテルまでの道を歩いてみようと思いつき、駅の前まで行って降ろしてもらった。「村までは遠いよ」という運転手の言葉どおり、おおよその方角に向かって歩き出したが、草地ばかりがつづき人影もほとんどない。この閑散とした村の佇まいは昔からほとんど変わっていないのだろう。ようやく出

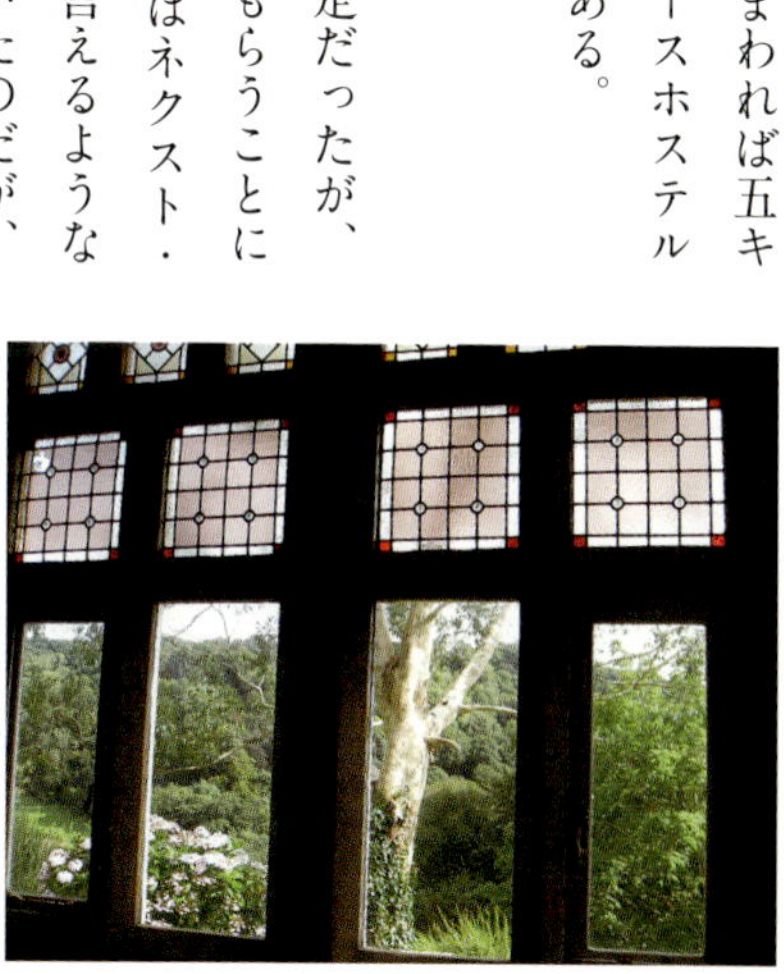

メイプール・ハウスの読書室の窓からは、緑の庭とダート川のきらめきが見える。

会った民家の庭先には色鮮やかな花が咲き乱れ、初老の女性が身の丈ほどもある潅木を掘り起こそうと格闘していた。セント・メアリ教会とチャーストン・コート・ホテルの場所を尋ねると、手にしていたスコップで遠くを指し示すが、ふた抱えほどもある植物が倒れかかってくるので、落ち着いて話をすることもできない。とにかく教えられた方角に進んでいくと、ゴルフ場沿いの道に出た。『**死者のあやまち**』にも書かれているように、海の眺望を遮って緑の草地が延々とつづく。グリーンに沿って歩いて行くと、舗装された道路を車がかなりのスピードで走り抜ける。もともと歩行者などいるはずのない道なのかもしれない。片側はイバラの茂みである。左手のゴルフ場の隙間に、波打ち際までつづくらしい、両側を高い板塀にはさまれた細い道が現われた。これがエルベリー・コウヴへの近道かと思うが、「プライベート・ロード、侵入者は罰せられます」の厳かな文字が。やがて古い石造りの建物がかたまって建つ場所にやってきた。細い路地の向こうに、かなり年代を経た石の建物の一部が目に入った。男性がふたり道端で工事をしている。水道管が破れているらしく道路に水が染み出ていた。あの建物は教会かと聞いてみたが、知らないとすげない答え。仕方がないので道の裏手にぐるりとまわってみると、それが私のホテルだった。

もちろん村には、トーキーやペイントンとブリクサムを結ぶバスの路線があるが、バス停までは一キロほどある。またキングスウェア駅裏の坂上にあるバス停からも鉄道駅のチャーストン近くを通るバスが出ているので利用できるが、ただしどちらにしても、最後は歩くことを覚悟しなければならない。

エルベリー・コウヴは、このゴルフ場の向こうにある。

8

エリザベス二世時代の輝き

ダートマス

＊ダート川
＊トットネスとディティシャム

「レガッタ・デーの事件」
『無実はさいなむ』
『死者のあやまち』
『ゼロ時間へ』

♣ ダートマス ♣

保存鉄道の終着駅キングスウェアの改札を出ると、ダート川の渡しはすぐ目の前である。駅裏の高台に登ってみると、対岸右手に、一九〇五年に開校した英国海軍士官学校の威容を眺めることができる。アガサ四歳のときの初恋の相手が兄の友人で、ここダートマスの海軍士官学校の生徒だったというほほえましいエピソードが思い出される。現国王のエリザベス二世とエジンバラ公が出会った場所としても知られるところである。フェリー乗り場は駅の前にあり、右が一般乗客用のフェリー発着場。左には車両用フェリーのための栈橋がある。フェリーはまさにピストン輸送で運行されているから、発着時刻を気にする必要はまったくない。海外旅行用のスーツケースを持っての移動だったので、不都合はないかと心配していたのだが、なんの問題もなかった。水しぶきを上げて船はダートマスの美しい町並みに近づいていく。

ダート川を横切ってほんの一〇分もかからない距離。ダートとは、あの的を射て遊ぶダーツと同じ語源で、川の急な流れからつけられた名前だと思われる。ダート川が海に注ぐ口、すなわちマウスという語とひとつになって、ダートマスという名が生まれた。ダート川は、英国の繁栄と衰退の歴史を、長い年月にわたってその川面に映しつづけてきた。かつてはこの川沿いに造船所もあって、アガサの兄モンティがそこで働いていたこともある。

ダート川の入り江に開けたダートマスは、その入り組んだ地形から、一一世紀頃になると重要な港として注目され、一二世紀には第二回、第三回十字軍が英国から出港する折に、何艘かの軍船がこの港を出ている。また一四世紀になると、国王認可の自治町となって大いに栄えた。一六世紀には対岸の少し上流にあたるガンプトンのグリーンウェイ・ハウス、つまりのちのアガサの邸で生まれたハンフリー・ギルバートが、この港を出てニューファンドランドに北米最初の植民地を築いた。カナダの東海岸、セント・ローレンス湾に浮かぶ島で、フランスなどとの交易港としても大きな役割を果たした北アメリカ最古のイギリス植民地である。先にも書いたように、ハンフリー・ギルバートの異父弟はエリザベス一世の廷臣サー・ウォルター・ローリーで、彼もしばしばグリーンウェイに逗留した。やがてこの屋敷の所有者となるアガサが、こうした歴史に無関心であったはずはなく、一九四七年にジョージ六世の母、メアリ皇太后の八〇歳の誕生日を祝ってBBCから放送された「**三匹の盲目のねずみ**」、のちにあのロングランの芝居『**ねずみとり**』のもととなった作品には、マンクス・マナーという名のホテルの女主人モリーが、大量のジャガイモの皮を剝きながら、サー・ウォルタ

ダート川から見る海軍士官学校の威容。左頁は、ねじ曲がったバター・ウォークの建物（右）。遊歩道の片隅には、D―デーの記念碑がひっそりと立っている。

ー・ローリーがイギリスにジャガイモを持ちこんだことを恨めしく思うシーンを描いている。
一四世紀末には『カンタベリー物語』の著者ジョフリー・チョーサーもダートマスを訪れて、そのときの見聞をもとにダートマス出身の船乗りを登場人物に加えた。さらに時代が下って一五八八年には、英海軍が壊滅させたスペインのアルマダ艦隊の敗残兵を、エリザベス一世軍がこの港で待ち受けたという話もある。そして、一六二〇年には、アメリカに新天地を目指すメイフラワー号が、出港地のプリマスへ向かう前に、ここで船の補修を行ってもいる。さらに海岸沿いの遊歩道にD―デイを記念する碑が建っているのは、この近くのスラプトン・サンズで、一九四三年に連合軍が、かのノルマンディー上陸作戦の予行練習を行ったことを記念してのことである。

ダートマスの町には今もエリザベス一世の治世に建てられた、ブラック・アンド・ホワイトと呼ばれるハーフ・ティンバー様式の建物が立ち並び、朝市の開かれるマーケット広場にも昔と同じ活気があふれている。当時の様式を真似て建て直された建物も多いが、まさに古色蒼然としたオリジナルの建築もいくつか残されている。二階が一階よりも道路側にせり出している独特のスタイルの建物は一六四〇年の建造で、一階部分が通路になっており、かつてはそこでバターなどの乳製品が売られていたため、バター・ウォークの名で呼ばれている。一階のパン屋には、アガサの作品にもよく出てくるジンジャーブレッドやキャロットケーキなどがウィンドーを飾り、いつも客であふれている。この建物はもはや建っていることじた

いが奇跡と思えるほど、うねり、捩じれ、傾いている。

二階にはダートマス博物館があるというので、恐る恐る入ってみたが、まるで遊園地のマジックハウスよろしく、床は大きく傾斜し波打っていて、真っ直ぐに立っていることすらできない。〈写真撮影は禁止〉という紙がいたるところに貼られているのだが、事務所らしい小部屋で初老の男女が仕事をしていたので、念のために聞いてみると、「どこから来たんだい」と聞き返された。部屋もデスクも椅子も傾いている。思わず近くの柱に寄りかかりながら、「日本から」と答えた。すると、「遠いところから来たんだね、これはスペシャルケースだ。フラッシュもオーケー、何でもオーケー」と笑った。おそらく誰にでもそう答えているのだろうが、建物はもちろん年代ものの写真や絵の保存上問題はないのだろうかと、いささか心配になる。とは言うものの、せっかく許しが出たので、薄暗い壁にかかっているダートマスを描いた古い絵の前でフラッシュを焚かせてもらった。ようやく明るい外に出たときには、身体の平衡感覚がすっかり狂っていて、車道を横切ろうとしたら、足がもつれて、あやうく車に轢かれそうになった。

何よりもこの町でアガサ・クリスティの名と結びついているのは、港近くにあるロイヤル・キャッスル・ホテルだろう。ここは「レガッタ・デーの事件」（『レガッタ・デーの事件』一九三九、邦題『黄色いアイリス』所収）に描かれたロイヤル・ジョージ邸のモデルである。海側に面した正面部分は、ジョージ四世時代の一八三一年につけ加えられたというが、真っ白な壁に金色の文字が海岸通りからも目を引く。歴史的には英国海軍士官学校と深く結びつき、チャールズ皇太子や弟のアンドリュー王子など、ロイヤル・ファミリーも宿泊したこと

ダートマス港の周囲には、エリザベス時代のハーフ・ティンバーの古い建物や、それを模した建物がたくさんある。

がある由緒あるホテルである。ベッドルームは二五室、一見カジュアルな雰囲気だが、宿泊費は都会の高級ホテル並みだ。エリザベス時代の雰囲気を残す一階には、パブとレストランがあり、宿泊客以外の客も犬もウェルカムだと書かれているが、ここも値段が高いせいか、どちらにも客はあまり入っていなかった。近海で捕れる魚の料理が名物だという。一六六九年建造の富裕な商人の館を二軒つないだという建物で、二軒のつなぎ部分に階段をつけ、その天井部にガラスの屋根をつけた面白い造りになっている。受付の女性に頼んで二階を見せてもらったが、階段上の壁には、むかし客がスタッフを呼ぶときに使ったものなのだろう、鉄製のベルがずらりと飾られていた。

「レガッタ・デーの事件」は、ダートマスでレガッタの祭りが催される八月の日のできごとである。午前中にレガッタを観戦し、その後は町でレガッタ市を冷やかしたり、見世物を見物したり、メリー・ゴー・ラウンドに乗ったりしたあと、金持ちのアイザック・ポインツは、昼食をとるために、仲間たちと連れ立ってここロイヤル・キャッスル・ホテルならぬロイヤル・ジョージ亭を訪れる。そして、波止場を見下ろす張り出し窓のある二階特別室に通されると、思わずダートマス港の美しさに一行から感嘆の声があがる。しかしそんな場所でも事件は起こる。ポインツがいつも肌身離さず持ち歩いている〈明けの明星〉と呼ばれる豪華なダイヤが、密室であるはずのこの部屋から忽然と姿を消したのだ。作中には海軍士官学校への言及もあり、小品ながらこの町へのアガサの思い入れが窺える作品である。二階正面のちょうどそのあたりは今もレストランになっていて、窓際のテーブルに一組だけ食事を楽しむ客の姿があった。写真を撮っていると、ひとりがこちらに向かってちょっと手を上げた。いわ

海の要所だったダートマスには、町のあちこちに砲台が設えられていた。

くありげに見えたのは、もちろん「レガッタ・デーの事件」が頭にあったからだ。

ダートマスはあとでも述べるように『**無実はさいなむ**』（一九五八）のドライマスのモデルでもある。この作品を映画化した「ドーヴァー海峡殺人事件」では、このロイヤル・キャッスル・ホテルが撮影に使われ、俳優のドナルド・サザーランドやフェイ・ダナウェイらの俳優がこのホテルに宿泊した。また『**マギンティ夫人は死んだ**』で殺人の起きたブローディニー村も、『**無実はさいなむ**』のドライマスからそう遠くない場所ということになっている。大きな避暑地のカレンキーは、そこから八マイル、すなわち一三キロほどのところにあるという設定だから、これもまたトーキーのことだというのはすでに述べた通り。

なんども触れた『**スリーピング・マーダー**』の主人公グエンダは、ニュージーランドから帰国後、ダートマスにもトーキーにも似た架空の町ディルマスに魅力的な家を探し出し、それが発端となって記憶の底に眠っていた過去の犯罪が明るみに引き出される。前にも述べたように、ここはダートマスではないとわざわざ作中に書かれているところをみると、やはり、ダートマスを髣髴させる町ということなのだろう。

♣ダート川♣

さて私は、とりあえずキャプテンズ・ハウスという、愛らしいB&Bに荷物を預けると、まずは遊覧船でダート川を遡ってみることにした。船といえば、アガサが夫のマックスや娘ロザリンドとともに、蒸気船でナイルを遡ったときの経験から生まれた『**ナイルに死す**』（一九三七）に描かれたカルナック号がよく知られているが、ここダート川を渡る小さな船も、

アガサが滞在したナイル河畔のオールド・カタラクト・ホテル（写真：平井啓三）。左頁は、ロイヤル・キャッスル・ホテル内に飾ってある古い呼び鈴。（右下）港は蟹を釣る子供たちでいつも賑やか。

小説の重要なモチーフである。運行される船のルートは何種類もあり、海岸沿いのプロムナードには行き先別のチケット売り場が並んでいる。岸壁には小さな蟹を釣る子どもたちや親子連れがいっぱいで、あたりにはカモメの甲高い鳴き声が響いている。「なにを餌にしてるの」と、腹ばいになって上半身を海に突きだしている男の子に聞くと、「生のチキンだとよく獲れるよ」という答え。「釣れた蟹はどうやって食べるの」と尋ねると、近くにいた父親らしき男性が、「小さすぎる蟹は逃がすようにしているんだよ。スープにしたら美味しいけど、可哀そうだからね」と教えてくれた。三歳ほどの女の子が釣り糸を握り締めて、岸壁のふちに寝そべっている姿は、危なっかしくてはらはらする。そう口にすると別の男性が、「落ちてもだいじょうぶ、すぐに掬い上げるから」と大きな手網をこちらに振って見せた。バケツのなかの蟹をめがけ

てやってくるカモメを追い払うのは、どうやら愛犬たちの役目であるらしい。

ダート・エクスプローラーと呼ばれる遊覧船は、日になんどかダート川を往来している。ダートマスの河口から最上流のトットネスまで、往復でも片道だけでも利用できるが、往復で八ポンド半のところが、片道だと七ポンドになる。潮の満ち引きが激しいので、ときには浅瀬で立ち往生したり、途中で引き返すことになったり、なかなか気まぐれな船らしく、タイムテーブルは季節によって、あるいは日によってもめまぐるしく変わるから、よく調べたほうがいい。

ダート川のなかほどにあるグリーンウェイ・キーまで遡ってそこで向きを変え、河口までを巡るダートマス・ハーバー・クルーズは、潮のかげんもあるのだろう、夏季には一一時半から一五時半までに限って、一時間おきの運行となっている。こちらは大人料金で六・五ポンド。一時間半ほどのクルーズである。八月の晴れた日だというのに、川風は頬を刺すように冷たい。桟橋を出た船は、おびただしい数のヨットが係留された川面を分け進み、両岸から深い緑が覆いかぶさるように迫る水面を、蛇行する流れに沿って進んで行く。左手の丘の上には、キングスウェアから遠望した英国海軍士官学校の威容が迫る。二〇分ほどすると、「グリーンウェイ・ハウスが見えてきます」というアナウンスに、乗客はいっせいにカメラを構えるが、鬱蒼とした森しか目に入らず、まるで隠し絵探し。いくら目を凝らしても屋敷らしいものの姿は見えない。一瞬だけ白い館が光のように目に入った瞬間、あわててシャッターを押すが、たちまち樹木のあいだに幻のように消え去ってしまった。乗客のあいだから、ため息がもれる。

キングスウェアと対岸のダートマスを行き来するフェリー。カー・フェリーも運航されている。

グリーンウェイ・ハウスは、アガサの「理想の家、夢の家だった」と『自伝』には書かれている。アガサはいちど母親とこの屋敷を訪ねたことがあり、また船から白亜の館を見上げては、いつかあんな家に住みたいと小さな胸をときめかせたという。その頃は川からの見晴らしも今よりきいたのだろう。「二〇〇〇年に、アガサの一人娘ロザリンドと、その夫アンソニー・ヒックス、孫のマシュー・プリチャードのご好意で、美しい庭園がナショナル・トラストに寄贈されました」というアナウンスがつづく。背後を振り返っていると、「右手に見えるのが、『死者のあやまち』で少女マーリンが殺されたボートハウスです」の声が。あわてて右舷から身を乗り出すと、こんどは思いのほか間近にボート小屋が見えた。ちょうど干潮の時刻にあたり、小屋の前には真っ黒な泥と朽ちた流木が堆積していて、あまり心ときめくような風景ではない。死体のひとつくらい横たわっていても不思議ではないと思うのは、アガサの世界に耽溺しすぎたせいだろうか。

船は大きく湾曲した川をぐるりと右に回りこむ。するとそこは大きな瀬、ガンプトン・クリークで、手前にグリーンウェイ・キーと呼ばれる小さな船着場がある。グリーンウェイを訪ねるときにはここで上陸することになる。引き潮の時間には、これより上流を航行することは難しく、ここで船は引き返すことになる。ふたたびアナウンスが入る。「右手に見える小さな岩礁アンカー・ストーンは、口うるさい妻が引き潮のときに置き去りにされ、水が首の辺りを打つまで許してもらえなかったという言い伝えのある岩です」。しかし、いったいどれがその岩なのか、まったくわからない。よく見ると目印に赤い小旗が立てられていた。その小岩は、『死者のあやまち』にもグースエイカー・ロックという名ででてくる。殺人の

ダートマス・ハーバー・クルーズの船上

あった祭の日にこつ然と姿を消したスタッブス卿夫人ハティの捜索のために、デヴォン・ベル号に乗船したブランド警部は、ここで乗客の目が岩に向けられているあいだに、ボート小屋のそばでひそかに人を水死させられるものかどうか、警官を使って検証するのである。

さて、向きを変えたダート・エクスプローラー号は、ふたたび下流に向かい、先刻離れた桟橋の前を過ぎて河口を目指す。川幅はぐんとせばまり、右手にダートマス城の廃墟が、今も河口のあたりを睥睨するように、黒ぐろとした姿で迫ってくる。築城されたのは一四八一年だというから、その四年後に即位したヘンリー七世によるチューダー朝の始まりよりもさらに時代を遡ることになる。絶えず外敵に立ち向かいながら生きてきた人びとの強靭な意志が、五百年以上経った今も、なお重くあたりに漂っているような風景である。

クルーズを終えたあと、海岸近くのレストランでフィッシュ・アンド・チップスを食べてから、こんどは陸伝いに河口に向かってみることにした。小さな商店街の一角には、あの『くまのプーさん』の著者A・A・ミルンの息子で、作中にプーの友だちとして実名で登場するクリストファー・ロビンが経営していたというハーバー書店がある。子ども時代の華やかすぎる名声ゆえに、やがて世間に背を向け、父親のミルンとも疎遠になったというクリストファーが、こんなところで身を隠すように暮らしていたのか、と感慨めいたものが湧いてくる。もちろん今では経営者は変わり、表のショーウィンドウにはプーさんの絵が飾られているものの、あとはなんということもない小さな町の書店である。

『くまのプーさん』に登場するクリストファー・ロビンが経営していた本屋が、この町の片隅に。

ダート川流域
Totnes
Paignton
Galmpton
Dittisham
Dartmouth
Kingswear
Royal Castle Hotel
ginger bread
Dartmouth Castle

岸壁沿いに立ち並ぶ家のあいだを縫うように河口を目指して歩く。途中には小ぢんまりとした家が立ち並び、『**無実はさいなむ**』でサニー・ポイントに向かうキャルガリが、美しい庭のある家を眺めながらたどった道を思い出す。三〇分ほど歩くとダートマス城の廃墟に出るが、思いのほかきつい道のりだった。間近に見るダートマス城は、いかにも敵を迎え撃つために建造された要塞という趣の強靭な城である。河口側から上流を眺めると、ダートマスの町全体の地形がよくわかる。『**ゼロ時間へ**』（一九四四）の冒頭には、事件の起きたターン川の河口を見下ろす険しい崖ガルズ・ポイント付近の地図が載っていて、ここからさらに西の複雑に入り組んだ海岸線をもつサルコムのあたりが作品の舞台だとも言われるが、ダートマスの地形にもよく似ている。

♣ トットネスとディティシャム ♣

ダート川の最上流にあるトットネスは、河口から一五キロほど遡ったところにある、一四世紀にできた町である。ダートマスと同様、ハーフ・ティンバー様式の建物が立ち並び、エリザベス一世時代の雰囲気が色濃く残っている。古くから、ダートムアで切り出された木材や石を河口まで運ぶ中継地点として大いに栄えた。この町を訪ねるには、ニュートン・アボットから鉄道を利用することもできるし、トーキーやペイントンからもトットネス行きのバスが出ている。トーキーからは一時間ちょっとの距離である。潮のぐあいや船の時刻とうまくタイミングがあえば、もちろんダートマスから川を遡ることもできるが、私はダートマスからバスを利用してみることにした。約四〇分の道のりである。ダート川の景色が楽しめる

アガサも訪ねたことのある広壮な領主館ダーティントン・ホールの建物の一部。

と期待したのだが、残念ながらまったく見えなかった。

トットネスの町は急坂になっていて鉄道駅は下のほうにあり、さらにその下をダート川が流れている。バスは鉄道駅の近くにとまるので、旧市街までは坂道を登ることになる。ランパート・ウォール（塁壁の道）と呼ばれる石畳の細い坂を歩いていくと、アーチ状の城門があり、その先に町の中心部マーケット広場がある。この広場では、毎週金曜日には朝市が、火曜日にはエリザベス朝マーケットと称するチャリティー市が開かれていて、エリザベス時代の扮装をしたボランティアの人びとが、野菜や花や果物やチーズ、日用雑貨などを売っていて、観光客のカメラにも笑顔で応えてくれる。その背後のギルドホールでは、アンティーク・マーケットが開かれていて、ここも観光客で賑わっている。一六世紀に造られた建物で、一七世紀の清教徒革命の指導者オリヴァ・クロムウェルも訪れたことがあるという歴史あるホールである。一時間おきにタウン・クライアーの扮装をした老人が、大声で文書を読み上げるが、この日は調子がでないのか、しわがれ声で叫ぶものの、多くの聴衆を集めることはできなかったようだ。

ここトットネスには、駅から歩いて二〇分ほどのところに、ダーティントン・ホールという大きな屋敷がある。徒歩二〇分とはいっても、門までの距離だから、その先に一二〇〇エーカーにもおよぶ広大な敷地がつづいていることを考えると、タクシーを利用するほうがいいかもしれない。リチャード二世の異母弟ジョン・ホーランド伯爵が一四世紀末に建てた邸だが、一六世紀半ば、エリザベス一世の即位後アーサー・チャンパーノウンの所領となった。そのハンフリー・ギルバートとアーサー・ローリーは、彼の姉の息子、つまり甥にあたる。その

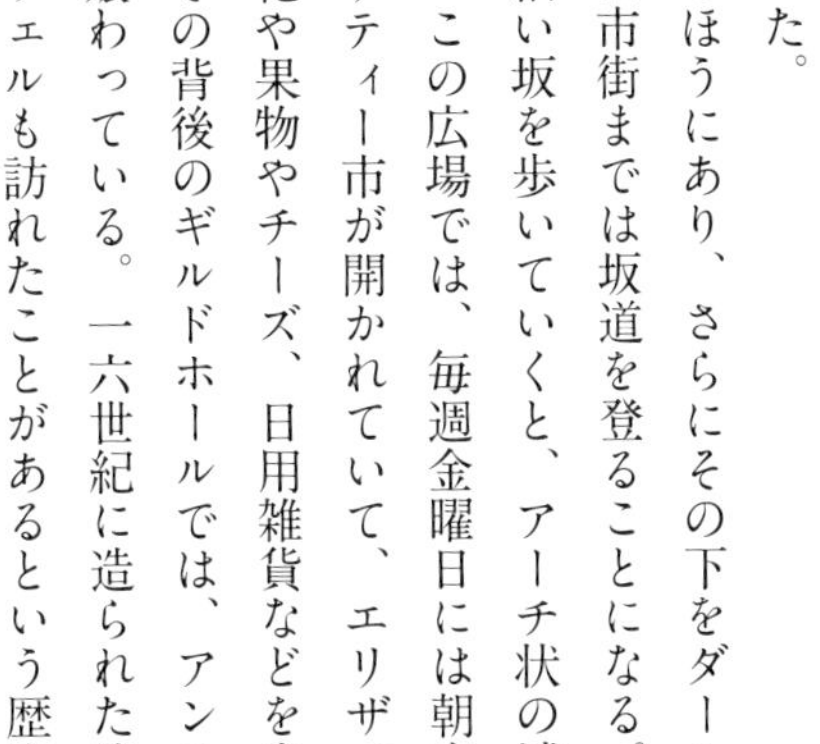

ダート川の上流トットネスでは、毎週火曜日にエリザベス朝マーケットが開かれている。

後三六六年にわたってチャンパーノウン家が住んでいたが、一九二五年にレナード・エルムハーストの手に渡った。アガサも招かれて屋敷や庭を案内されたことがあるという。門を入ってから一キロ半ほど鬱蒼とした樹木に包まれた起伏のある道を走ると、その先に広大な敷地が開け、石造りの大きな屋敷が聳え立っている。教会ホールの壮麗さはまさに目を見張るほどだ。現在ここはナショナル・トラストの管理下にあるが、一角が美術を学ぶ学生たちのためのダーティントン・コレッジになっており、さまざまなフェスティバルが催されて、南イングランドにおける芸術発信の拠点となっている。

一方、ダート川の中流に位置する、グリーンウェイの対岸にあるディティシャムを訪ねるにも、ダートマスからバスを利用するか、一時間おきに出ている船を利用することになる。こちらは乗船客も少なく、帰りに観光客らしい一組の家族と出会っただけだった。ディティシャムは、『**死者のあやまち**』には、事件の起きたナッシ・ハウスの対岸にあるギッチャムという名で出てくる。ボート小屋で殺された少女マーリンの祖父マーデル老人が、このギッチャムのなじみの酒場で酒を飲んだ帰りに、船着場で川に落ちて溺死する。そういえば、ナッシ・ハウスのモデルとなったグリーンウェイの周辺には店らしい店もないから、気晴らしにちょっと一杯やるには川を渡るしかないのだろう。ブランド警部の乗ったデヴォン・ベル号は、このギッチャムで四五分の休憩をとり、乗客たちはデヴォン特産のアイスクリームや海老や蟹を楽しむことになっていた。

エリザベス朝マーケットで、観光客に歓迎の言葉を叫ぶタウン・クライアー。

ディティシャムの小さな桟橋に着くと、ここにも腹ばいになって蟹を釣る少年たちの姿がある。波の向こうにグリーンウェイの桟橋が小さく見える。細い坂道が波打ち際からはじまっていて、登り口の左手にさびの浮き出た鐘が吊るされている。『**無実はさいなむ**』で、地理学者のアーサー・キャルガリは、トーキーを思わせるレッドキーという、ホテルや商店やカクテル・バーのある町で食事をしたあと、友人たちに別れを告げ、タクシーを拾ってそこから一一キロ離れた船着場へやってくる。川はもちろんダート川、ダートマスを思わせるドライマス側へ渡るキャルガリのために、向こう岸から渡し舟を呼ぼうとして運転手が鐘を鳴らすのだが、この鐘はグリーンウェイと対岸のディティシャムを結ぶ小さな渡し舟を呼ぶために、じっさいに今でも使われている。グリーンウェイは一時期、戦争難民のためのホームとして使われたが、作中の家も同様の設定になっている。

キャルガリはこれから、対岸にあるサニー・ポイントという屋敷を訪ねるところだった。そこの女主人レイチェル・アージルを殺した罪で捕らえられ、獄中で死んだ養子ジャッコの、事件当夜のアリバイを遅ればせながら証明するためにやってきたのだ。キャルガリは一年前に、ドライマスの友人宅に滞在していたとき、ぐうぜん出会ったジャッコを、犯罪が行われた時刻に車に乗せたのだが、その後トラックに撥ねられて一時的に記憶を無くし、その後は南極に出かけていたため、証人として法廷に出ることができなかったのだ。しかし彼の正義感ははからずも、一件落着したかに見えた事件をふたたびかき回し、深い澱みに石を投じて、沈殿する醜いヘドロを表に浮かび上がらせてしまうのである。古代ローマ時代に政治的境界線であったルビコン川を渡ったカエサルを思い起こして、キャルガリは思わず「賽は投げら

グリーンウェイの対岸の村ディティシャムで見かけた愛らしい郵便局と静かな村のたたずまい。

れた」と呟く。このサニー・ポイントという屋敷、船頭によれば、もともとはヴァイパーズ・ポイント、つまりマムシの端と呼ばれていたという。ヴァイパーは英国で唯一の毒蛇なのだとか。恩をあだで返す腹黒い人間のことも指すらしいから、犯人像を知れば、読者は思わず膝を打つことだろう。

　ディティシャムの細い坂道の両側には酒場が二、三軒と、小さいが瀟洒な家が立ち並び、前庭に美しい花が咲き乱れている。上り詰めたところで道は二手に分かれ、右の道を辿ると民家の屋根のあいだに眺望が開け、ダート川の湾曲した流れを見晴らすことができる。赤いドアの愛らしい建物があり、〈ポストオフィス・アンド・ストア〉という看板には、籠に盛られたワインや果物の絵が描かれているから、村のよろずやといったところなのだろう。小説では、サニー・ポイントの出端を挟み、川はあと戻りするように方向を変え、上流ではさらに湾曲していて、キャルガリは、まるで川というよりはスコットランドの人里はなれた湖を思わせる荒涼とした風景だと口ずさむが、私もまったく同じことを思ったのだった。北欧のフィヨルドを思わせる風景は、まるで一枚の写真のように静止して、人の気配が感じられない。しかし、この村にも古く大きな教区教会がそびえ立っているのだった。

ディティシャムにある、対岸から船を呼ぶときに使われる鐘

9

静寂に包まれた土地
ガンプトン

*グリーンウェイ・ハウス

『死者のあやまち』
『もの言えぬ証人』
『鏡は横にひび割れて』
『五匹の子豚』

♣ ガンプトンへ ♣

二五名ほどの乗客を乗せたグリーンウェイ行きのフェリーは、ダートマスの桟橋を離れて二〇分、遊覧船から遠望したグリーンウェイ・ハウスのボート小屋に近づいていく。船はその小屋の前を行き過ぎ、深い緑の影を落とす岬の突端をぐるりと回りこんで、グリーンウェイ・キーと標された船着場にとまった。先日と違ってきょうは驚くほど水かさが増し、コンクリートの岸壁にひたひたと打ち寄せている。北の荒れ地に源を発するこの川の、強靭な命の鼓動を目にしたようで、船べりと岸壁の隙間を思わず覗きこむ。ここは川とはいっても、陸地の奥深くまで入りこんだ海のようなもので、満ち潮になると海水がこのあたりまで流れこんでくるという。

ボートが係留され、乗客たちが狭い岸壁に下り立つと、年老いた船長が上下に揺れる船の

なかから、迎えのボートに乗り遅れないようにと念を押した。往復ともに三便ほどしか運行されていないので、くれぐれも注意が必要である。船着場のほんの数メートル先から鬱蒼とした急勾配の山道が始まる。波音を背にして森に入ると川の気配は消えて、樹木のざわめきだけが聞こえる。傾斜のきつい森の道を登って行くと、右手にゲートが現れる。〈ようこそ、グリーンウェイへ〉の標識にはナショナル・トラストのマーク、緑色のオークの葉が描かれている。登りの道はまだ前方に伸びていて、この先が先日訪れた、陸路からの入り口だとわかる。

聞くところによると、グリーンウェイ歴代の当主が、外敵の侵入を防ぐために、ダート川に一本の橋の建設も許さなかったというから、領主としてあたり一帯に強い権力を振るっていたのだろう。その後は景観を守るという理由から、川に橋が架けられることはなかった。『**死者のあやまち**』や『**無実はさいなむ**』の登場人物たちが、暗い夜の川を渡し舟で渡った頃と、事情はほとんど変わっていないのである。

アガサが、トーキーから一六キロほど離れたここガンプトンのグリーンウェイ・ハウスを、六千ポンドという値段で購入したのは、一九三八年秋のことだった。一九三〇年、アーチーとの離婚から二年後に心機一転を目指したアガサは、かねてから憧れていた豪華列車シンプロン・オリエント急行でイスタンブールを目指した。バグダッドに足を伸ばしたアガサは、ウルの遺跡の発掘調査に加わっていたオックスフォード大学出の考古学者マックス・マローワンと出会い、その年のうちに結婚することになる。結婚後も中東での発掘調査に同行するようになったアガサが、自らの体験を生かして書いたのが、あの『**オリエント急行の殺人**』

イスタンブール駅のオリエント急行レストランには、アガサが降り立った頃の輝きがまだ残っている（写真：平井啓三）。

（一九三四）だったのである。ふたりは結婚後しばらく、ロンドンに新しく購入した家やアッシュフィールドで暮らしていたが、あるとき、子ども時代から心惹かれていたグリーンウェイ・ハウスが売りに出ていることを知ったアガサは、マックスの後押しもあって、三三二エーカーの敷地に建つこの屋敷を買うことを決断した。

故郷トーキーからもさほど遠くなく、船でも、ペイントンから南下したところにある岬の突端ブリクサムをめぐって、その裏側にあるキングスウェアからダート川に入れば、二時間ほどの距離だろうか。『死者のあやまち』のブランド警部も、先ほど述べたように、ブリクサムならぬブリックスウェルから、三時ごろ観光船デヴォン・ベル号に乗って岬をめぐり、ダートマスならぬヘルマスの河口から川を遡って、一時間ちょっとでフーダウン公園のボート小屋を過ぎ、それからナッシ・ハウス、つまりグリーンウェイ・ハウスの崖下あたりに辿り着いている。森のなかに眠る白亜の屋敷は、幼いアガサの目にはさながらメルヘンの城のように映ったのだろうが、しかし、死体を流せば、引き潮に乗って河口の岬を西へめぐりコーンウォールまで運んでいくという警部の言葉でもわかるように、この川は子どもの夢を運ぶような優しい流れではない。しかも、森の道を歩いていると、陰鬱で荒々しい気が漂っているように感じるのは、小説とはいえ、ここが殺人事件の舞台となった場所だからだろうか。

生い茂った樹木の隙間から、水面に反射する光がちらちらと覗き、やがてふいに、写真で見覚えのあるグリーンウェイ・ハウスの右側面が、思いがけない間近さで姿を見せた。『死

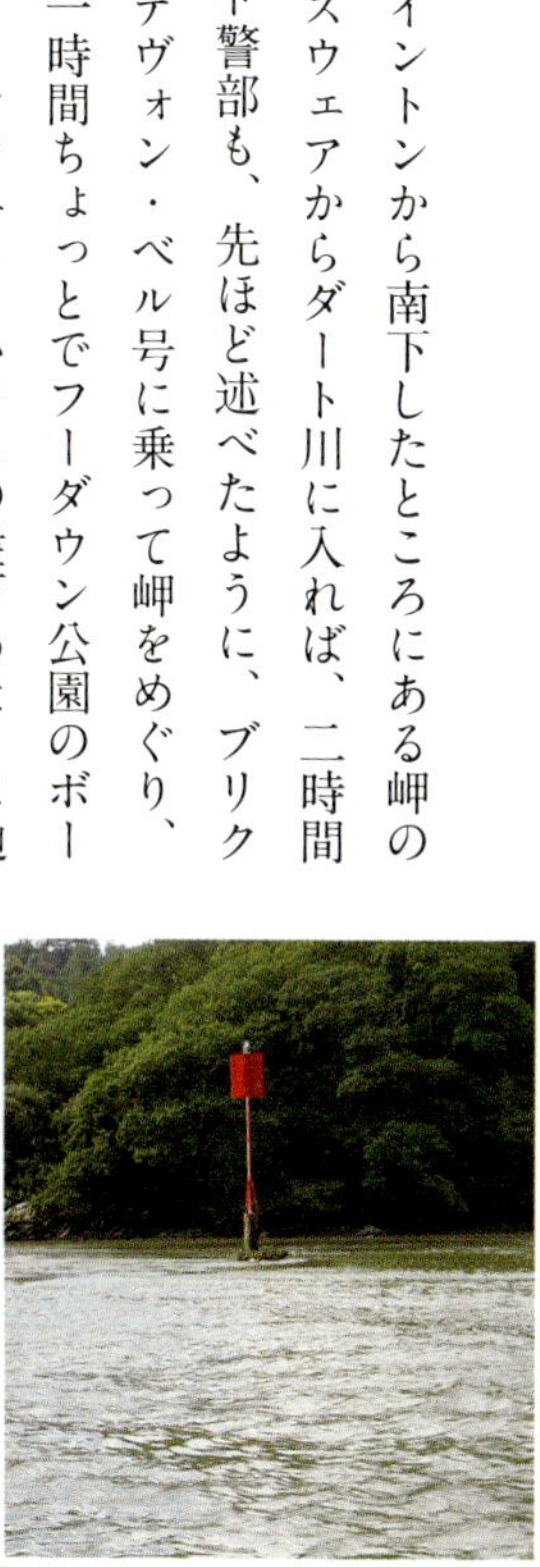

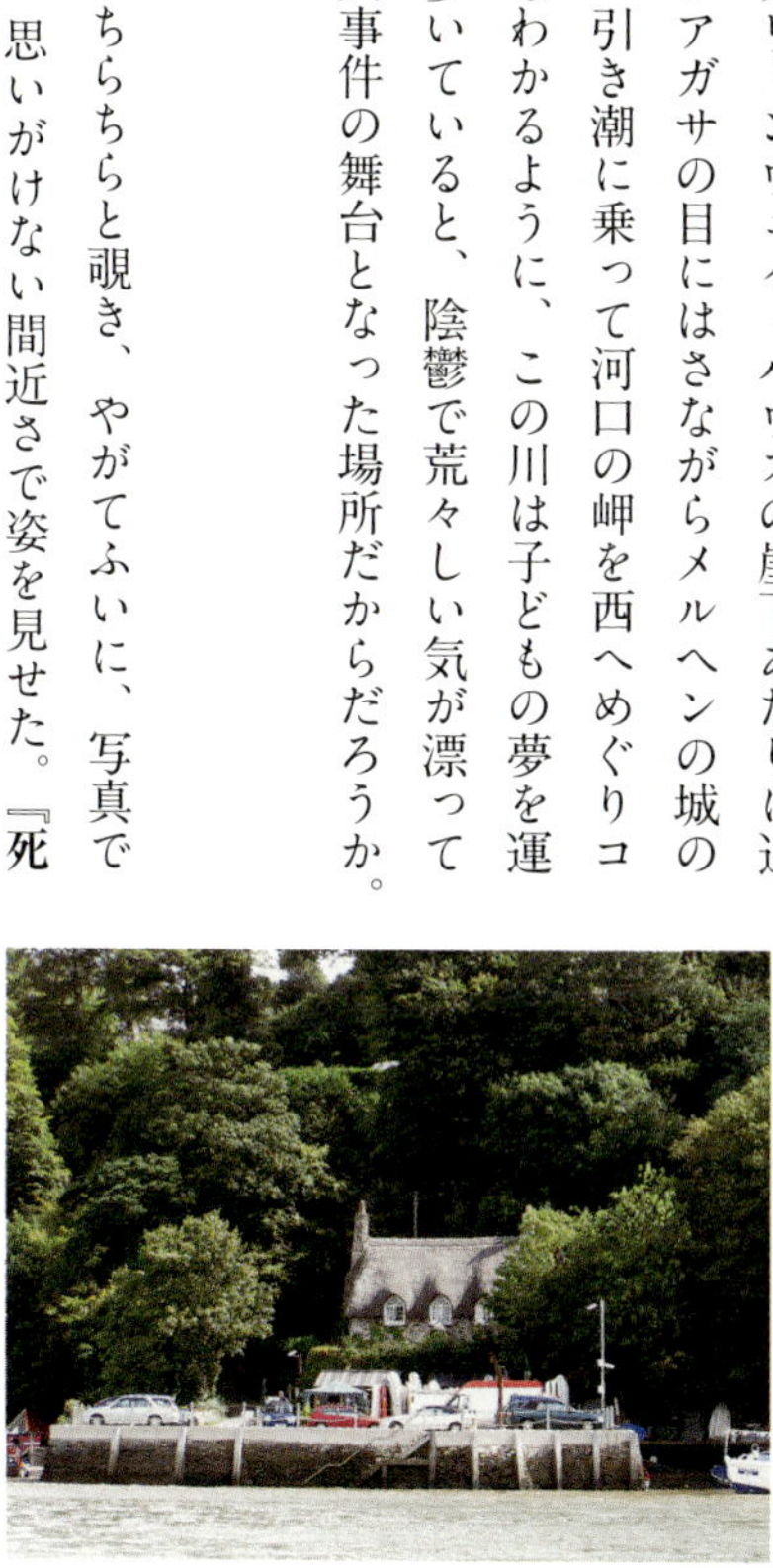

うっそうとした樹木に囲まれたグリーンウェイの船着場。（左）この近くにあるアンカー・ストーンには満潮時にもわかるように赤い旗が。

者のあやまち』にも書かれているように、美しいジョージアン様式の白い邸宅である。アガサは友人の建築家ギルフォード・ベルのアドヴァイスを受けて、ヴィクトリア時代に増築された部分をすべて取り壊し、一八世紀末のジョージアン期に建てられた部分だけを残した。アガサが、このジョージアン様式の建物や家具を好んだらしいことは、登場人物たちの言葉からも窺うことができる。

『もの言えぬ証人』（一九三七）は、マーケット・ベイシングという町で、小緑荘（リトル・グリーン・ハウス）の女主人エミリー・アランデルが毒殺される話だが、彼女の死後、遺産を相続した家政婦のロウスンに委託されてこの屋敷を売りに出した不動産屋カブラー氏によれば、昨今人びとの趣味は懐古的になり、一時流行ったモダン建築もなりをひそめ、ジョージアン・スタイルが人気で、小緑荘はその典型なのだという。一方、エミリーの古い友人キャロライン・ピーボディの屋敷モートン・マナーをポワロとともに訪ねたヘイスティングスは、ヴィクトリア時代風の、だだっぴろく醜悪な屋敷だと酷評する。エミリー・アランデルは、あらゆる点においてヴィクトリア朝女性の典型で、「言葉は辛らつだが、行動には思いやりがあり、一見情にもろいようだが、鋭い洞察力があった」というが、友だちのミス・ピーボディは、それに輪をかけた強烈な個性の持ち主で、ポワロの嘘をたちまち見破り、あろうことか彼の自慢の髯をからかい、ヘイスティングスの出身校イートンを鼻であしらい、道端で出会った彼のわき腹を傘でつつく狼藉ぶりだが、いかにも温かい人柄の魅力が伝わってくる。ところでこの小緑荘、部屋のなかにも一八世紀の著名な家具職人トマス・チッペンデールや、ジョージ・ヘップルホワイトのデザインした、すばらしいジョージアン・スタイル

の家具が置かれている一方で、マホガニー製のどっしりとしたヴィクトリア時代の家具もあり、どうやら折衷式のインテリアであるらしい。

また**『鏡は横にひび割れて』**では、セント・メアリ・ミード村のゴシントン・ホールを買い取った女優マリーナの友人アードウィックと、事件後に駆けつけたクラドック警部とのあいだで、マリーナはヴィクトリア時代のこんな屋敷になぜ魅力を感じたのだろう、ジョージアンやアン女王時代のいい屋敷がもっとあるというのに、とかヴィクトリア様式にも安定感というよさはあるが、などという会話が交わされる。アガサが生まれた一八九〇年はヴィクトリア朝の爛熟期も過ぎ、その終焉に向かいつつある時代だった。生家アッシュフィールドもまさにヴィクトリア時代の堂どうとした屋敷であったし、家のなかには、小緑荘の食堂にあったような、果物の彫刻を施した食器棚や、革張りのどっしりとした椅子や、装飾と趣向をさまざまに凝らしたヴィクトリア時代の日用品があふれていたことだろう。アガサは、装飾過剰のこうした品にいささか食傷気味でもあっただろうし、また愛する祖母への愛惜の思いも入り混じっていたに違いない。

第二次大戦の勃発後、グリーンウェイ・ハウスは一時、疎開児童のために開放されたが、その後一九四三年の秋には海軍省に接収された。アメリカ海軍の事務所として使われ、翌一九四四年六月六日のノルマンディー上陸、いわゆるD—デイの作戦本部としても使われた。ダートマスの遊歩道には、そのD—デイを記念する碑が建っている。古くから海軍の要所として栄え、丘の上には海軍士官学校が威容を誇っているのだから、なんの不思議もないものの、子どもたちでいっぱいの遊歩道に建つ碑を、きらめく日差しのもとで見ていると、なに

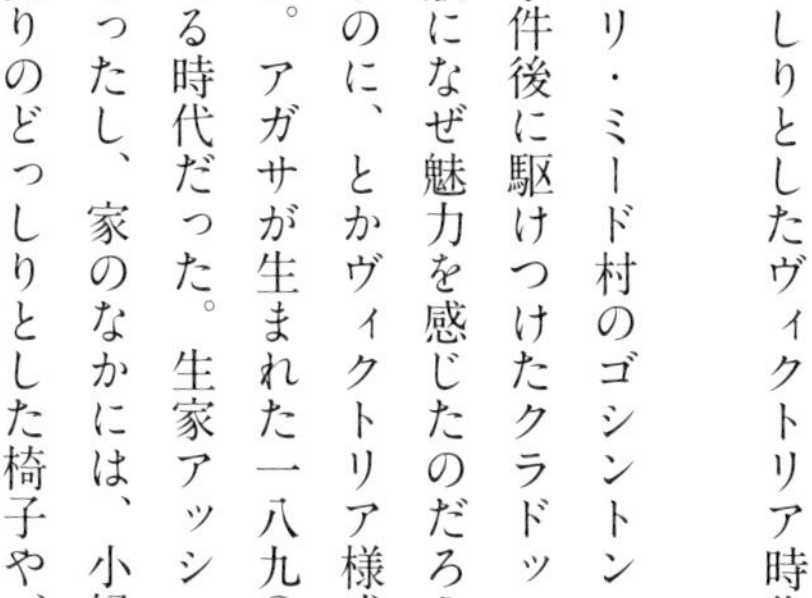

右頁、グリーンウェイ・ハウス（右）と、隣地に建つメイプール・ハウスの庭を川から見上げた写真。左頁、陸路からの入り口にある門番小屋。

か姿の見えないグロテスクなものが、だまし絵のようにあたりに潜んでいるのではという感じがしたことを思い出した。第二次大戦終結後、ふたたび屋敷を取り戻したアガサは、週末や夏の別荘としてここを使い、娘のロザリンドや孫のマシュー・プリチャードら家族とともに、幸福な時間を過ごした。

♣ グリーンウェイ・ハウスとその庭 ♣

『死者のあやまち』にはこの屋敷のことが、ナッシ・ハウスと名前を変えて詳細に描かれていることは、先に述べた通りである。ナッシとは、英語式に正確に発音すればナッスィである。Nasse は古い英語で、『オックスフォード英語辞典』(*OED*)によれば、これも今は廃語となっているネイス(Nase)、あるいはネイズ(Naze)という語の原型であるらしい。出鼻、つまり岬の意味があり、ナッシ・ハウスとはつまり、岬荘ということなのだ。ガンプトンの出鼻にあるこの屋敷にふさわしい、しゃれたネーミングである。

オリヴァ夫人は、ジョージ・スタッブス卿が所有するナッシ・ハウスで催される祭りで、余興に行う殺人ゲームのためのストーリー作りを依頼されて、ここにやって来たのだが、屋敷に漂う不穏な気配を感じ取り、ロンドンから友人のポワロを呼び寄せる。不幸にも夫人の勘は当たり、ゲームの死体役を任されて下のボート小屋に待機していた一四歳の狡猾な少女マーリンが、本物の死体となって発見されるのである。ダート川ならぬヘルム川に突き出たボート小屋、毒薬の瓶が置かれていたテニスコート、隣接する牧草地に建つユースホステル、船着場、砲台庭園、ナーサリー、迷路のような森の道、バラ園や椿の園、石楠花の茂み、紫

ナーサリー(育種場)のための売店。今はナショナル・トラストの愛らしいグッズも売っている。

小さな門をくぐると、温室やリンゴの木、アジサイの道、観音池、鳥の池など野趣あふれる庭園が広がる。一周ゆっくり歩くと一時間はかかる。

陽花の小道、コルクの木、マグノリアなどの花も、グリーンウェイそのままに描かれていて、この屋敷へのアガサの愛着が窺える作品である。

　事件を未然に防ぐことができなかったポワロは、いったんロンドンに引き上げたあと、もう一度この地を訪れるのだが、そのときには夏は過ぎ去っていて、金色を帯びた葉が舞い落ち、土手はシクラメンの紅色に染められていた。「ポワロはため息をついた。我にもなく、ナッシ・ハウスの美に魅了されてしまったのだ。彼は野生的な自然の賛美者とはとても言えず、きちんと手入れされたものが好きなのだが、うっそうと生い茂る樹木の、静かな美しさには、心打たれずにはいられなかった」と書かれているのは、いかにもアガサ自身の気持ちが投入されているようでほほえましい。

　秘密の花園の入り口のような、小さな石造りの門の先に、一八三〇年代に造られたものを改修したというブドウ栽培のためのヴァイナリーが見える。傍らに愛らしい枝振りの林檎の木が一本立っている。ここから屋敷の背後の森を大きく迂回してグリーンウェイ・ガーデンズは広がっている。売店で買ったガイドブックには、一九一〇年、アガサが二〇歳頃のグリーンウェイ・ハウスの写真が載っているが、樹木の高さは今よりもずっと低く、前庭と建物左の斜面には芝生の庭が開けている。さまざまな品種のアジサイやマグノリア、色とりどりのダリア、キササゲなどの咲き乱れる道を掻き分けるように進むと、その下には春になると一面の花の絨毯となるに違いないブルーベルとプリムローズの斜面がある。下の川面からひんやりした風が立ち上ってくる。ビュー・ポイントと地図に記された場所から、鈍く灰色に光る下流方向の水面が見える。ガンプトンの村から突き出た岬の鼻を扇の要にして、川は下

静かなグリーンウェイの庭

手と上手に大きく湾曲している。しかしいずれの方角もその先でふたたび向きを変えているから、少し先で視界は遮られ、ダートマスの河口も上流のトットネスも遠望することはできない。対岸右手のほうにはディティシャムの町があるはずだが、これも深い森にうずもれている。

世間から隔絶されたこの土地は、見えない人の心を覗き、記憶の暗がりを探り、消えた時間の痕跡をたどるクライム・ノヴェルの作者には、まさにふさわしい場所だったのかもしれない。ポワロが、ふかぶかと椅子に座ったまま、ひたすら想像力をめぐらせ、〈灰色の脳細胞〉を使って謎解きに挑むことや、小さなセント・メアリ・ミード村に暮らす老女ミス・マープルが、殺人とは人の心の問題なのだと、静かに犯人に思いをめぐらすこととも、どこかでつながりがあるに違いない。

ガイドブックには、穏やかなデヴォンの気候と温和な四季のリズム、そしてダート川の満ち引きが、この野趣あふれる、まるで時の止まったような自然を生み出したと書かれている。だが、なぜかあたりに重く陰鬱なものが漂っているという印象は、ここへきても拭えない。イ

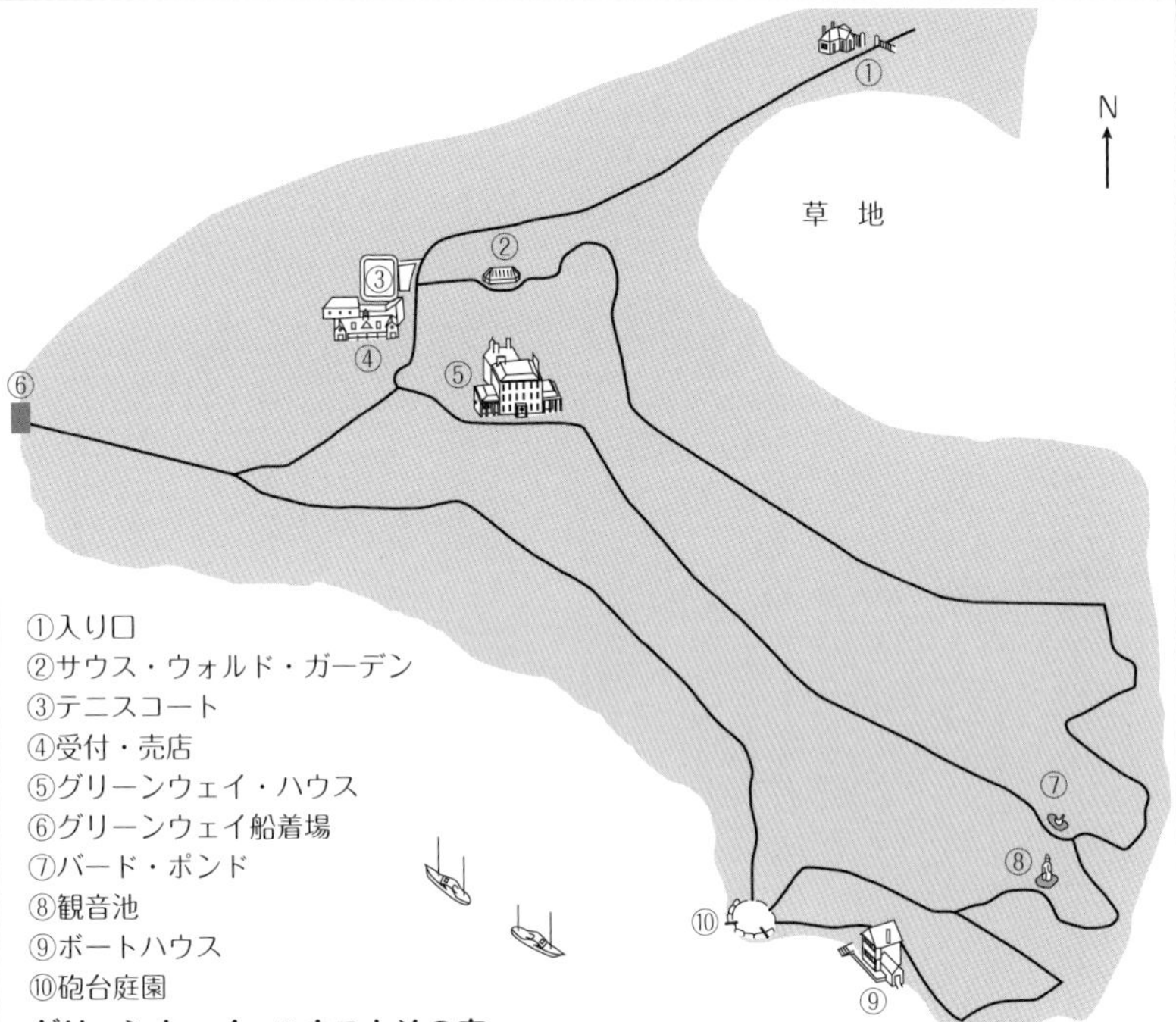

グリーンウェイ・ハウスとその庭
（「ナショナル・トラスト・グリーンウェイ」の地図より）

ギリスを旅する者がよく感じる、時間の堆積の重さと似ているようでもあるが、この崖上の孤独な危うい場所に、重層的に織り成されてきた歴史は、それよりももっと濃密な気配を醸成している。

『死者のあやまち』の屋敷のもとの所有者で、今は門番小屋で暮らすフォリアット夫人によれば、一族はチューダー朝の一五九八年以来この地に棲みついたのだという。ナッシ・ハウスはもともとエリザベス時代風の建築で、当時の海洋探検家で英国初の植民地ニューファンドランドを築いたハンフリー・ギルバート卿の館だった。しかし当時の屋敷は一七〇〇年ごろに消失し、現在の館は一八世紀から一九世紀にかけてのハノーバー朝に建てられたものだという。

これは作中の話だが、じっさいにはこの地には一六世紀終わりに、オットー・ギルバートと妻キャサリンによってチューダー朝様式の邸、グリーンウェイ・コートが建てられた。その後三人の子どもがここで生まれたがそのうちの一人がハンフリー・ギルバートであった。なぜこんな辺鄙な場所にと思うのは現代人の感覚で、昔は海路こそが高速道路に勝る交通手段だったのである。この川にはなんとヘンリー八世の時代から、大きな軍船が行き交っていたのだ。

今日のグリーンウェイ・ハウスの礎を築いたのは一八世紀のあいだこの地に住んだループ一族で、その一人ハリス・ループは、アメリカやポルトガルから新種の植物や種を輸入する投機家、すなわちマーチャント・アドヴェンチャーだったというから、野趣あふれるこの庭の姿もなるほどと頷ける。その後、一九世紀から二〇世紀にかけては、三家族がこの屋敷を

グリーンウェイ・ハウスのボート小屋は『死者のあやまち』の殺人現場となった。左頁は、ボート小屋の内部と窓から見えるダート川。アガサはここで執筆や読書を楽しんだ。

所有したが、いずれも富裕で個性的な趣味の持ち主であったらしい。最後の所有者アルフレッド・グッドソンは、アガサの幼なじみの父親だったが、彼は購入した屋敷を放置したまま、ここで暮らすことはなかったから庭も荒れ果てていて、アガサは美しい庭を蘇らせるために精力的に造園に取り組んだ。

ビュー・ポイントからジグザグに藪を掻き分け、バード・ポンド、黒竹の林、観音池と名づけられたポイントを水面近くまで下っていくと、船上から見たあのボート小屋に出る。「萱葺き屋根の風雅な建物」と『**死者のあやまち**』には書かれているが、水辺にあるため苔が繁茂して、屋根は緑色に覆われている。ボート小屋は寝泊りできるほどの広さで、暖炉もあり、かつては簡易ベッドも置かれていた。アガサはここで執筆したこともあったというが、もちろん電気は通っていない。

ナショナル・トラストのボランティア・ガイドの老人がいて、「これが『死者のあやまち』に出てくる籐の椅子だよ、そこがバルコニー、この下にあるプールは一八世紀の終わりに、ジョージ三世がウェイマスで水浴をしてからというもの、健康にいいというので大流行した海水浴のためのプールなのさ、客人をもてなすために作られたんだ。満ち潮になると海水が川から入ってきて小さなプールになるんだよ。サー・ウォルター・ローリーのボート小屋とも呼ばれてるんだ」と説明してくれた。『死者のあやまち』のマーリンの死体は床のどのあたりにあったの、と私が聞くと、老人は真面目な顔のままで人差し指を立て、忍び足で部屋

の向こうの隅まで行って、壁に掛かっているラグの裾をめくって見せた。

バルコニーに出ると、深緑色の水を湛えたダート川がかすかな水音を立てながら流れている。静けさを好むアガサが、ここを格好の読書の場所にした気持ちはよくわかる。帰りに下のプールを覗いてみた。その黒ぐろとした澱みの不気味さは、どう形容すればいいかわからない。

ボート小屋から川沿いに細い道を辿ると、人工的な趣のテラスに出る。バテリー、すなわち砲台庭園、と呼ばれている場所で、新大陸から帰還したウォルター・ローリーが、タバコやジャガイモを荷揚げした場所だと言われている。『**死者のあやまち**』で、ロンドンからかけつけたポワロは、屋敷に着くとすぐ、川面に映る光を反射する庭木のあいだを抜け、曲がりくねった道を下って、低い銃座のついた胸壁に囲まれた円形の砲台庭園で、胸壁に腰を下ろしているオリヴァ夫人に迎えられる。中世から海の要所と目されていたこの付近の河岸には、本物の大砲がいたるところで睨みをきかせていたのである。

『**五匹の子豚**』もまた、グリーンウェイを思わせる美しいジョージアン・スタイルのオルダベリー屋敷が舞台だということは、先に述べたとおり。殺された画家のアミアスは年若い愛人エルサを、妻カロリンと暮らすこの屋敷に引き入れ、彼女の肖像画を描いていた場所で毒殺される。それが、小さな模型の砲台を設えた、海を見下ろす人工の庭園だった。作中には母屋から歩いて四分ほどのところにあると書かれているが、じっさいの距離もそんなものだろうか。メイプール・ハウスのところで述べたように、ポワロは隣のハンドクロス・マナーを訪ねたあと、ボートでカメル・クリークという入り江を渡り、ユースホステルに変貌し

ボート小屋の下には、かつて海水浴を楽しんだという古いプールがある。

たオルダベリー屋敷を訪ねる。こんもりと木立の茂った岬に、白いジョージアンの家がそびえていて、長いくねくねとした道を辿ると、裏庭にリンゴの木が生えているところもグリーンウェイ・ハウスとよく似ている。今はロンドンのリージェンツ・パークを見下ろすアパートで暮らしているカロリンの妹アンジェラの好物がリンゴだったとあるが、同じくリージェンツ・パーク近くに住んでいたオリヴァ夫人も、リンゴが大好物だった。しかしもちろん、このリンゴの木とリンゴを何よりも愛でたのは、アガサ自身だったのである。

屋敷のそばには、石造りの古い大きな納屋がある。アーチーとのあいだに生まれた一人娘のロザリンドは、一九五九年にこの屋敷を譲り受けてから、夫アンソニー・ヒックスとともに、グリーンウェイでナーサリーすなわち育種場を営んでいた。二〇〇〇年にナショナル・トラストに寄贈されてからは、植物だけではなく愛らしい花のカードやハーブなどを販売する店になっている。その隣にはアガサ関連の本を売る店もあり、裏手には、アガサの大好物のクリーム・ティー、つまりデヴォンシャー・クリームとジャムを添えたスコーンが食べられるカフェもある。グリーンウェイ・ハウスの屋敷部分は、私が最後に訪れた二〇〇八年にはすでに補修が開始され、翌九年から一般に公開された。アガサが幼い頃から愛読した本や愛用の品をはじめ、かつてトーキー・ミュージアムやトァ・アビーに飾られていた品も集められて、素晴らしいアガサの世界が再現されている。

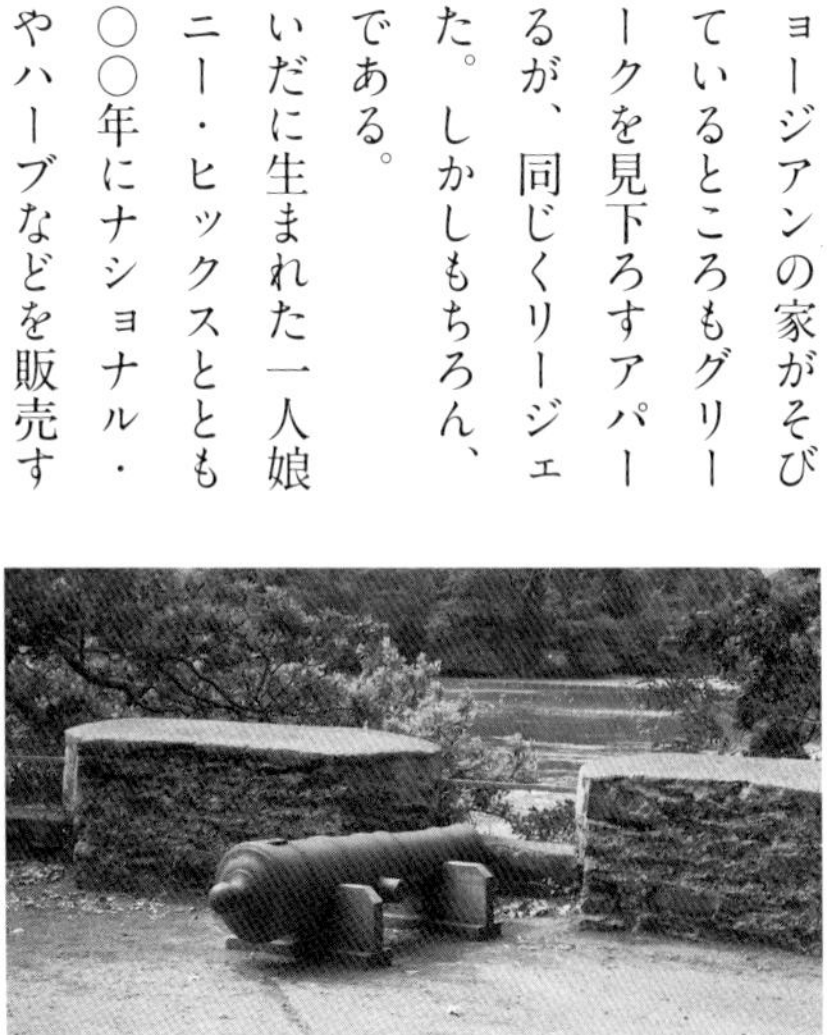

グリーンウェイの人工の砲台庭園。ここも『五匹の子豚』のおぞましい殺人現場に使われた。

10

もっと西へ バー島、コーンウォール

＊バー・アイランド・ホテル

『そして誰もいなくなった』
『白昼の悪魔』
『三幕の殺人』
『象は忘れない』
『一三の事件』

♣バー島♣

ビッグベリー湾に浮かぶ小さな島バー・アイランドは、『そして誰もいなくなった』（一九三九）や『白昼の悪魔』の舞台として知られている。地図を海の方角から眺めると、ダートマスから海岸線沿いに南下して先端のスタートポイントを過ぎ、そしてサルコムの岬をめぐるとそこがビッグベリー湾である。先にも述べたように、『ゼロ時間へ』の舞台となったガルズ・ポイントは、サルコムのクリークがモデルだとも言われている。ある夏、ターン川の河口の屋敷に住む老未亡人カミーラ・トレシリアンのもとに、さまざまな人びとが集まってくる。そのうちの一人、老弁護士のミスター・トレーヴがホテルで急死し、それにつづいてカミーラもまた殺害された。トレーヴは事件前、「探偵小説は殺人から始まる。しかし、殺人は結果なのだ。物語はそのはるか以前から始まっている……ときには何年も前から

対岸のフランスのモン・サン・ミッシェル（右）。バー島にはかつて、この島と同じ聖ミカエル像が祭られていた）左はキングスブリッジのバス・ロータリーの売店。

……」と語っていたのだが、彼は、そこにいたある人間の、過去のある行為を知っていたために、殺害されたのだ。万能スポーツマンのネヴィル・ストレンジと彼の最初の妻オードリー、そして二番目の妻ケイの愛憎が、根深く絡み合い、舞台となる夜闇のターン川の流れがいっそう不気味である。

中世の頃、バー島には海の男たちの守り神である聖ミカエルを祭る修道院があった。西のコーンウォールにあるセント・マイケルズ・マウントや対岸のフランス、ノルマンディー地方にあるモン・サン・ミッシェルに祭られているのと同じ聖人である。

ダートマスからバー島へ向かうには、まずはバスで中継地点のキングスブリッジまで約一時間の道のりを走る。ダートマスのフェリー乗り場の近くにあるバス停から、一時間に一本バスが出ている。上流のトットネスからも二時間に一本バスが出ていて、こちらは四〇分の道のりである。朝の九時ごろに行ってみると、バス停にはすでに大勢の人が並んでいるので、乗れるだろうかと心配していたら、思いがけずロンドンで見るようなダブルデッカーのバスがやってきた。眺望のいい二階に上がり前方の座席に腰を下ろす。しかしいよいよ走り出すと、そのスリリングなこと。対向車とすれ違うのもやっとという細さの、アップダウンの激しい道の両側には、潅木や喬木が伸び放題に伸び、バスの車体や二階の窓をビシバシどころか、ときにはドンドンと叩く激しさ。乗客から思わず笑い声が漏れるが、ガラスが割れるのではないかと気が気ではない。

やがて山中の小さな集落を幾つか過ぎて海岸線に出ると、遥か眼下に美しいビーチが開けた。思いもよらなかった絶景である。とはいえ相変わらず、狭く、うねうねとつづく崖上の

道を、バスは少しもスピードを緩めることなく進んでいく。急角度の傾斜地では、危なっかしい姿勢で羊たちが草を食んでいる。

キングスブリッジは、深い湾に面した古くからのマーケット・タウンである。ここでも海は陸地の奥まで入りこんでいて、キングスブリッジ・キーと呼ばれる岸壁沿いに、小さな花壇が整えられた遊歩道があり、観光客らしい人びとがベンチに腰を下ろしサンドイッチをつまんでいる。バー島からの帰りにしばらくここで時間を潰したのだが、ちょうど潮の変わり目らしく、黒い泥の堆積した川底に小さな水が渦を巻き、無数の水鳥が餌をついばんでいた。キングスブリッジを起点にしてダートマスやトットネス、プリマス方向へ向かう客も多く、バスのロータリーはけっこう賑わっている。プリマスまではA三七九号線の広い道路が走っていて、約一時間で行くことができる。

ロータリーの傍らでは、テントを張って小さな市が開かれていたが、野菜や瓶詰めのジャムなどの食品類にまじって、テラコッタの植木鉢や彫刻、色とりどりのクッション、カーテンなどの日用雑貨が売られている。ビッグベリー湾方面に行くバスはないので、ここからタクシーに乗り継ぐしか手段がないのだが、わずか二〇分の道のりではあるし、料金もそれほど高くないから、自分で車を運転するよりも気楽でいいかもしれない。

途中まではもっと広い道を迂回して行く手はあるのだが、かなり遠回りになるというので、タクシー・ドライバーは、両側を高い生垣のような樹木で視界が遮られた、まさに迷路としか言いようのない、車幅すれすれの、曲がりくねった道をけっこうなスピードで飛ばしていく。めくらめっぽう、というめったに使わない言葉をふいに思い出したほどだ。不安に駆ら

迷路のような道を抜けると、やがて前方に、美しいビッグベリー湾とバー島の景色が広がる。思わず感動の声が上がる一瞬。

れた私は、うしろの座席から身を乗り出し、「この道は一方通行なんでしょう?」と念を押した。すると、きっぱり「ノー」という答え。対向車はめったに来ないから安心しろ、と言うのだが、それは言い換えればたまには来るという意味ではないのか。『そして誰もいなくなった』の作中人物になったような不安が、湧きあがってくるのだった。それを察したのか彼は口笛を吹き始めたが、それがまた、「一〇人のインディアン」の曲ではないにしても、奇妙に調子の狂った気の滅入るような曲なのである。その不安がただの杞憂で無かったことは、帰路にはっきりした。げんに彼は帰りもこの道を、来るときと同じスピードで逆走したのである。

『そして誰もいなくなった』は、正義にたいする狂信的な信奉を持つ、オウエンと名乗る謎の人物の招きを受けた一〇名の人間が、それとは知らずこの孤島に集められ、古い童謡「一〇人のインディアン」の歌詞に合わせて、一人ずつ命を絶たれて行き、ついに島は無人になるという不気味な話である。正体のわからないオウエン自身を除き、彼らは全員、過去に法の裁きはまぬかれたものの、人の死に何らかの関与のあった人間たちなのである。

元判事のウォーグレイヴはロンドンのパディントン駅から一等車で、家庭教師のヴェラ・クレイソーンと、元陸軍大尉のフィリップ・ロンバートも同

じ列車の三等車で、指定されたオークブリッジ駅へ向かう。この名前や地理から推測して、ここはキングスブリッジである可能性もある。また信仰に凝り固まった老婦人エミリー・ブレントも三等の禁煙車両に身を硬くして座っている。その頃、ひと足遅れてエクセターで普通列車に乗り換えようとしているのは、退役軍人のマカーサー将軍である。一方アームストロング医師は愛車モーリスでソールズベリー平原を、また享楽的な青年アンソニー・マーストンは湿地帯のミアを疾走している。さらにプリマスの方向から鈍行列車で向かっているのは、元警部のブロアである。そして執事とコックとして雇われたトマス・ロジャースとエセル夫妻もまたプリマスの周旋所の紹介で、二日前にここへやってきた。つまり彼らは、西から東から、この島を目指してやってくるというわけだ。

駅に到着した客たちは、ここから二台のタクシーに分乗し、「小さなオークブリッジの眠っているような通りを抜けて、プリマス道路を一マイルほど進み、それから車は、深い緑の、狭く曲がりくねった迷路のような田舎道に突っこんだ」とある。「突っ込んだ」とは、まさにその通りなので、思わず笑いがこみ上げてくるような一文である。ウォーグレイヴ元判事の問いに答えてエミリーは、コーンウォールにもトーキーにも行ったことはあるが、このあたりは初めてだと答える。ウォーグレイヴ自身もまたこの付近には不案内だと語るように、実在のバー島も作中のインディアン島も、おそらくこの不便さのおかげで、俗化をまぬかれてきたと言えるだろう。

樹木のあいだを抜けると、やがてふいに視界が開け、前方眼下に海が見えてくる。対岸とほとんど地続きに見える小さな島が目指すバー島である。小説ではその名のとおり、インデ

ィアンの頭に似た岩だらけの島で、陸地から一・六キロほど離れていて、ひとたび嵐が来れば交通も遮断され、まさに孤島と化すことになっているが、じっさいは、「海岸に近い、白く美しい邸宅の見える島を想像していた」というヴェラの言葉のように、陸地からほんの二〇〇メートルほど、つい目と鼻の先である。真夏だというのに、陸側に向かって吹きすさぶ風が激しい白波を掻き立てている。身を切る冷たい風が、体温を奪っていく。

島の左手に見える白い建物が一九二九年に開業したバー・アイランド・ホテルである。遠望しただけでは、なんの変哲もないレジャーホテルに見えるが、あの〈王冠を捨てた恋〉で有名な、エドワード八世とシンプソン夫人の愛の逃避先としても知られ、多くの著名人がお忍びで訪れるという高級ホテルである。作中のインディアン島のホテルは、四角く低い近代的な建物で、丸窓から明るい光が邸内に降り注いでおり、室内も白を基調とした現代風のインテリアで統一されているが、それと同様に、バー・アイランド・ホテルも、三〇年代のアール・デコ様式が随所に残る、いかにもポワロが好みそうなモダンな設えになっている。ホテルのずっと右のほうに建っている古い建物は、一三三六年に建てられたピルチャード・イン。現在はレストランになっている。

そして『白昼の悪魔』の舞台となったレザーコム湾に浮かぶスマグラーズ島もまた、このバー島がモデルだと言われている。原作の冒頭に島の地図が描かれているが、潮の満ち引きが激しいために、駐車場が島側ではなく対岸に設けられているところも、そこに観光客のた

バー島にあるバー・アイランド・ホテルは、『そして誰もいなくなった』の舞台。ホテル対岸には荒涼とした岩場がつづく。

ブリストルのスマグラーズ・パブ。沿岸にはかつて、密輸入を生業とする男たち、スマグラーが多く暮らしていた。

めの小さな売店が一軒あるところも、じっさいと同じである。スマグラーとは密輸業者のことだが、この付近からコーンウォールにかけては、かつて海のならず者たちが出入りしていたという宿屋や洞窟が今でも数多く残っている。アガサとアーチーが駆け落ち結婚をしたあのブリストルでも〈スマグラーズ〉という名のパブを見かけたことがあるから、さすが略奪の歴史に彩られたイングランド、海岸線には、夥しい数の海賊や密輸業者が身を潜めていた時代があったということだろう。

『白昼の悪魔』によれば、このあたりはもともと四、五軒の漁師小屋があるばかりの寒村だったが、一七八二年にロジャー・アンメリングという船長が、ジョージアン様式の広壮な屋敷を島に構えた。海をこよなく愛していた船長が、わざわざカモメの群がる吹きさらしの岩場を選んで建てたのだという。彼の死後、遠縁の子孫の手に渡ったが、二〇世紀初頭になると海浜のレジャーブームが始まり、デヴォンやコーンウォールの海岸にも大勢の客が押し寄せるようになった。ロジャーの末裔であるアーサー・アンメリングがかなりの値でこの屋敷を売りに出し、その後屋敷は改築され、敷地も整備されて、引き潮のときに陸地とのあいだをつなぐコンクリート舗装の道ができ、ジョリー・ロジャー・ホテルとして華ばなしく開業したのだった。

そのホテルのテラスのデッキチェアに、白麻の服にパナマ帽という、さっそうたる出で立ちで腰をおろしているのは、エルキュール・ポワロである。若い頃には、女性のペチコートがチラリと見えただけで胸がときめいたという奥ゆかしいポワロには、裸で横たわる人びとでいっぱいの浜辺は、まるで「パリの死体公示所」にしか見えないのである。夫ケネスと先

八月のこの日、ビッグベリー湾には白波が立ち、身を切るような風が吹きすさんでいた。

妻の娘リンダとともに、ここでヴァカンスを楽しんでいる元女優のアリーナ・マーシャルは、きわだった美貌の持ち主で、人びとの視線を一身に集めている。彼女は、妻のクリスティーンとふたりで滞在しているパトリック・レッドファーンと親しい関係にあり、あたりには不穏な空気が立ちこめている。ある朝、アリーナが一人で海に出るのをポワロは目撃するが、やがてピクシー湾と名づけられた入り江で、彼女は扼殺死体となって発見される。「日のもと、いたるところに悪事あり。白昼にも悪魔はいるのです」というポワロの不吉な予言が的中したのだ。

バー島と陸地を結ぶ浜辺は、『白昼の悪魔』に書かれているように、引き潮になれば歩いて渡れるが、満ち潮のときには海水にすっかり覆われてしまう。今ではこの海の道を、車高の高いシー・トラクターに引かれた脚長の車が客を運んでいる。陸側には荒々しい岩場がつづき、白波が砕け散る。また島の裏側にも、**『そして誰もいなくなった』**や『白昼の悪魔』に描かれたままの、手つかずの自然が残っている。デイヴィッド・スーシェがポワロを演じる、二〇〇一年のBBC版『白昼の悪魔』では、このバー・アイランド・ホテルが撮影に使われ、また、ジョーン・ヒクソン演じる一九八七年BBC製作の**『復讐の女神』**でも、事件の解明をミス・マープルに依頼して亡くなるラフィール氏のカリブ海にある別荘という設定のもと、このホテルでロケが行われている。

『白昼の悪魔』にも、『そして誰もいなくなった』の執事、ロジャース夫妻と同じように、プリマスのホテルから移ってきたというボーイ長が出てくるが、先ほども述べたようにバー島へは、西のプリマス方面から車で向かうこともでき、バスの便もまったくないわけではな

バー島へは、干潮時になると歩いて渡れる。

いが、きわめて本数が少ないので、まず利用できないと考えたほうがいいだろう。

ビッグベリー湾から北西方向にある軍港プリマスは、イングランド南西部最大の都市である。このあたりでは海沿いに平地が開けているため、町ぜんたいが明るい空気に満ちている。一七世紀からイギリス海軍の拠点となり、戦時中はドイツ軍による爆撃の標的ともなった。プリマス港を望むホーの丘には、一五八八年にスペインの無敵艦隊アルマダを破ったフランシス・ドレイクの像が聳え立っている。ブリクサムの港に係留されていたあのゴールデン・ハインド号の指揮官である。一六二〇年に新天地アメリカ大陸を目指し、新教徒たちを乗せたメイフラワー号が船出したのもこの場所だ。緑の草地で覆われたホーの丘からは、澄み渡った海原を見晴らすことができる。アガサの小説には、旧植民地のオーストラリアやアフリカから帰国してこの港から上陸する人物が、何人も出てくる。ダートムアのところでも述べたように、**『白昼の悪魔』**には、ポワロの発案でダートムアへのピクニックに出かけるシーンがあるが、このプリマスからも、ダートムアのプリンスタウンを経由して、東のエクセターに向かうムア横断バスが出ている。

プリマスのホーの丘。

♣ コーンウォール ♣

プリマスの先には、イングランド最西端のコーンウォール州があるが、すでに何度か訪れたことがあるので、今回の旅では足を伸ばさなかった。しかしアガサの小説には、この地方を舞台にしたものも多いので、すこし触れておきたい。ここはウェールズ地方やスコットランド、アイルランドと同様に、妖精伝説やアーサー王伝説など、古代ケルト民族の文化に彩られた土地で、今でもさまざまな伝説や民間伝承が語り伝えられている。北海岸のティンタジェル岬には、アーサー王誕生の地と言い伝えられるティンタジェル城の廃墟があってロマンを掻き立てるが、**『白昼の悪魔』**にも、パトリック・レッドファーンの妻クリスティーンが、新婚旅行の思い出のあるティンタジェルをもう一度訪ねたかったのに、夫のパトリックが昔の恋人の誘いに乗って南海岸のスマグラー島へ来てしまった、と愚痴をこぼすシーンがある。短編集**『謎のクィン氏』**（一九三〇）集中の**「海から来た男」**にも、またこのあと述べるアーサー王伝説中の物語「トリスタンとイゾルデ」への言及があるところを見ると、アガサも、この冒険物語に深い関心を持っていたのだろう。

　アーサー王は、**『ポケットにライ麦を』**（一九五三）にもまた顔を出している。ロンドンから三〇数キロのところにある高級住宅地ベイドン・ヒースのイチイ荘の主レックス・フォーテスキューが毒殺される話で、なぜか死体の上着ポケットには、ライ麦がいっぱいに詰めこまれていた。ミス・マープルは、かつて行儀をしつけたことのある小間使いのグラディスが事件の巻き添えになって殺されたと聞き、義憤に駆られてこの館にやってくる。じつはレックスの長男パーシヴァルと次男ランスロットの名が、アーサー王伝説の騎士の名にちなんでつけられたものなのだ。というのは、レックスの死んだ妻がいかにもヴィクトリア朝風のロマンティックな女性で、これまたヴィクトリア時代の国民的桂冠詩人アルフレッド・テニスンの『アーサー王物語』の愛読者だったからだ。ちなみに、あるじの名レックスとは王の意味である。事件後、帰宅したマープルのもとに、誤配されて遅れたグラディスからの手紙が届いている。殺人者への憤りにかられてミス・マープルは思わず涙をこぼすのだが、やがて

アーサー王の生地と伝えられるティンタジェル城跡（左）と、グラストンベリーの修道院跡にあるアーサー王が眠るとされる墓。

犯人をしとめた喜びがふつふつと胸にわきあがってくる。それは「生物学者が顎の欠片や二、三本の歯から、絶滅した動物の骨格をうまく組み立てた喜び」のようなものだったというが、いかにも考古学者の妻アガサらしい譬えである。ちなみにテニスンの長詩物語『イノック・アーデン』は、日本版の「浦島太郎」のようなものだが、あとで述べるように、『**満潮に乗って**』(一九四八)の重要なモチーフとしても使われた。

さてコーンウォールに話を戻そう。『**三幕の殺人**』(一九三五、米版一九三四)では、コーンウォールのルーマスという村に引退した、もと舞台俳優のチャールズ・カートライトのバンガロー、カラスの巣で、パーティーの最中、誰に恨まれるはずもない温厚な牧師が急死する。それにつづいて、ロンドンのハーレー街で成功を収めている精神科医バーソロミュー・ストレンジがヨークシャーの屋敷で毒殺され、パーティーに出席していたポワロと友人サタースウェイトは力を合わせて、この事件の謎にいどむ。チャールズは漁師町ルーマスの崖上の高台に、白いモダンなバンガローを建て、昔から憧れていた海の暮らしを楽しむつもりだったのだが、それも長くはつづかなかった。サタースウェイトは、社交界に顔が広く、美術品の収集家としても知られ、『**謎のクィン氏**』などの短編にしばしば登場するミステリアスな人物である。彼はまた素人写真家でもあり、『わが友ホームズ』なる本を出版したこともあるという。ポワロは彼を相手に珍しく打ち明け話をしている。「子どものころ私は貧乏でした。兄弟がたくさんいました。世の中でなんとかやっていかなくてはならなかった。警察に入り、一生懸命働いた。しだいに昇進し、やがて名を上げたのです。じぶんの力で。そして世界的な名声を得るに至ったのです」と。

ランズエンドの岩場。コーンウォールには、こんな荒々しい岩場がいたるところにある。

また同じように、コーンウォールを舞台にした作品のひとつに、ポワロがアリアドニ・オリヴァ夫人と協力して、女史の名づけ子シーリアの両親の死の真相をつきとめる『**象は忘れない**』(一九七二)という作品がある。シーリアの母マーガレットは双子の妹で、姉の狂気という事実を死んでもなお隠しつづけようとした妹夫婦の心理がしだいに解き明かされていく。シーリアの両親レイヴンズクロフト夫妻は、外国から戻ってボーンマスに家を買い、その後、悲劇を迎えることになる家に移って暮らしていた。事件が起きたのはコーンウォールだったと思います、という登場人物の言葉が唯一のヒントとして出てくるのだが、狂気の姉が妹を海に突き落とす殺人現場や、そのあたりのオーヴァー・クリフは、コーンウォールでよく見られる断崖のひとつということになるだろうか。いつも風に吹き晒されたような髪をもてあまし、食いしん坊で、驚くほど精力的、突拍子もないひらめきがあり、文学者のパーティーが苦手、そしてときに支離滅裂な話でポワロを困惑させるオリヴァ夫人の魅力が存分に発揮された事件である。作者のアガサとよく似ていると言われるオリヴァ夫人が、名づけ子のシーリアの顔は思い出せないが、洗礼式に贈った、一七一一年製のクイーン・アン時代の銀の濾し器は覚えているというあたり、人の顔を覚えるのが苦手だったというアガサを、たしかに髣髴させる。象は受けた仕打ちを忘れない、という子ども向けの話からつけられたタイトルだが、「でも、わたしたちは人間ですからね、ありがたいことに、ひとは忘れることができるんですよ」というオリヴァ夫人の結びの言葉が印象的だ。

『**ハロウィーン・パーティー**』には、そのオリヴァ夫人が、コーンウォールで手に入れたという漁師の着る雨合羽をまとい、雨水をぽたぽたとしたたらせながら、ロンドンのポワロ

コーンウォールの漁村ボスキャッスル。

の部屋に猛烈な勢いで飛びこんでくるシーンがある。となると、ハロウィーン・パーティーの最中に少女ジョイスが殺されたリンゴの木荘も、やはりコーンウォールにあるのだろうか。ウドリー・コモンというその村はロンドンから五、六〇キロしか離れていないというが、魔女伝説や昔からの言い伝えがあることも、パーティーの余興にリンゴがたくさん使われるところも、いかにもこの地方を思わせる。しかし、同じような魔女伝説はほかの土地にもあることは、すでに**『殺人は容易だ』**のところで述べた通り。

そういえば、**『NかMか』**（一九四一）で、ナチスの大物スパイの正体をつきとめるために、夫トミー・ベレズフォードを助けて大活躍するタペンスの、年老いた伯母は、コーンウォールで暮らしていた。任務を秘密裏に進めるために、タペンスはその伯母の家に見舞いに行ったことにし、菜園の手入れをしていると、娘に嘘の手紙を書き送る。さらに、ミステリではない、ノンシリーズものの名作**『春にして君を離れ』**（一九四四）にも、コーンウォールという地名が出てくる。語り手の中年女性ジョーン・スカダモアは、バグダッドで病に伏せる娘の介抱をしたあと、イギリスに戻る途中だった。だが、列車事故のために砂漠で足止めを食ったジョーンは、ほかになすすべもなく、砂漠をさまよい歩きながら過去のさまざまなできごとに思いをめぐらす。すると、これまで気づかないふりをしてきた、夫や娘や友人たちの真実の心が、はっきりと見えてくるのである。ジョーンの夫ロドニーは、彼女の友人レスリー・シャーストンが亡くなったあと、なぜか廃人のようになってしまい、コーンウォールで二か月の療養を余儀なくされた。彼はただ療養所のベッドに静かに横たわり、カモメの鳴き声を聴き、まるで生きる望みをなくしたように、謎のような微笑をたたえてコーンウォー

ルの海を眺めていたのだ。ジョーンは、今になってやっと、夫とレスリーの深い愛を知るのだった。ほかの人間の目に映る真実の自分の姿に気づくという、ある意味ではミステリ以上にこわい話かもしれない。

このように、コーンウォールという土地のもつ魔力のようなものが、アガサのイマジネーションに強く働きかけたことは間違いない。短編にもコーンウォールを舞台にしたものは数多くあるが、そのいずれにも神秘的な、あるいは不可思議な雰囲気が漂っている。『一三の事件』(邦訳『**火曜クラブ**』)には、ミス・マープルの甥のレイモンド・ウエストが、コーンウォールの西海岸にある知人の家に、休暇を過ごしに行ったときに起きた事件の話や、一六世紀にスペインから攻撃を受けた漁村の話、同じくコーンウォールの海水浴場で起きたという事件のことなどが語られている。さらにまた短編集『**死の猟犬**』(一九三三)の表題作にも、コーンウォールのムアが出てくるし、集中の「**ジプシー**」にもムアの岩山に住むジプシーが登場する。また短編集『**負け犬**』(一九五一)所収の「**コーンウォール・ミステリ**」は、歯科医の妻から相談を受けたポワロが、パディントン駅発の列車でコーンウォールを目指すが、すでに手遅れ、夫に命を狙われているのではという不安を抱いていた女性は、すでに亡くなっていたという話である。

コーンウォールのセント・アイヴズの海(左)と、ヴァージニア・ウルフが少女時代を過ごした別荘。

11

引越しが大好き　アガサのロンドンの家

＊ノースウィック・テラス
＊アディソン・マンション
＊クレスウェル・プレイス
＊シェフィールド・テラス
＊ローンロード・フラッツ
＊スワン・コート

『ひらいたトランプ』
『茶色の服の男』
「厩舎街の殺人」
『秘密機関』
『満潮に乗って』
「検察側の証人」

「家というものに私はいつも夢中だった」（『自伝』）と書き残すほど、アガサは家探しが大好きだった。第二次大戦の少し前には、なんと八軒もの家を同時に所有していたことさえあったという。幼い頃にドール・ハウスに熱中した後遺症だと本人は語っているが、はたしてそれだけだろうか。

アガサの小説には、イングランド南西部ばかりでなく、ロンドンがしばしば重要な舞台として描かれているが、その多くはアガサ自身の暮らした家からさほど離れていない場所だった。なかでも彼女が好んだのは、ケンジントン公園やハイド・パーク、リージェンツ・パーク、ハムステッド・ヒースのように、豊かな緑に包まれた公園周辺の高級な住宅地だった。そんなアガサの足跡を年代を追ってたどってみた。

♣ノースウィック・テラス♣

第一次大戦が始まった一九一四年に結婚したアガサは、前線に赴いた夫と離れ、トーキーで母親とともに暮らしていたが、四年後の一九一八年、戦争終結とともにアーチーが空軍省に転属になると、その年の秋に、初めて実家を離れてロンドンに移り住むことになった。最初に新居を構えたのは、ロンドン北西部のノースウィック・テラス五番の小さなフラットである。ノースウィックと呼ばれる地番は、セント・ジョンズウッド・ロードとエッジウェア・ロードの交差する東の角で、そこからまっすぐ一キロほど東に向かうとリージェンツ・パーク、また一キロ南には、故郷トーキーに向かうときの始発駅パディントンがある。この後のアガサの足跡をたどるとわかるように、デヴォン州の豊かな自然を愛したアガサにとって、美しい緑と西に伸びるグレイト・ウェスタン鉄道は、生涯切り離せないものだったのである。

このあたりは閑静な住宅街で、大樹の深い緑が車の往来の絶えない道路に影を落とし、エッジウェア・ロードに面しては、クリフトン・コートという立派なフラッツも建っている。ノースウィック・テラスという名の、今では相当古い四階建てのアパート群は、このクリフトン・コートの裏側にある。小さな浴室と台所がついていて、外には庭があったという『自伝』の記述どおり、たしかに小さく質素なアパートだが、比較的ゆったりとしたスペースの中庭があり、表通りの喧騒もまったく届かない。

ここからさらに北に一キロ歩くと、移民系の人びとが多く暮らすにぎやかな界隈があり、またリージェンツ・パークの北東にも若者たちが群れ集うキャムデンロックの運河があるが、『自伝』に「嫌いなのは群衆」と書いたアガサの目は、もっぱら公園のまわりの閑静な住宅

ノースウィック・テラスを訪ねるには、表通りのクリフトン・コート（左）が目印になる。

地に向けられていたようだ。アリアドニ・オリヴァ夫人のフラットも、リージェンツ・パーク南のハーレー街に近い高級アパートの最上階にあった。ハーレー街は著名な専門医の集まる高級地区で、アガサの小説にもここで開業する医師がしばしば登場する。そこから少し西に行くと、子ども時代のアガサが姉のマッジとともに熱中したというシャーロック・ホームズの住居ベーカー街二二一B番地がある。アガサは、おせっかいで、おっちょこちょいで、憎めない性格のオリヴァ夫人に、自らの理想の住まいを与えたということだろうか。このアパートには制服を着たエレベーター・ボーイがいて、訪問客を、最上階の明るい緑色に塗られたドアまで案内してくれる。そのことが書かれた『**ひらいたトランプ**』（一九三六）には部屋のようすも詳しく描かれているが、壁にはオウムや金剛インコや、鳥類学でも知られていないような、つまりこの世のものではない鳥が飛び交っていて、まるで太古の森にでもいるようだという。この森と鳥に囲まれた部屋の中央に年代もののキッチンテーブルがあって、そこにタイプライターを置いて、オリヴァ夫人はミステリを書き綴っているのである。熱帯を思わせる鳥の壁紙が彼女はお気に入りで、暑さを肌で感じないと、どうやら仕事がはかどらないらしいのだ。『**蒼ざめた馬**』（一九六一）でも、学者のマークがオリヴァ夫人の広びろとした部屋には、熱帯の樹木に巣を作る鳥たちの姿が描かれていたと証言している。それから五年後の『**第三の女**』では、どうやら違うインテリアに模様替えされたようだ。そこを訪ねたポワロが、かつては森に極彩色の熱帯の鳥やライオンやトラや豹やチーターがひしめいている壁紙だったが、新しく張り替えられたのは、まるでサクランボの果樹園にいるような図柄だと胸の内で呟いている。

新婚時代のアガサが暮らした、レンガ造りのノースウィック・テラスには、庶民的な温かさがある。

アガサの家を訪ねて
⑤ Lawn Road Flats
(Hampstead Heath)
Dame
AGATHA
CHRISTIE
1890-1976
Detective Novelist
and Play wright
lived here
1934-1941
St. John's Wood Rd.
Edgware Rd.
Regents
Park
① Northwick
Terrace
Baker
Street
Baker Street
Paddington
Edgware Road
Notting Hill
Gate
④ Sheffield
Terrace
Kensington
Gardens
Hyde Park
Kensington
Olympia
② Addison
Mansion
Royal
Albert Hall
Harrods
South
Kensington
Sloane
Square
Old Brompton Rd.
③ Cresswell Place
⑥
King's Rd
Swan Court
River Thames

♣ アディソン・マンション ♣

一九一九年に一人娘のロザリンドを実家のアッシュフィールドで出産すると、アガサ一家は西ケンジントンの、ケンジントン・オリンピア駅近くにある展示場、オリンピアの裏にあった二棟のアパート、アディソン・マンションの二五号室に引っ越した。寝室が四つある、趣味のよくない家具つきの部屋だったが、二、三か月後には、同じアパートの九六号室へ移り住み、好みの家具やリネン類を取り揃えて、乳母やお手伝いさんともども、一家はひとまず心地よい暮らしを手に入れることができた。

このあたりは、今ではうっそうとした街路樹の茂る高級住宅街で、広い庭のある堂どうたる作りのヴィクトリアン・ハウスや、現代風のモダンな家が立ち並んでいる。さすがにセキュリティーも万全であるらしく、昼間だというのにほとんど歩行者のいない通りを、美しい家並みに見とれながら歩いていると、町を巡回する車やガードマンとなんども行き会った。ショッピング街のケンジントン・ハイストリートを抜ければ、ケンジントン公園とその向こうのハイド・パークにも近く、ロザリンドを乗せた乳母車を押して、アガサもこの道をよく散歩に出かけた。アディソン・マンションは、その後取り壊され、アガサが『**自伝**』を執筆した頃には、そのあとに、キャドビー・ホールという建物が建っていたという。

この頃に書かれた『**茶色の服の男**』では、トーキーらしき故郷で人類学者の父親を亡くした主人公のアンが、一時身を寄せることになる弁護士のフレミング氏の家が、閑静なケンジントン広場に置かれている。おそらくこのアディソン・マンションで暮らしたときの経験が生かされたのだろう。アンは地下鉄のホームで殺人を目撃し、事件解明のために南アフリカ

アガサが、娘のロザリンドとよく散歩に出かけたケンジントン公園。池のほとりに立つピーターパン像は、アガサの小説にも登場する。

に旅に出るが、アガサも一九二二年一月に、二四年開催予定の大英帝国博覧会の宣伝使節の一員となったアーチーとともに、ロザリンドを姉のもとに預け、オーストラリア、ニュージーランド、カナダ、南アフリカ歴訪の一〇か月の旅に出ている。

帰国後はアーチーが職を失って一時経済的に逼迫したものの、『茶色の服の男』でまとまった収入を得たアガサは、同じ年に、ロンドンの南西三〇マイルにあるバークシャーのサニングデールに、ヴィクトリアン・スタイルの屋敷の二階を借りた。その後、アーチーが熱中していたゴルフのコース近くに重厚なヴィクトリア様式の家を購入し、第一作の名にちなんで〈スタイルズ荘〉と命名した。年老いたポワロ最後の事件簿である『カーテン』（一九七五）でも、陸軍出身の大佐夫妻が経営するゲスト・ハウスに姿を変えたスタイルズ荘が舞台となるなど、アガサにとっては名前だけは思い入れのある屋敷だったが、しかし、二年後の一九二六年には母クララの死、それにつづく夫の浮気、そしてアガサ自身の記憶喪失による失踪事件など、忌まわしい記憶の焼きつく不運な家になってしまった。やがて離婚を切り出されたアガサは、ロザリンドを連れてケンジントン・ハイストリートの貸しフラットへ移り、アーチーだけがスタイルズ荘にしばらく残ったが、購入から四年で売却されることとなった。

♣クレスウェル・プレイス♣

一九二八年四月にアーチーとの離婚が成立すると、翌年アガサは、サウス・ケンジントンのクレスウェル・プレイス二二番地に、ロザリンドと秘書で友人のカーロ・フィッシャーとともに暮らすための小さな家を購入した。ヴィクトリア＆アルバート博物館やアルバート・

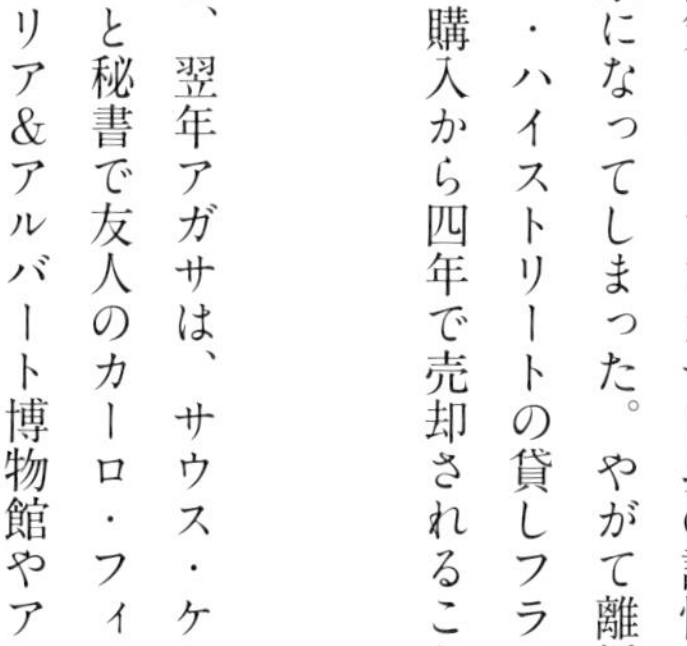

ホール、そしてその先のケンジントン公園にも近く、老舗デパートのハロッズも徒歩圏内にある便利な界隈だが、隠れ処のように奥まったこの通りには、周囲の喧騒はほとんど届かない。

サウス・ケンジントン駅からウェスト・ブロンプトン方向につづく大通り、オールド・ブロンプトン通りを歩いていくと、通りのなかほどを南に下る道、クレスウェル・ガーデンズという細い通りがある。道の入り口によく目立つ標識があるのですぐにわかるはずだ。クレスウェル・ガーデンズという名のバス停も近くにある。サウス・ケンジントン駅からバスに乗ると三つ目なのでこれを利用してもいい。クレスウェル・ガーデンズの通りの入り口には、ヴィクトリア時代の、四階建て赤レンガ造りのテラスハウスが立ち並んでいる。道は大通りからの視界を遮るように少し左に折れるが、さらにその先に進むと、やがて赤みを帯びた石を敷き詰めた、一見行き止まりの路地とも見える一角がある。「**厩舎街の殺人**」（『**厩舎街の殺人**』一九三七、邦訳『**死人の鏡**』所収）という短編があるが、まさにこの通りは厩舎街、すなわちミューズだったころの佇まいを残している不思議な通りだ。

アガサは厩舎として使われていた建物を大幅に改装して心地よい住まいに造り変えた。左手のやや奥まったところにあるが、ヴィクトリア時代の個性的な佇まいの家なので、すぐに見つかるだろう。壁にはプラークがついていて、「DAME AGATHA CHRISTIE 1890-1976 Author lived here」の文字が書かれているが、これは非公認のプラーク。写真を撮っていると、買い物帰りの女性に話しかけられた。南米あたりの血が混じっていると思ったのは、一瞬、あの、くまのパディントンを思い出したからだ。夏だというのに、女性が肩に巻いてい

クレスウェル・プレイスからは、アルバート・ホール（右）やヴィクトリア&アルバート博物館も近い。

たカラフルなウールのショールのせいかもしれない。「ここは、袋小路みたいに見えるけど、つきあたりを左へ左へと折れると、あなたが今やってきた道に戻れるのよ」と彼女は言った。サウス・ケンジントン駅の方角からやってきた私の姿に、早くから目をとめていたのかもしれない。袋小路、cul-de-sac とは何とアガサにふさわしい言葉だろう。「世界中からファンがやってくるのよ、あなたはどこから?」。日本からと答えると、彼女は深くうなずき、「この家ね、アガサが手放したあと、なんども所有者が変わったの。けっこういい値段なのよ。魚の鱗みたいな壁は、ヴィクトリアンだけど、一階の部分は作り変えたの。オリジナルのスタイルが見たければ、この先の道にあるわよ」と言った。なんども手を入れたという一階の壁は白くペンキが塗られ、ドアは鮮やかな緑色である。二階部分の外観は赤いスレートを貼り合わせたような造りになっており、白い木枠の窓がついている。玄関ドアの真上には小さな飾りバルコニーつきの窓があり、屋根裏部屋があることもわかる。右手の屋根の上にはこれもまた小さな煙突がある。隣家との隙間はほとんどない。狭くて眺望もきかないこの家をアガサはいたく気に入り、友人たちを招いては狭い台所で手料理を作ってふるまっていたという。よほど愛着があったのか、このおとぎ話のような小さな家をアガサは亡くなるまでずっと手放すことはなかった。

ケンジントンに近いとはいえ、その賑わいからは遠く、離婚した当時のアガサの心もとなさが感じられるのは、思い過ごしだろうか。一九三〇年にマックス・マローワンと出会ったアガサは、帰国後、さっそくこの小さな家に彼を招き、アッシュフィールドにも招待して、雨のムアへの散策に誘った。同じ年に結婚にいたるふたりの思いが、伝わってくるようなエ

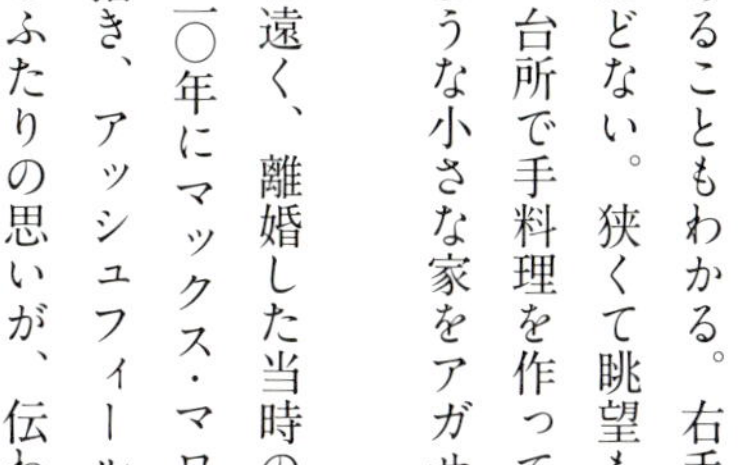

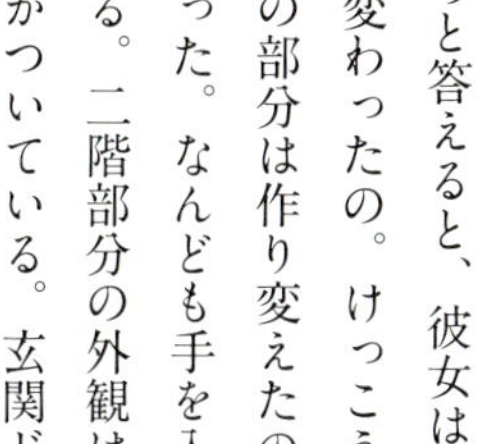

クレスウェル・プレイスには厩舎街の名残が。愛らしい家には、非公認のブルー・プラークがついている。

ピソードである。

♣シェフィールド・テラス♣

結婚したアガサとマローワンは、しばらくクレスウェル・プレイスの小さな家とアッシュフィールドを新居として暮らした。だが、マローワンは発掘調査のため海外へ行くことが多かったし、アガサも同行することがあったから、じっさいにクレスウェル・プレイスで暮らした日数はそれほど多くはなかったかもしれない。そのふたりが、キャムデン・ヒルのシェフィールド・テラス五八番地の家を購入したのは一九三四年のことである。一九四一年まで七年間所有したこの家には、クレスウェル・プレイスの家とは違い、正式なブルー・プラークがつけられている。このプラークは、著名人が暮らした住居につけられる印だが、一人の人物につき一箇所だけというきまりなので、見栄えのするこちらの建物につけられたということかもしれない。最寄りの駅は地下鉄ノッティングヒル・ゲイトである。地下鉄のセントラル・ラインとサークル・ライン、そしてディストリクト・ラインが交わる駅で、北のほうに上れば、マイケル・ボンド作『くまのパディントン』の舞台として、そして映画「ノッティングヒルの恋人」でも有名になった、アンティーク・マーケット街ポートベローがあるから、日本人観光客にはなじみの駅といえるかもしれない。

『複数の時計』（一九六三）は、タイピストのシェイラが、目の不自由な老婦人の家に派遣され、そこで身元不明の男の死体と遭遇する話である。殺人現場の暖炉の上に謎めいた四つの時計が置かれていて、そのうちドレスデンの陶製の置時計と小さなフランス製オルモルの

置時計が、ポートベローで買われたものであることが判明し、やがてマーケットの店主たちが、時計を買った客が犯人であることを証言する。「ポートベローはアメリカ人の観光客でいっぱいだからね」というハードキャスル警部の言葉に、一九六〇年代という時代が感じられる。今ならさしずめ、日本人かアジア系の観光客でいっぱいだという言葉に変わるだろうか。時計といえば、**『七つの時計』**（一九二九）が思い出されるが、この小説では、チムニーズ館に泊まっている仲間たちが、朝寝坊のジェリー・ウェイドを驚かせようと、マーケット・ベイシングの町でいちばん大きい雑貨屋まで出かけ、たくさんの目覚まし時計を買いこむのだが、ポートベローを歩いていると、数多くのアンティーク時計が店先に並んでいて、アガサはこれにヒントを得たのではないかとさえ思えてくる。ひとつ付け加えておけば、ジェリー・ウェイドはこれだけの目覚まし時計を置かれても目を覚まさなかった。朝を待たずして、何者かに殺されたのである。

ノッティングヒル・ゲイト駅を出て、ケンジントン・チャーチ・ストリートを下って行く。オックスフォード・ストリートの西のはずれをケンジントン公園に平行して南下する通りである。チャーチ・ストリートは古くから骨董屋の立ち並ぶ界隈として知られている。高級な絵画や壺、家具などが飾られたショウウィンドウを覗きながら七、八分ほど歩くと、右手にシェフィールド・テラス通りの標識が見えてくる。シェフィールド・テラス通りは、高級なアパートが立ち並ぶこの界隈でも一番瀟洒な通りで、赤レンガ造りのヴィクトリア様式のテラスハウスや、真っ白なジョージアン様式の三階建て、あるいはアティック、つまり屋上階つきのもっと背の高いテラスハウスが立ち並んでいる。

白い三階建てのシェフィールド・テラスには、公認のブルー・プラークがつけられている。

すぐ東にはケンジントン公園とそれに隣接するハイド・パークがあり、アガサもよく散策に訪れた。ここはあの『ピーター・パン』の生みの親、ジェイムズ・マシュー・バリの散歩コースでもあった。サーペンタイン池に浮かぶ鳥の島が、ネバーランドのイメージをかきたて、『ピーター・パン』のもとになる『小さな白い鳥』が生まれたのだ。初演は一九〇四年である。

じつは、シェフィールド・テラスと、アガサがかつてアーチーと暮らしたアディソン・マンションとは目と鼻の先にある。おしどり探偵のトミーとタペンスが未婚のカップルとして『**秘密機関**』でデビューしたのは、アガサの新婚時代だった。第一次大戦の最中、ドイツ潜水艦に撃沈された船上で、ジェーン・フィンと名乗る女性に託されたまま行方知れずになった連合軍の機密書類の行方を追って、若いふたりがロンドンを駆け巡る話だが、忙中閑あり、タペンスが、ケンジントン公園とハイド・パークの境にあるサーペンタイン池のあたりを散策する姿が描かれている。アガサの実質上の絶筆『**運命の裏木戸**』にも、池のほとりに立つピーター・パン像のそばで、戦時中に諜報員が秘密の連絡をした話が出てくる。

このシェフィールド・テラス通りは緩やかな坂になっていて、その坂を登りきる右手手前に、真っ白な三階建ての家がある。高く白い塀と植えこみに囲まれて一階部分はあまり見えないが、緑のドアにグリーン・ロッジの文字と「５８」の数字が刻まれたプレートがある。そして向かって左側の出窓の横には、ブルー・プラークが掲げられているのが見える。

HERITAGE
Dame AGATHA CHRISTIE
1890–1976

ノッティングヒル・ゲイト駅から北に歩くと、アガサの小説にも出てくるアンティーク街、ポートベロー・マーケットがある。左頁はアガサの屋敷シェフィールド・テラス五八番のある通り。美しいジョージアンやヴィクトリアンのテラス・ハウスがつづいている。

Detective novelist and playwright lived here
1934-1941

アガサはこの家ではじめて自分自身の書斎を持ち、ピアノを奏してくつろぎの時間を持ったが、それも束の間だった。アガサ一家は、一九三九年に第二次大戦勃発のラジオ放送を、滞在中のグリーンウェイ・ハウスで聞いたが、やがてそこも海軍省に接収されて、アメリカ軍の宿舎として使われることとなった。マローワンは、英国トルコ救援委員会の一員として地震の被害を受けたトルコに赴任、アガサはしばらく借家を転々としたが、一時貸していたシェフィールド・テラスの借家人が契約を放棄したため、ようやくひとときの安住の住み処を得た。しかしロンドンの中心街もドイツ軍の爆撃を受けるようになり、ついにこの屋敷も被弾して、地下室と三階に大きな被害を受けた。

このときの体験は、戦後出版された『**満潮に乗って**』に重要なモチーフとして生かされている。題名は『ジュリアス・シーザー』のブルータスの台詞から取ったものだが、物語はアルフレッド・テニスンの悲恋物語詩『イノック・アーデン』に想を得たものである。作中で爆撃に遭うゴードン・クロードの屋敷も、キャムデン・ヒル街に並ぶ大邸宅のひとつという設定になっている。地下室にいた大富豪のゴードン・クロードが死に、新婚の年若い妻ロザリーンとその兄デイヴィッドが生き残る。ロザリーンがアフリカで結婚した最初の夫アンダーヘイは死んだものと思われているのだが、ある日、彼の消息を知るイノック・アーデンと名乗る男が現われて、宿で殺害される。遺産をめぐるクロード一族とデイヴィッドの思惑は捩じれに捩じれ、もつれたその糸を解きほぐすのは名探偵ポワロである。幕切れで彼はシェ

イクスピアの登場人物のようにこう呟くのだった。「〈人生には潮時というものがあり、満潮に乗れば、運が開ける……〉そう、潮は満ちます、だがまた引いてゆく……人を海へと運び去ってしまうのです」。

♣ ローンロード・フラッツ（イソコン・ビルディング）♣

一九四一年、アガサは、エジプト学者スティーヴン・グランヴィルの勧めで、彼の住むロンドン北部のハムステッドにある、ローンロード二二番のバウハウス・スタイルのアパート、ローンロード・フラッツ（イソコン・ビルディング）の一七号室に移り住んだ。バウハウスとは、一九一九年にドイツのワイマールに設立され、近代建築運動に大きな貢献を果たしたデザイン学校である。イソコンは、一九三一年にジャックとモーリー・プリチャードが興した設計事務所で、翌三二年に、イソコンのデザインした家具を設備したこのアパートが、きわめて斬新なコンセプトに基づいて造られた。アガサ本人も言ったように、まさしく煙突のない巨大な高速船といった趣である。ポワロの住居はもちろんロンドンの中心街にあるのだが、**『象は忘れない』**で、パーティー会場から抜け出したオリヴァ夫人が、友人の車でポワロのホワイトフライヤーズ・マンションに送られるとき、友人が、「現代風で、四角っぽくて、幾何の図形みたいな」とそのアパートを形容するのを聞くと、ふとこのマンションが目に浮かんでくる。また、さきほど述べた**『満潮に乗って』**で、シェフィールド・テラスで爆死したゴードン・クロードの遺産をめぐり、生き残った親族たちが争い、ついには殺人まで起きるのは、ロンドンから四五キロ離れたウォームズリー・ヒースの近くで、一九四六年のこと。

ハムステッドにあるローンロード・フラッツは、別名イソコン・ビル。（写真右：原田俊明）

そしてクロードの屋敷、ファロウ・バンクが白く四角いモダン建築となれば、これもまたローンロード・フラッツの白い姿が目に浮かんでくるのも、それほど不自然なことではないだろう。

ハムステッド・ヒース駅の南側に南北に走るローンロードという道があり、この道の右手の奥まったところにバウハウス・ビルはある。今では駅の周辺には観光客相手のレストランも立ち並び、やや庶民的な雰囲気も漂っているが、深ぶかとした緑はハムステッド・ヒースから住宅地にも広がり、丘陵の上のほうには広い庭をもつ高級な住宅が立ち並んでいる。ハムステッドを舞台にしたアガサの作品はそう多くはないが、「**検察側の証人**」（『死の猟犬』所収）で一人暮らしの女性が殺される現場が、ここハムステッドだった。また『**運命の裏木戸**』ではトミーが、過去の政治がらみの殺人事件の真相を求めて、諜報員のパイクアウェイ陸軍大佐の家を訪ねるために、かつて暮らしたハムステッドへやってくるのだが、大佐の家はキーツの生誕地からも遠くない、ヒースの原に面した家だったと書かれている。有名なロマン派の詩人ジョン・キーツが生まれたのはロンドンのモーゲートで、ここキーツ・ハウスは一八一八年から二年のあいだ住んでいた家だから、作者かあるいはトミーの思い違いだろう。キーツ・ハウスは、ローンロード・フラッツからもかんたんに歩いて行ける距離にあり、当時の面影をそのままに残すジョージアンの美しい家と、隣接する家が今は博物館として使われている。前庭に植えられたウェルカム・プランツのラベンダーが、ここを訪れる人をやさしい香りで迎えてくれ、庭木の風にそよぐ音が心地よい。終戦の一九四五年のある夜、アガサはここハムステッドのアパートで戦地から帰還したマックスと劇的な再会を果たし、ふ

ハムステッドにある詩人キーツの家は、アガサの小説にも出てくる。

たりはその後一年ほどここで平穏な時間を過ごした。今や老年のトミーは、ハムステッド・ヒースの丘をタペンスとふたりで歩いた昔を懐かしむのだが、それは戦後のひととき、マックスとともに、ふたたび手に入れた幸せをかみしめたアガサ自身の思いであったことだろう。

♣ スワン・コート ♣

一九四五年の二月に、海軍省はグリーンウェイを返還したが、その後もアガサとマックスのふたりは、あの小さなクレスウェル・プレイスで暮らしながら、グリーンウェイやウィンターブルック・ハウスをしばしば訪れて、庭の手入れに余念のない日を送っていた。そしてその傍ら、一九四八年には、チェルシーのキングス・ロードから一ブロック離れた通りにあるスワン・コートの一室を購入した。生涯にわたって数多くの家を渉猟してきたアガサの、これが最後の買い物であった。その後クレスウェル・プレイスは人に貸して、ロンドンでの足場をこちらに移し、一九七六年に亡くなるまで所有していたアパートである。

アガサの小説にもよく出てくるスローン・スクエア駅から、キングス・ロードを西へ歩くと、通りのなかほどに南へ下る道が何本かある。そのうちの二本の道、フラッド・ストリートとチェルシー・マナー・ストリートに面して建つ、どっしりとした構えの九階建ての建物がスワン・コートである。表と裏、それぞれの入り口には、くっきりとした美しいスワンのレリーフがあり、広いコートすなわち中庭が中央にある。屋上にはペントハウスがあり、どちらから眺めても格調ある風格のこのアパートは、アガサの住まいというより、その均整の取れた左右対称の造りが、むしろポワロ好みのアパートと言えるかもしれない。〈部外者の

芸術家が多く暮らすチェルシーは、アガサのお気に入りの町。洒落たバー（左の写真）や洋品店もある。左頁は、最寄りのスローン・スクエア駅前（上）とアガサが最晩年に購入したスワン・コートとそのレリーフ（中）。ミステリの舞台に使えそうな屋敷やモダンな花屋もある（下）。

ROCKNROLLA
ARRIVA
ROYAL COURT

SWAN COURT

10

立ち入り禁止〉という標識が出ていたが、ちょうど通りかかった住人らしい男性に事情を話すと、にっこりと笑って許可してくれたものの、撮影が済むまで、その場を立ち去ろうとはしなかった。この建物の四八号室がアガサの所有していたフラットである。ジャネット・モーガンが『アガサ・クリスティの生涯』で言うには、『**第三の女**』の舞台であるボロディン・メゾンズと同様ここでも飛び降り自殺者が出ており、似ているということだが、果たしてどうだろうか。

ここからさらに二、三分ほど南に下ると、そこはすぐテムズ川の北岸で、壮麗なアルバート橋が目の前に見える。川沿いに左へ歩くと、チェルシー植物園、カーライルの家などがあり、有名なハロッズ・デパートのある高級店街ナイツブリッジへも徒歩圏内である。アガサの作品にはチェルシーを舞台にしたものが多いが、その多くは、彼女がこのスワン・コートを所有する前に書かれたものである。以前から、文人や芸術家が多く暮らすこの町に強い関心を持っていたことがわかる。

『**三幕の殺人**』その他に登場する美術、演劇のパトロンで富豪のサタースウェイトは、チェルシー・エンバンクメントに大邸宅を持ち、そこには絵画や彫刻や陶磁器の名品や、チッペンデールやヘップルホワイトがデザインした高級な家具が詰めこまれている。また、アガサの愛犬ピーターへの献辞が記された『**もの言えぬ証人**』では、殺された、あのヴィクトリア朝の典型エミリー・アランデルの姪のテリーザが、チェルシーの、テムズ川を見下ろすアパートに暮らしている。近代的で、キラキラと輝くクローム金属の家具に、幾何学模様を織りこんだ現代的な絨毯が敷き詰められているというインテリアの描写を読むと、チェルシー

スワン・コートの近くにはヴィクトリア朝の文人トマス・カーライルの家があり、往時のままの部屋が公開されている。

という場所に、アガサがどのような思いを抱いていたかがよくわかる。また、『**いち、にい、靴の留金しめて**』の主要人物の銀行頭取アリステア・ブラントのロンドンの屋敷も、チェルシー・エンバンクメントにあるゴシックハウスで、彼の書斎からもテムズ川が見下ろせる。この小説を書いてから数年後に購入したスワン・コートだったが、残念ながらテムズ川からは少し奥まったところにあり、水の流れを見下ろすほど近い位置にはない。

戦後のチェルシーには、ボヘミアン的な風俗があふれていたが、スワン・コート購入後の一九五三年に出版した『**葬儀を終えて**』にも、チェルシーに住む若い俳優夫妻の、酒やタバコ、そして澱んだ空気や埃に包まれた暮らしぶりが描かれている。またチェルシーと言えば、『**クリスマス・プディングの冒険**』に収められた「**二四羽の黒つぐみ**」を思い出す読者も多いだろうが、これはキングス・ロードにあるレストランが舞台になっている。また、『マクベス』に登場する三人の魔女を思わせる、村の魔女と呼ばれる三人の女性が登場するオカルト風味の小説『**蒼ざめた馬**』の語り手、学者で作家のマーク・イースターブルックもチェルシーの貸しフラットに住んでいる。彼はキングス・ロードのエスプレッソ・カフェバーに入って、エスプレッソ・マシンの立てる騒音のなかで、バナナ・ベーコン・サンドイッチという奇妙な食べ物を口にしながら、当時毎日のように新聞種になっていたオフビート世代の若者の「現代生活」を目の当たりにするのだ。そういえば、ミス・マープルの甥で作家のレイモンド・ウェストと妻で画家のジョーンも、一時期チェルシーに住んでいたことがあった。となると、彼らのもとをしばしば訪ねるミス・マープルもこの界隈には詳しいということになるだろうか。

スワン・コートから少し歩くとテムズ川、美しいアルバート橋が目の前にある。

12

登場人物の足跡 ポワロたちのロンドン

＊ブラウンズ・ホテル
＊フレミングス・ホテル
＊セント・マーティン劇場
＊スコットランド・ヤード

『バートラム・ホテルにて』
『ビッグ４』
『マギンティ夫人は死んだ』
『複数の時計』
『象は忘れない』
『ねずみとり』

♣バートラム・ホテル♣

ロンドンの高級地区メイフェアを舞台にした『バートラム・ホテルにて』（一九六五）という作品がある。エドワード七世時代の輝きをとどめるこのホテルに滞在しているのはミス・マープル。彼女は一九〇九年、まだ一四歳のときに、イーリーの大聖堂評議員を務めていた伯父夫妻に連れられてここに泊まったことがあった。その思い出を懐かしむミス・マープルのために、甥のレイモンドとその妻ジョーンが、このホテルに二週間ほど滞在する費用を出してくれたのだ。

バートラム・ホテルの正面玄関の上り段を上がると、大きなスウィング・ドアがあり、金モールつきの制服を着たドアマンが立っている。中央ラウンジには暖炉がふたつあり、赤々と石炭が燃え、傍にはよく磨かれた真鍮の石炭入れが置かれている。お茶の時間には昔ながらのシードケーキやマフィンが、紋章つきの銀のトレイとジョージアン・スタイルのシルバーのティーポットで供される。ただ奇妙なことに、磁器は一見するとロッキンガムやダベンポートらしいのだが、あるいはまがい物ではないかという気もするのである。

バラの壁紙を貼った客室には、マホガニー製の衣装ダンスや化粧台が置かれ、とても居心地がいい。しかし、マープルの鋭い感性は、従業員や客の一部になにか不自然さがあるのを見逃さない。そのマープルの思惑どおり、じつはこのホテル、あまりにも時代がかった道具立てに作り物めいたものがあるのだ。宿泊客で大聖堂評議員のペニファザーが消息不明になったり、霧深い夜にドアマンが射殺されたり、泊り客の女性冒険家、ベス・セジウィックのまわりに、なにか不穏な気配が漂っていたり、どうやらこのホテルじたい大がかりな犯罪と絡んでいるらしく、相当にいかがわしいのである。

このバートラム・ホテルは、ハイド・パークから出ているあまり目立たない通りへ入り、一、二度、左へ右へと折れたところにあるという。由緒あるホテルで、開業は一八四〇年よりも昔に遡る。あたりには戦禍が及んだが、幸いなことにこのホテルだけは爆撃を逃れ、終戦後の一九五五年には、傷や汚れを補修して、創業当時の姿を蘇らせたのだという。

じつはこのホテルについては、ロンドンの高級地区メイフェアにあるブラウンズ・ホテルがモデルだという説と、遺族公認の伝記『アガサ・クリスティの生涯』を書いたジャネット・モーガンが言うように、フレミングス・ホテルがそうだという説の二説がある。いずれのホテルも一八〇〇年代の創業というから、伝統の古さという意味では互いに負けていない。アガサはいずれのホテルにも泊まったことがあるらしいから、二つの候補が生まれたのだろ

バートラム・ホテルのモデル候補、ブラウンズ・ホテル。格式の高いティー・ラウンジでは伝統的なアフタヌーン・ティーが供される。（写真右：原田俊明）

うが、どうやらモーガンにはフレミングス・ホテルに肩入れするだけの隠された証拠があるらしい。しかしじつは、どちらのホテルも、小説のホテルほど入り組んだ道筋にあるわけではないし、その佇まいもそれほど似ているわけではない。

メイフェアの日本大使館のそば、グリーン・パークの北東角のハーフムーン街にあるのがフレミングス・ホテル、それよりさらに東に行ったところにある、ピカデリーからボンド・ストリートと平行して走るドーヴァー・ストリートに面しているのが、ブラウンズ・ホテルである。ずっしりとした重みのある回転ドア、懐古的な趣の漂うホールのあるこのホテルは、伝統を重んじる英国らしいホテルとして評判が高い。なかに一歩足を踏み入れると、アンティークな造りのレセプションが、歴史の風格を感じさせる。客室も茶系の色彩でシックに統一され、マホガニーのテーブルや椅子が置かれたバーやティーラウンジにも重厚な雰囲気が漂っている。今もティー・クリームを代表とする伝統的なアフタヌーンティーが、美しい銀のティー・トレイやポットで供されている。

このホテルの一室では、アッシュフィールドの客でもあったラドヤード・キプリングが作品を執筆したことがある。アガサはキプリングには敬意を抱いており、作中でも繰り返し言及しているから、英文学好きのファンにとっては、このブラウンズ・ホテルに軍配を上げたいところだ。ここはまたシオドア・ルーズベルト大統領の結婚式が行われたことでも知られている。アガサの姉のマッジも、一九二四年の秋に、自作の戯曲『要求者』を一度だけ、ソーホーのセント・マーティン劇場で上演したとき、ここに滞在したという。

キプリングと言えば、叙述トリックをめぐって賛否両論の大論争を巻き起こした、あの

バートラム・ホテルのもうひとつのモデル候補、フレミングス・ホテルも、歴史と心のこもった接客では負けていない。

『**アクロイド殺し**』（一九二六）の冒頭近くに、キプリングの洒落た警句の引用があることを思い出す。語り手の医師ジェイムズ・シェパードは口うるさい独身の姉と暮らしているのだが、患者のフェラーズ夫人の死亡を確認したあと帰宅して、姉の好奇心の攻撃からいかにして身を守ろうとかと、玄関で躊躇しているときに、『ジャングルブック』の一節が頭に浮かぶのである。「マングース族のモットーは、キプリングが言っているように、〈行け、そして探り出せ〉だ。もしキャロラインが紋章を選ぶというなら、うしろ足で立ち上がったマングースの図柄を、きっとすすめてやろう」と。このキャロライン、御用聞きや使用人たちからいち早く情報を手に入れ、村で起こった出来事で知らないことは何もない。ある意味では、ミス・マープルの原型だと、アガサ自身も語っているのだが、どうやら同居している弟の心だけは読み取れなかったらしい。

さて、もう一方のフレミングス・ホテルだが、こちらもなかなか洒落たホテルである。花で飾られた正面入り口の上にはFLEMINGS MAYFAIRの文字があり、古い建物には重厚感があるが、一九八九年に改築され、客室はややモダンな造りになっているから、『**バートラム・ホテルにて**』の頃の雰囲気は失われているかもしれない。アフタヌーンティーを楽しむことのできるティーラウンジは、白い腰板の上部に赤い布張りの壁、赤いストライプの椅子と、華やいだなかにもシックな落ち着きのある部屋である。真っ白な磁器のティーセットとトレイで供されるのは、いうまでもなくミルクティーと何種類ものジャムつきのスコーンとマフィン、サンドウィッチにプチケーキ、まさに英国伝統のアフタヌーンティーである。

バートラム・ホテルの変貌を知ってしまったミス・マープルは、「私は悟りました（ほん

近くには、アガサの登場人物が泊まったこともある高級ホテル、リッツがある。

とうは、とっくにわかっていたのですけどね)。ひとは、過去には戻れない、戻ろうとしてはいけない――人生の意味って前進することにあるのね。人の生涯ってほんとに一方通行なんですね」と述懐するのだが、それから六年後の『**復讐の女神**』でも、ロンドンで別のホテルに宿をとったマープルが、バートラム・ホテルの名を思わず口にして、「ああ、なんて素敵なホテルだったことでしょう。あ、いけない、みんな忘れなくちゃいけないんだわ」と心に呟くところをみると、古き良き時代のこのホテルの素晴らしさは、よほど格別なものだったのだろう。

ブラウンズ・ホテルとフレミングス・ホテルの近くには、高級ホテルのリッツがグリーン・パークを見晴らす位置に建っている。こちらは一九〇六年と創業は新しいが、フランス様式の華麗さと英国流の格式は第一級である。『**秘密機関**』で、国家機密の文書の行方を追うトミーとタペンスは、このホテルを本拠にして活躍した。若く貧しいふたりがこれほど贅沢な舞台で仕事ができたのは、まさに国家規模の大仕事の依頼を受けたからである。

♣　ポワロの住まい　♣

ロンドンの中心街、トラファルガー地区やチャリングクロス、ソーホー、メイフェアなどは、ポワロの日常的な行動範囲である。国際的な犯罪組織を相手に活躍する『**ビッグ4**』時代のポワロは、ファラウェイ・ストリート一四番地にヘイスティングスとともに住み、コンサルタント探偵として、さまざまな依頼をこなしていた。しかしヘイスティングスが、『**ゴルフ場殺人事件**』(一九二三)で知り合ったシンデレラことダルシー・ドュヴィーンと結婚

リッツ・ホテルに隣接するグリーン・パーク(左の写真)。左頁上はソーホーの怪しげな裏通り(写真：原田俊明)。中段は旧スコットランド・ヤード(左)とトラファルガー広場。下はテムズ川越しに見るビッグ・ベン。写真右端に旧スコットランド・ヤードが見える。

£5.00
HAIR CUT
FOR MEN & WOMEN
DVDS
XXX
VIDEOS
DVD
CD ROM
MAGAZINES
BOOKS
AROMAS
VIDEOS
DVD
HAIR CUT
£5.00

してアルゼンチンに移住すると、一人残されたポワロは、フランスのリヴィエラに行ったり、**『アクロイド殺し』**の舞台であるキングズ・アボット村のシェパード医師宅の隣のカラマツ荘で隠居生活を始め、カボチャ栽培に専念したりする。しかし退屈は、ポワロの性分にはどうもあわなかったらしく、昔の仕事が恋しくなった挙句にイライラが募り、収穫したカボチャを隣家の敷地に投げ捨てるという暴挙にまで至る始末。

そんなこともあってか、おそらく一九三〇年代の初めごろにロンドンに舞い戻り、西一区にあるホワイトヘヴン・マンション四階の二〇三号室で暮らし始める。ここは、トラファルガー広場、チャリングクロスからもそう遠くないロンドンの中心部ということになっている。**『エッジウェア卿の死』**（一九三三）では、芝居を見たあとふたたびヘイスティングスとともに、サヴォイ・ホテルで食事を取り、そこでリージェンツ・ゲートに大邸宅を構えるエッジウェア卿の妻ジェーンから離婚の相談を受けることになり、ただちに屋敷に赴く様子からも、ロンドンの市街地になじんでいる様子がよくわかる。短編集**『厩舎街の殺人』**に収められた**「死人の鏡」**によれば、そこは近代的なアパートで、すでにこのときから現代風のインテリアに囲まれ、書き物机も、肘掛け椅子も、背のまっすぐな椅子も四角張ったものを愛用している。

同じ年に出版された**『ＡＢＣ殺人事件』**でも、ポワロは食事や掃除などのサービスつきの、超モダンなアパートの部屋におさまっていることになっているが、彼がこの部屋を選んだのは幾何学的な外観と均衡のためであったという。とにかく彼は、すべてがまっすぐに均斉の取れた、左右対称の四角張った部屋でないと気がすまない性分なのだ。

リージェンツ・パークの門。この界隈は高級住宅街でオリヴァ夫人の住居もここにあった。

それから四年後、ポワロのかかりつけの歯医者が殺される『**いち、にい、靴の留金しめて**』でも、愛用のかたちのいいモダンな机に向かっているポワロの姿が描かれている。彼はいまだに年代物の家具のもつ柔らかな線よりも、現代風のまっすぐな固い線をもつ家具を好むのだと言いつづけている。そしてまた『**ヘラクレスの冒険**』でも、四角い部屋に角ばったモダンな高級家具、幾何学的な現代彫刻をそろえ、電気ストーブさえも、四角いものを選んで使っている。

ポワロの住居を特定する記述は少ないが、一九五二年の『**マギンティ夫人は死んだ**』には、ソーホーで食事をすませたポワロが、シャフツベリー・アヴェニューを通って、徒歩で自宅に帰る姿が描かれている。ソーホーというのは、北はオックスフォード・サーカスとトッテナム・コート、南はピカデリー・サーカスに囲まれた一帯で、ロンドン一の繁華街である。かつては富裕な階級や芸術家が暮らした時代もあったが、一九世紀以降、劇場やミュージック・ホール、各国の料理店が立ち並ぶ歓楽街となり、若者や旅行者で活気にあふれている。シャフツベリー・アヴェニューはソーホーの南側を東西に走る道路で、いずれにしてもポワロがロンドンの中心部に居を構えていることが、これではっきりする。

そのソーホーにあるセント・マーティン劇場では、アガサの「ねずみとり」が、三万回を越える上演回数をいまなお更新しつづけている。国王ジョージ六世の母メアリ皇太后の八〇歳の誕生日を祝って、BBCから依頼されて書いた「**三匹の盲目のねずみ**」をもとに書かれた作品で、一九五二年一〇月にノッティンガムで初演されたあと、翌月ロンドンのアンバサダー劇場で上演された。戯曲『**ねずみとり**』の出版はそれから二年後のことで、一九七四年

ウェストミンスター地区のミューズ街。ロンドンには今も至るところに厩舎の跡が残っている。『複数の時計』事件の頃、ポワロはこの近くに住んでいたようだ。

から隣接するセント・マーティン劇場に移って上演をつづけている。セント・マーティン劇場はさほど大きくはないが、見るからに古き良き時代の雰囲気を残す建物を、ロングラン記録を誇る赤いネオンが華やかに彩っている。高級感のあるバーカウンター、絨毯の敷き詰められたロビー、赤いビロードの緞帳などが、ノスタルジックな雰囲気を盛り上げている。夜ともなれば、ネオン輝く劇場街となる界隈だが、昼間はかえってひっそりとしていて通行人も少なく、路地の角には、怪しげな風体の男たちがたむろしていることもあるから、ご用心を。げんに**『秘密機関』**のトミーは、怪しい人物の跡を追って、シャフツベリー・アベニューからソーホー近くの迷路に迷い込み、朽ちかけた貧民窟に入り込んで、殴られて幽閉され、危うく命を落としかけたのだ。

ところで、**『マギンティ夫人は死んだ』**の頃にも、ポワロが暮らしていたアパートには中庭があって、均整の取れた建物の四階までエレベーターで上がり、鍵でドアを開けると、正方形の玄関ホールがあった。広びろとした豪華な部屋にはクローム製のすばらしい家具と角ばったアームチェアー、そのほかにも長方形の装飾品が飾られており、ほとんど何ひとつ曲線を描いたものは置かれていない。同様に、**『死者のあやまち』**でも、アパートの正方形の部屋で四角い暖炉の前に置かれた四角い椅子に座ったポワロの姿が描かれており、ポワロの嗜好は生涯にわたって一貫していたようだ。一九五六年刊の『死者のあやまち』には彼の住居はトラファルガーにあると書かれていて、電話番号は八一三七番とある。

一九六三年刊行の**『複数の時計』**事件を依頼された頃にも、ポワロはロンドン西一区のメイフェアにあるホワイトヘヴンという名のアパートの二〇三号室に住んで何年かが過ぎてい

「ねずみとり」が世界一のロングラン記録を重ねている、ソーホーのセント・マーティン劇場。

ポワロのロンドン
Tottenham Court Road
Bond Street
Oxford Circus
Holborn
SOHO
MAYFAIR
Shaftesbury Ave.
Piccadilly Circus
St. Martin's Theatre
BROWNS & ST GEORGES HOTEL
Charing Cross
River Thames
FM
FLEMINGS HOTEL
Green Park
Hotel Ritz
Trafalgar Square
Old Scotland Yard
Green Park
St. James Park
Westminster Bridge Rd.
Buckingham Palace
Big Ben
Victoria
Westminster Cathedral
Sloan Square
Tate Britain
River Thames

た。天国の白い部屋というその名から推察するに、当時としては斬新なデザインの高級アパートであったにちがいない。じじつその数年前にはモダンなアパートとして界隈でも目立っていたらしいが、この事件当時にはまわりにもっとモダンな建物ができたと書かれている。チャリングクロスの北にあるミューズ街から徒歩圏内にあるらしい。『**象は忘れない**』では、ポワロの家はホワイトフライヤーズというアパート名で登場する。彼の部屋は現代的なフラットで四角く、幾何学の図形のような部屋とある。彼のこのアパートには、フォートナム・アンド・メイソンからコーヒーや菓子が届けられることになっているから、都心に近いことは間違いない。

このようにポワロの住居に関しては、ホワイトヘヴン・マンション、ホワイトフライヤーズ・マンション、ホワイトハウス・マンションなどといくつかの名前が使われているが、いずれにもホワイトという語、あるいは白というイメージへのこだわりがある。デイヴィッド・スーシェ演じるBBC放送でホワイトヘヴン・マンションとして撮影に使われたのは、ロンドン・ブリッジ駅、あるいはバービカン駅に近い、チャーターハウス広場の一角にあるフローリン・コートである。しかし、このアパートの、アール・デコ調の外観にはポワロがそれほど好みそうにもない丸いカーブが目立ち、どうも彼の厳格な直線嗜好とは合致しないような気がするが、どうだろう。

そしてもうひとつ。ロンドンと言えば、ポワロになじみの深いロンドン警視庁を忘れてはならないだろう。スコットランド・ヤードは一八二九年に創設され、旧スコットランド王室の離宮の庭園、すなわちヤードに面していたことからそう呼ばれた。一八九〇年に国会議事

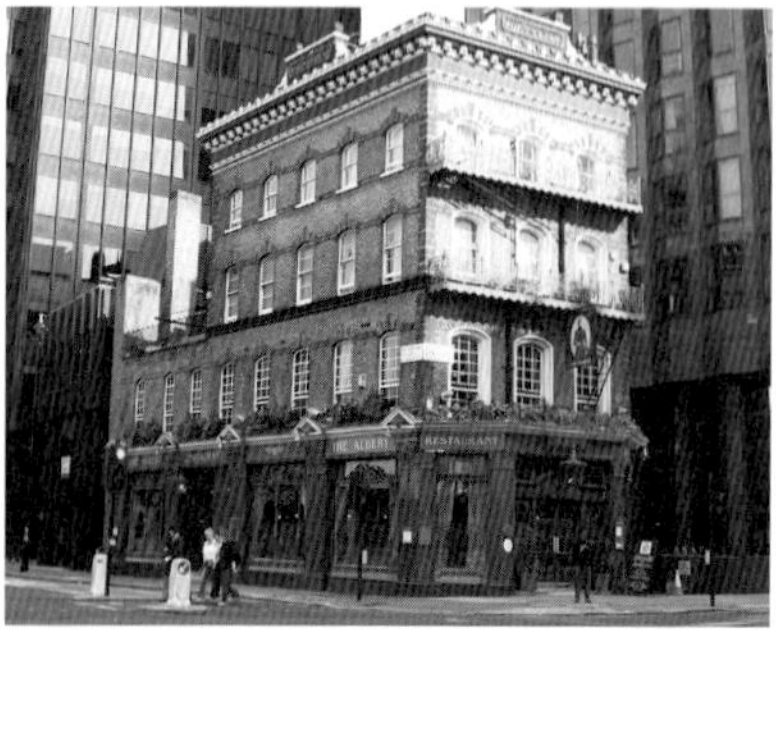

堂近くのテムズ川に面したヴィクトリア・エンバンクメントに移り、ニュー・スコットランド・ヤードと呼ばれるようになる。シャーロック・ホームズが活躍したのもこの時期、ポワロもこの建物にはしばしば出入りしていたはずである。六階建ての赤レンガ造りの美しい建物で、現在は下院議員の事務所になっており、設計者の名に因んでノーマン・ショー・ビルディングと呼ばれている。『**殺人は容易だ**』のミス・ピンカートンが、彼女の村ウィッチウッド・アンダー・アッシュで起きている連続殺人を知らせにロンドン警察に向かおうとしたとき、列車内で出会ったルークに向かって口にした「ホワイトホール」は、官庁街一帯を指す名称で、スコットランド・ヤードがその狭い小路にあったところから、警察の代名詞として使われたものと思われる。

現在のロンドン警視庁、正式名称メトロポリタン・ポリスは、一九六七年にウェストミンスターに移転して、チャップマン・テイラー設計による一面ガラス張りの二〇階建て、監視カメラをいたるところに備えた、近代的な巨大ビルディングに変貌している。さすがのポワロも、IT化されたスコットランド・ヤードには、容易に太刀打ちできないのではないだろうか。それとも、灰色の脳細胞が機械などに負けることはありません、と胸をはるだろうか。

超近代的な設備を備えた今のスコットランド・ヤード。そんなモダンなビルに囲まれて、そこだけタイム・スリップしたような古いビルが建っている（右頁）。

13

やすらぎの地　ウォリングフォード、チョルジー

＊ウィンターブルック・ハウス
＊セント・メアリ教会

『親指のうずき』
『もの言えぬ証人』
『チムニーズ館の秘密』
『七つの時計』
『葬儀を終えて』

♣ウォリングフォード（ウィンターブルック・ハウス）♣

一九三四年の暮れに、アガサは、オックスフォードシャー南部のウォリングフォードにウィンターブルック・ハウスという名の瀟洒な家を購入した。ロンドンに出るには、グリーンウェイはやや足の便が悪かったし、何よりもオックスフォード大学出身のマックスが、このあたりの土地に強い愛着を持っていたからだった。グリーンウェイを訪ねるにも比較的便利な場所にあるということも、選択の条件だったかもしれない。とはいえ、ロンドンから西へ九〇キロ、オックスフォードの町から三七キロほど離れた閑静な地である。ここなら、あまり人が訪ねて来ることはないだろう、というのが夫妻の思いでもあった。ただ、じっさいにこの住まいを本拠としたのは、一九六二年にマックスがオックスフォード大学、オールソウルズ・コレッジのフェローになり、仕事で大学とロンドンとのあいだを頻繁に往復するよう

左頁は終の住み処ウィンターブルック・ハウス（右）と、墓のあるセント・メアリ教会。

になってからだった。

ロンドンのパディントン駅から急行に乗り、乗換駅のレディングまで約三〇分。パディントンからは、このレディングを経由してオックスフォード方面に向かう直通の各駅停車もある。こちらもウィークデーには、朝の六時過ぎから、日曜日はそれよりも早くから約三〇分おきに出ているが、各駅列車を利用するとレディングまで倍の一時間かかる。レディングを過ぎると、やがて右手の車窓から木の間隠れに美しい運河のきらめきが見えてくる。静かな川面に色鮮やかなナロウボートと白鳥が浮かんでいる。まさに絵のような風景だ。とはいえ、四つ目の停車駅チョルジーまでは、わずか二〇分の乗車だから、この至福の風景をじっくり味わう暇もない。チョルジーからオックスフォードまではあと五駅である。

トミー・ベレズフォードとタペンスのおしどり探偵が活躍する『**親指のうずき**』には美しい運河が描かれているが、これもオックスフォードシャーあたりの風景なのだろうか。夫妻がある日、トミーの叔母のいるサニー・リッジ養老院を訪ねると、「暖炉の奥にいるのは、あなたのお子さんでしたの」と不気味な言葉を呟くランカスター夫人がいて、やがて彼女の失踪がタペンスの親指をうずかせるのである。壁に掛かっていた一枚の絵に心惹かれたタペンスは、叔母の死後、遺品のなかにこの絵を見つけ、運河のほとりにある淡いピンク色の家を探すため、車を駆ってでかけるのだが、やがておぞましい事件に巻きこまれていく。この奇妙なタイトルの言葉、じつはシェイクスピアの『マクベス』に登場する三人の魔女のひとりが、スコットランド王ダンカンを謀殺したマクベスの登場を指して言う台詞なのである。邪悪なものを察知するという意味がこめられている。マーケット・ベイシングという町の近

くで発見した、その家の、古い暖炉の炉床にころがっているカラスの死骸や人形が不気味さを掻き立てる。

ところで、チョルジーはごく小さな駅で、私が訪ねたときも、乗降客はほかに誰もいなかった。プラットホームに女性専用の小さな待合室があるのは、人気のない駅の治安を憂慮してのことか、それとも昔の優雅な時代の名残なのだろうか。ひっそりとした小さな階段を下りて出口に向かうと、改札もまた無人である。駅の外に出てみたものの、これもまたごく小さなロータリーがあるだけで、もちろん地図らしきものもなければ、道を尋ねる相手もいない。

途方に暮れて、しばらくたたずんでいると、ふと足音が聞こえたので振り返ると、どこからか駅長らしき制服姿の初老の男性が現われて、事務室に姿を消すところだった。ウサギを目にした『不思議の国のアリス』よろしく、あわてて踵を返し、ドアをノックする。やや間を置いて先ほどの男性が、窓口から不機嫌な顔を覗かせた。無言のままである。ウィンターブルック・ハウスとアガサ・クリスティの墓のあるセント・メアリ教会を訪ねたいのだが、と言うと、にこりともしないまま、しばらくじっと首を垂れていたが、ふいに人差し指を一本立てると、「たしか、どこかにいい地図があったはずだ」と独り言を呟き、机の引き出しや棚の上をかき回し始めた。しばらく待っていると、ようやく、端のほうが反り返り、コーヒーの染みのついた地図を手にこちらを振り返った。相変わらず渋面のままで、「ここが墓のある教会、そしてここが家」と指差すと、あとは黙って地図をこちらに押しやった。「いただいてよろしいんですか？」と尋ねると、厳かな表情で深く頷く。いかにもイギリス的と

ウィンターブルック・ハウスと墓所を訪ねるには、ここチョルジー駅で下車する。ホームには人影がなく閑散としている。

言おうか。思いがけない親切と幸運に恵まれたので、繰り返し礼を言っていると、途中で相手は向こうを向いてしまった。

その貴重な地図を広げながら、駅前の小さな広場を出て、左手、つまり北の方角に向かう。駅の近くにバス停があるはずだが、町の様子も知りたいので、ステーション・ロードという大層な名の田舎道を北に向かって歩いていくと、道の先に老人のうしろ姿が見えた。あとから道なりに歩いていくと、やがて三叉路に出くわした。右手がアガサの終の住み処、ウィンターブルック・ハウスに向かうウォリングフォード・ロード。こちらは歩いて行ける距離ではない。左手がアガサの墓のあるセント・メアリ教会に向かうチャーチ・ロードである。駅のほうからやってくるバスは、ここで右手に折れるから、いずれにしても墓に向かうには、ここから徒歩で行くしかない。

分かれ道の小さな緑地のそばにバス停があったので、ウォリングフォード行きのバスをここで待つことにした。時刻表はあるのだが、ここはイングランドの田舎町、あてにはしないほうがいい。ベンチに腰をおろしてミツバチの羽音を聞いていると、小さな子どもたちがどこからかやってきて、芝生の上を駆け回りはじめた。と思ったのも束の間、しばらくするとまた姿を消してしまった。やがて予想したとおり、バスは三〇分遅れて、駅の方角からのろのろとやってきた。テムズ・トラベルという会社が運行しているマイクロバスである。乗客も四、五人しかいない。一〇分ほど走ってウィンターブルック通りという長い道に差しかかったところで運転手に頼んで降ろしてもらった。ここはチョルジーの教区の北の端にあたり、その先のウォリングフォードの町につながる通りには大きな屋敷の塀がつづいている。

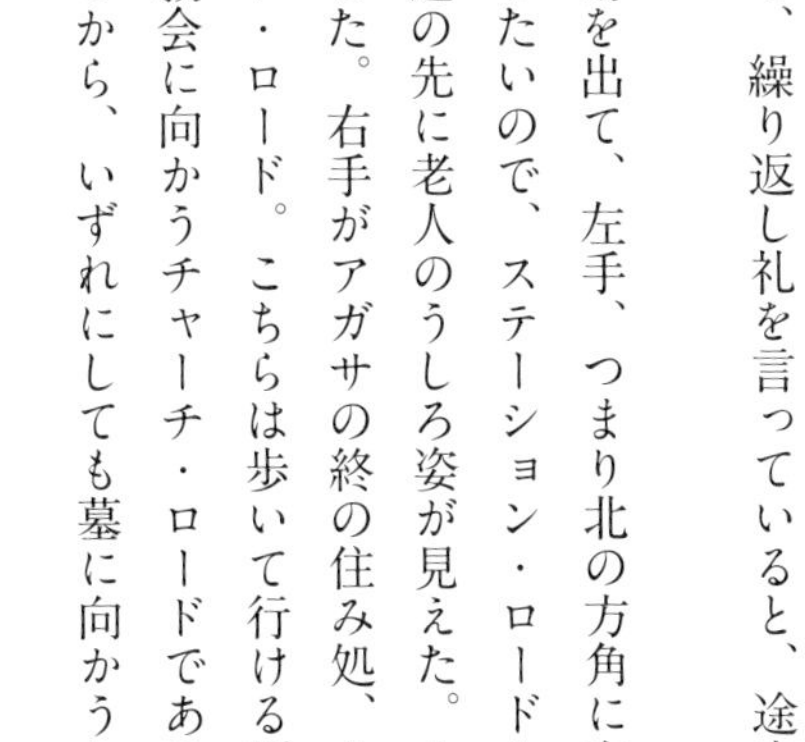

チョルジーの三叉路にあるバス停。右がウィンターブルック・ハウス。墓は左手にある。

やすらぎの地
WALLINGFORD
Winterbrook
Winter brook House
St. Mary Church
Bosley way
Church Rd.
Wallingford Rd.
Station Rd.
Iges Ln.
CHOLSEY
Cholsey
Papist Way

少し歩くと右手に、高いレンガ塀に囲まれたウィンターブルック・ハウスが見えてくる。樹木の向こうにあるのは、クイーン・アン時代の瀟洒な建物である。通りに面した門から玄関までの距離がほとんどなく、アガサ夫妻もこの家を初めて見たときには、それが気になったらしいが、裏手には広い庭があり、さらにその向こうにテムズ川までつづく緑の草地が広がっていたことが、この屋敷を買う決め手になったという。その美しい水脈は、ウィリアム・モリスや数多くの芸術家たちがイギリスでいちばん美しい町や村のある土地と讃えたコッツウォルズの丘陵地帯までつながっている。

モリスと言えば、すでに述べた**『予告殺人』**の登場人物で文学青年のエドマンド・スウェッテナムが、屋敷の下宿人で美貌の女性フィリッパに向かって、ラファエル前派の人びとが書いたものを読むように勧めるくだりがある。ラファエル前派の運動は、中世的な美意識と手工芸への回帰をめざし、一九世紀中頃にダンテ・ガブリエル・ロセッティやジョン・エヴァレット・ミレイらが起こした民芸運動で、のちにメンバーとなったウィリアム・モリスの名は、アガサのほかの作品にも何度か出てくる。**『鏡は横にひび割れて』**のところで触れたテニスンの詩「シャロット姫」も、ラファエル前派の人びとの絵の題材としてよく使われた。彼らが愛した田園地帯が、このコッツウォルズの丘陵地帯だったのである。ロンドンから西方のやや北寄りに位置するオックスフォードシャー西部の一部分、グロスターシャー東部の美しい丘陵地帯に、古い石造りの小さな町や村が百ちかく点在し、その多くがいまはナショナル・トラストの管理下にあって美しい風景を保持している。

さて、バスがうしろ姿を見せながら去っていったウォリングフォードの方角に、長い塀に

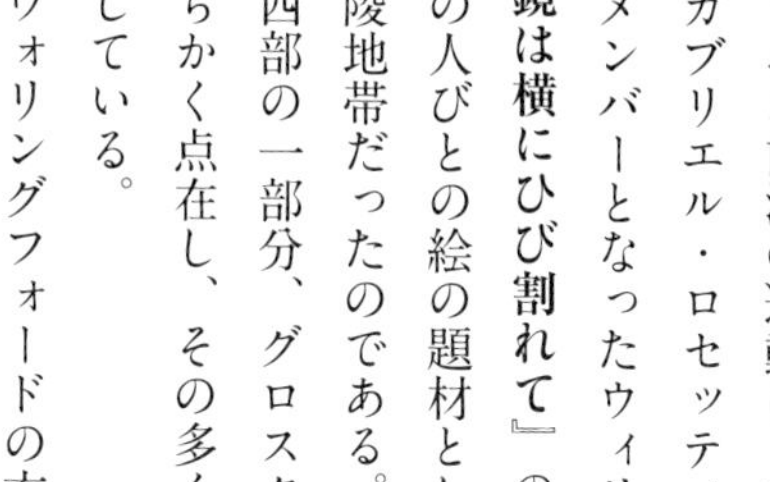

コッツウォルズの美しい村々は、アガサの小説の舞台にもよく似ている。

そってさらに歩きながら、ときどき首を伸ばして高い塀のなかを覗くと、うっそうとした果樹園が見える。アガサの好物のリンゴもたわわに実っている。車寄せのある広い門はまだその先にあり、門から右手のほうに大きくカーブしたドライブの向こうに、広びろとした菜園らしき庭が見えるが、先ほど見た屋敷は樹木に遮られて、こちら側からは見えない。写真で見る屋敷は、表からの印象とは違って、マックスの書斎なども増築されて、かなり大きく複雑なかたちをしている。建物は当時から相当に老朽化して、暮らすには不便なところもあったようだ。第二次大戦中は人に貸していたが、ロンドンに戦禍が及び始めると、大切な家財道具をこの屋敷に運びこんだという。

この屋敷のすこし先から道はレディング・ロードと名前を変える。パディントンからチョルジーにやって来るときに乗り換えたあのレディングへ通じる道である。ここはロンドンからもデヴォンの町からも一見遠く隔たった地のように思えるが、じつはレディングまで出さえすれば、鉄道でロンドンに出るにも、デヴォンへ向かうにも、いたって便利な土地で、もちろんオックスフォードへ行くにはこれほどいい場所はない。コッツウォルズの丘陵地帯へ車で行くにも、あっという間の距離である。大戦をはさんで人に貸した期間も含めると、夫妻は四〇年近くこの屋敷を所有していたことになる。

アガサは一九七六年一月一二日に、このウィンターブルック・ハウスで、八五年の生涯を静かに閉じた。『カーテン』で、最期を遂げる老齢のポワロは、ヘイスティングスとともにさまざまな事件に挑んできた過去を振り返り、「すばらしい日々だった。そう、すばらしい人生だった……」と、最期の言葉を書き残した。亡くなった場所は、彼がベルギーからイギ

ウィンターブルック・ハウスの瀟洒な玄関ドア。道路に近いことをアガサは気にかけていた。左頁はウォリングフォードの町並み（右）と広場。

リスへ難民としてやって来て初の事件に遭遇した、あのスタイルズ・セント・メアリ村のスタイルズ荘だった。『カーテン』が書かれたのは第二次大戦中の一九四〇年代初頭である。何らかの事情で執筆が滞る事態になることに備え、この『カーテン』と、ミス・マープル最後の事件『**スリーピング・マーダー**』の二作とを、娘ロザリンドと夫マックスのために、書き置いたのである。苦難の日々を過ごしていた当時のアガサの思いが、ポワロの口をついて出たのであろうが、それから三〇年を生き、最期の時を迎えたアガサの感懐はどのようなものであったのだろうか。

ウィンターブルック・ハウスからレディング・ロードをまっすぐに一五分ほど歩くと、ウォリングフォードの町に入る。途中、道の両側には、ジョージアン・スタイルやヴィクトリアン・スタイルの立派な屋敷がつづいていて、今でもここは、富裕な人びとの暮らす土地であることがわかる。町の中心部に近づくほど、しだいに古めかしい建物が目につくようになる。まず目にとまるのは古い建物に囲まれた大きな広場で、バスの発着所もこの広場の周辺にある。まわりには軽食を取ることのできるレストランがいくつかあって、観光客で賑わっている。それもそのはず、ここは九世紀に、侵入したデーン人を破って南イングランドを統一したアルフレッド大王が築いたという古い城塞都市なのである。

『**もの言えぬ証人**』では、オープンカーに乗ったポワロとヘイスティングスが、ロンドンからグレイト・ウエスト・ロードを高速で飛ばして一時間半走ったところにある架空の田舎町、バークス州マーケット・ベイシングにやってくる。だがひと足遅く、この町の小緑荘で、ヴィクトリア時代の典型と言ってもいい女主人エミリイ・アランデルが殺されていたのだ。

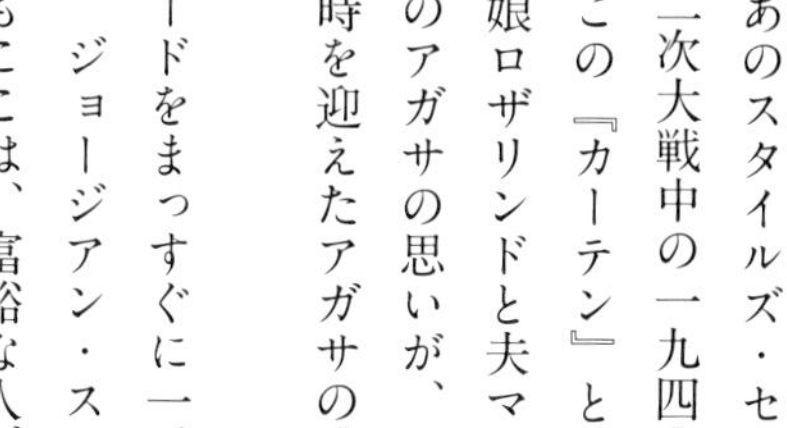

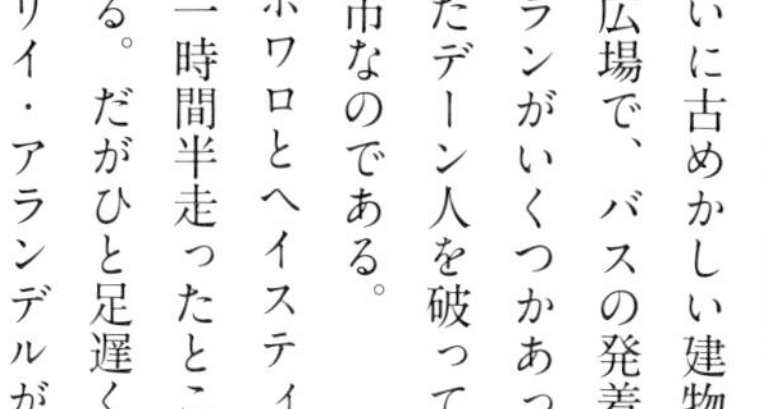

このマーケット・ベイシングというアガサが作り出した町は、先ほど述べた『**親指のうずき**』にも出てきたが、それより四〇年近くも前に出版された『**チムニーズ館の秘密**』（一九二五）や『**七つの時計**』の舞台にもなったところである。このふたつの事件の舞台となるケイタラム卿の屋敷チムニーズ館は、館めぐりのガイドブックには、ナンバー・スリーとして載るほどの名館で、歴史の舞台となり、王侯貴族もやってきたことのある豪壮な館だという。それだけに、政治がらみの大事件も起きるのである。

ちなみに卿の一人娘アイリーン・ブレント、通称バンドルは冒険好きな魅力的な女性で、愛車イスパノを駆って飛び回るさまは、若い頃のアガサの姿を髣髴させる。『**茶色の服の男**』で最初のまとまった印税を手にしたアガサは、一九二四年に獅子鼻のモーリス・カウリーを買って運転を楽しんだが、若い頃からスピードには目がなかったようだ。『**バートラム・ホテルにて**』には、レーシングカー、メルセデス・オットーを乗り回す、レーサーのマリノスキーや、女冒険家のセジウィックが描かれているし、『**エンド・ハウスの怪事件**』では、美術商のジム・ラザラス青年が、磨き上げた金属で飾り立てた赤いスーパーカーを乗り回して、ヘイスティングスの反感を買っている。

ところでパディントン駅から四五分とあるこのマーケット・ベイシングの町、ミス・マープルの暮らすセント・メアリ・ミード村からもそう遠くないようであるが、『アガサ・クリスティの生涯』の著者、ジャネット・モーガンは、この町が、アガサが晩年暮らしたウォリングフォードを思わせると言っている。広い大通りがひとつと、広びろとしたマーケット広場があり、もとは街道に面していたが、バイパスができたために幹線からははずれ、古風な

威厳と静けさを保ちつづけている町。大きな雑貨店と教区教会、宿屋、食料品店、郵便局がある町。それがマーケット・ベイシングなのだが、たしかにウォリングフォードと似てはいるものの、確たる証拠はなく、どこの田舎でも見かける町と言えなくもない。それよりも、『**葬儀を終えて**』で、手斧で顔を砕かれて惨殺される画家のコーラ・ランスケネが、家政婦のミス・ギルクリストと暮らしていたリチェット・セント・メアリ村が、どうやらこの付近にあるらしい。というのも、ミス・ギルクリストは、コーラに頼まれて、バスでレディングの図書館まで本を借りに出かけるからである。葬儀の帰りにコーラは、レディングの先のスウィンドンでローカル線に乗り換えている。この駅もコッツウォルズ地方を訪ねるときの起点となる駅である。

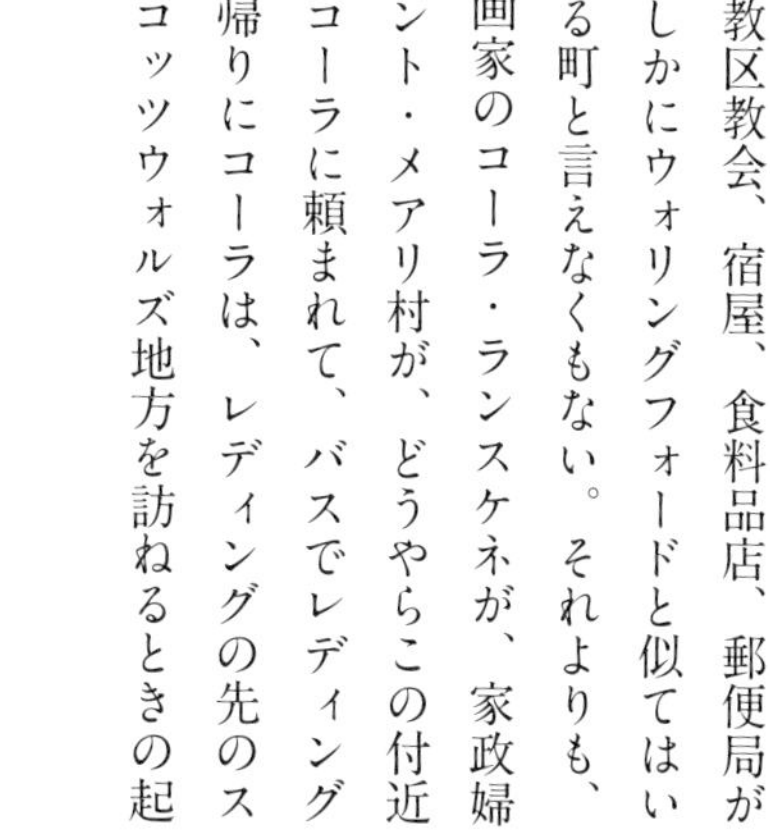
アガサの墓があるセント・メアリ教会の内部には、清楚な美しさがある。

♣ チョルジー（セント・メアリ教会）♣

一九七六年一月一二日に、ウィンターブルック・ハウスで亡くなったアガサは、その終の住み処から車で二〇分ほど走ったところにある、チョルジーのセント・メアリ教会の墓地に葬られた。ステンドグラスを寄贈したチャーストン・フェラーズの教会と同じ名だが、聖母マリアの名を冠した教会は、英国のいたるところにある。くるときにバスに乗った分かれ道のところまで戻り、そこからは徒歩で向かう。チョルジーの駅から歩こうとすると、二〇分ほどの距離だろうか。

チャーチ・ロード、とは名づけられていても、ただの細い田舎道を一〇分ほど歩いていくと、道の左にセント・メアリ教会の事務所と書かれた小さな建物があった。ドアを開けると、明るい髪の中年の女性がにこやかに迎え入れてくれた。アガサ・クリスティのお墓を訪ねてきたと話すと、「うれしいわ、はるばると日本からきてくださったなんて」と、教会への道とお墓の場所を丁寧に教えてくれた。

教えられた道を進むと、狭い道の片側にカラスの死骸が。よけることもできず、思い切って越えて進むと、今度は鳩の死骸。天国のいたずら好きのアガサが、鳥嫌いの私に与えた最後の試練かと思いつつ、目をつぶってなおも進んでいくと、鉄道の線路を越えたあたりから、左手前方に教会の尖塔が見えてくる。芝生が目にも鮮やかで、教会の素朴な建物もその緑に映えて美しい。ウィンターブルック・ハウスに滞在中の、晩年のアガサが、ここで祈りをささげたのだと思うと、感慨もひとしおである。

教会の建物の裏手、右側の一番奥に、レンガ塀を背にして、こんな場所に、と思うほどのさりげなさで、アガサの墓石が立っている。高さ一・五メートル、横幅一メートルほどの墓石の上部にはかわいい二人の天使の彫り物が被せられていて、まわりの墓に比べれば、ささやかな華やかさが添えられてはいるが。最近は花をたむけた人もいないようだ。

アガサの遺言にしたがって、「アガサ・メアリ・クラリッサ・マローワン」の名が刻まれ、その下には、これもまたアガサ自身が大好きで、遺言に書き置いたという、エドマンド・スペンサーの詩の一節、「労苦の果ての眠り／荒海の果ての港／戦さの果ての憩い／生の果ての死は／大いなる喜びなり」の詩句が刻まれている。グリーンウェイを舞台にした『**死者のあやまち**』で、ナッシ屋敷を手放したフォリアット夫人が、ポワロの前でつぶやいた詩句である。

アガサとマックスの眠る墓。少し傾いた墓石に重なって刻まれたAとMの文字をふたりの天使が優しく見守っている。

そして、さらにその下には、アガサの死から二年半後に亡くなったマックス・マローワンの没年「一九七八年八月」が刻まれている。マローワンはアガサの死後、イラクの遺跡発掘の折にマローワン夫妻を助けた、バーバラ・パーカーと一九七七年に再婚し一年をともに暮らしたが、その亡骸は今アガサとともにここに眠っている。

In Memoriam
AGATHA MARY CLARISSA
MALLOWAN
DBE
Agatha Christie. Author & Playwright
Born 15 Sept. 1890. Died 12 Jan. 1976
Sleepe after toyle, port after stormie seas
Ease after war, death after life, does greatly please

薄い墓石は右側にかなり傾いでおり、地面の一部は深く落ちこんでいる。数年前に撮影された写真と比べてみると、時の流れとともに傾斜はひどくなっているものとみえる。そういえば、あらためて緑の芝生に覆われた墓所を見回すと、あちらこちらが波のようにうねっており、もうすでに倒壊した墓石さえある。こうしてひっそりと、美しいイギリスの田舎の教会で、自然の土に帰ることがアガサの願いだったのかと、この旅でたどってきたアガサの生涯を振り返りながらしみじみと思う。

『自伝』を執筆したとき、まだ六〇代だったアガサは、「エピローグ」にこう書いている。「グリーンウェイや、ウィンターブルックを夢に見ることはめったにない。いつもアッシュフィールドの家……」。だが、さらにこうも述べている。「アッシュフィールドはかつて存在した。でも、その日は終ったのだ。そして、かつて存在したものは永遠に存在するのだから、アッシュフィールドは今でもアッシュフィールドなのだ」と。テムズの川岸から涼風に乗って運ばれてきたのだろうか、ふと水のにおいが鼻腔をかすめたような気がした。塀の向こうに、デヴォンの青い海が広がっている風景を私は心に思い描いてみた。

あとがき

イングランド南西部に広がる、アガサ・クリスティのミステリ・ワールドをめぐってみたい。それも、エルキュール・ポワロやミス・マープルや、そのほかの登場人物たちがそうしたように、列車やバス、ときには小船やタクシーを乗り継いで。そんな思いが胸の片隅に芽生えてから、いざ旅立つまでに何年かが過ぎていきました。

その間、地図を広げ、インターネットを覗き、資料を渉猟し、百冊におよぶアガサの小説を、いく度読み返したことでしょう。東京都心や郊外を走る電車のなかで、アガサ・クリスティの世界に没頭する私のまわりには、デヴォンの透きとおった海や荒涼としたムアが広がり、古い教会や領主館を舞台に、愛と欲望と憎悪のドラマが、まざまざと繰り広げられていたのですが、それは私の生みだした仮想のアガサ・ワールドにすぎませんでした。

アガサの孫であるマシュー・プリチャード氏は、ミス・マープルが活躍する『牧師館の殺人』にメッセージを寄せて、二〇世紀初頭においては、ごくふつうの光景だったセント・メアリ・ミード村の牧歌的な暮らしも、今ではもう見られなくなったと語っています。たしかに、戦後の変革の波はイングランドの田舎町にも波のように押し寄せ、教区牧師や村医者を頼みにしながら、女たちが編み物やガーデニングや噂話に明け暮れる平穏な日々の営みを、洗い去ってしまったことでしょう。今ではもはや存在しないアガサの世界を目ざして、いささかの失望を覚悟しての旅立ちだったことは否めません。

しかしどうでしょう。そこには思いがけなく、古きよき時代のイングランドが息づいていました。ロンドンのパディントン駅を発車したグレイト・ウェスタン鉄道の窓外には、水と光の風景が、その美しさに胸が高鳴るほどの輝きで広がり、訪ね歩いた古い建物には、アガサや彼女の作中人物がそこで活躍したころの残り香が漂っていました。そして、旅先で道を尋ね、言葉をかわした人びとのなかに、私は、まぎれもなくミス・マープルやポワロの盟友ヘイスティングスの優しさを、何度も見つけたと思いました。

アガサの生れ故郷トーキーでは、彼女の少女時代の栄華を今にとどめる豪華ホテルやピアやパビリオンを、トーキー郊外にあるコッキントン村では、茅葺の民家や古い領主館を、さらに足を伸ばしたダートムアでは、アガサがデビュー作『スタイルズ荘の怪事件』を書いたホテルを訪ねました。何億年も前に隆起したというホテル近くの奇岩は、アガサが散歩に訪れた日から今日まで、その不思議なパワーで多くの人びとを招き寄せています。その先のウディコム・イン・ザ・ムア村は、セント・メアリ・ミード村のモデルではないかと噂されたころの神秘的な姿で、今もひっそりと谷底に埋もれています。

保存鉄道のチャーストン駅近くには、幽霊が出るという噂の宿屋があり、捻じ曲がった梁や壁がアガサに作品のインスピレーションを与えたと言われています。隣には、アガサがステンドグラスを寄贈した、千年の歴史をもつ教会もあります。ダートマスから船でダート川を遡ると、アガサの屋敷グリーンウェイ・ハウスが深い森に抱かれて、往時の姿をとどめています。この屋敷も隣の敷地に建つメイプール・ハウスも、おぞましい殺人事件の舞台になりました。屋敷の対岸には、メルヘンの世界のようなディティシャムの小村があり、泥酔し

た老人が溺れ死ぬ船着場では、子供たちが蟹釣りに興じています。最上流には、エリザベス時代の面影を残すトットネスがあります。それから、さらに西のバー島は、『そして誰もいなくなった』の舞台として、誰もが一度は訪ねてみたい場所ではないでしょうか。

そして、ふたたびロンドンに戻った私は、アガサが結婚後に暮らした家々を訪ね歩いてみました。それぞれの住居の周辺を、アガサは小説の舞台として描いています。旅の終わりには、オックスフォードシャーに向かい、小さな駅チョルジーで下車して、アガサの終の住み処ウィンターブルック・ハウスと、彼女が永遠の眠りについているセント・メアリ教会の墓所を訪れました。

こうして、アガサの八五年にわたる生涯を駆け足でめぐったわけですが、ポワロは、最後の事件『カーテン』で、死の間際に、心の友へイスティングス宛にこう書き残しました。「すばらしい日々だった。そう、すばらしい人生だった……」と。アガサ自身の思いはどうだったのでしょうか。類まれな才能にめぐまれ、豊かな暮らしを満喫した人生。しかし、それでも虚しさのようなものが胸をよぎるのはなぜでしょうか。ひとりの作家の足跡を、あまりにも一息にたどってしまったせいでしょうか。輝かしい名声ゆえに、その死がよけいに儚く感じられるのでしょうか。しかし、人間とは所詮そういうもの。それだからこそ、ミステリ界の女王と呼称されるアガサの存在も、身近に感じられるのかもしれません。

じつは打ち明けると、この旅に私を誘ってくれたのは、カズオ・イシグロというひとりの作家でした。現代英国を代表するイシグロの本をまだ読んでいない方も、ジェイムズ・アイヴォリー監督によって映画化された『日の名残り』の原作者だと聞けば、思い当たるかも知

れません。長崎生れのイシグロとは同郷のよしみということもあるのですが、それよりも、人間心理の奥底に深く分け入るイシグロ文学に魅せられ、著作やさまざまな資料に目を通していた私は、長編第五作目の『私たちが孤児だったころ』のことを、イシグロ自身が「アガサ・クリスティのパスティーシュ」と語ったインタビュー記事に行き当たりました。もちろんパスティーシュ（模倣）とは、日本人を両親とするイシグロらしい、礼節を含んだ言い回しなのですが、その言葉の謎に導かれるように、気がつくと私はいつの間にか、アガサ・クリスティの世界に迷い込んでいたのでした。

なるほど、人間の記憶の闇を掻き分け、忘却と想起のあいだにひそむ、人間のエゴイズムや自己韜晦、悔恨などの思いを鋭く描き出すイシグロの手法と、記憶違いや錯覚のはざまに真実を見つけ、事件を解決に導いて人びとの平穏な暮らしを取り戻すエルキュール・ポワロやミス・マープルの手法とは、よく似たところがあります。『五匹の子豚』で、過去に起きた殺人事件の真相解明を依頼されたポワロの台詞、「では、前進するとしよう。いや、逆にこう言うべきかな、過去へと後退するとしよう」ではありませんが、この旅が、アガサ・クリスティという作家の過去ばかりでなく、その母や祖母の時代、いやそれよりも遥かむかしの英国へと思いを馳せる旅になろうとは、当初、思ってもいませんでした。

考えてみれば、ここイングランド南西部は、海を隔ててヨーロッパ大陸と向かい合う、歴史の表玄関だったことを忘れていたのです。訪ね歩いた土地の随所に、ヘンリー八世やエリザベス一世の時代、そしてさらに昔の征服王ウィリアム一世、いやそれどころか、アルフレッド大王の時代にまで遡るほど古い歴史が刻まれていることに、改めて驚いたのでした。こ

の本の随所に、歴史的な記述も顔を覗かせているのはそのためです。

私は、アガサの書いた英語本のミステリと地図を携えて旅に出ましたが、皆さんがクリスティ・ワールドをじっさいに訪れるとき、それとも紙上で旅するときに、この本がよきガイドブックになることを願っています。写真は、断り書きのあるもの以外は、現地で私が撮ったものです。また歩きまわった場所を、なるべく正確に地図の形で入れておきました。

しかしもちろん、私などよりも、はるかに情熱的なアガサ・クリスティ・ファンが、この世にはたくさん存在することを私は知っています。お名前を挙げることは差し控えますが、そのような先人たちの導きがなければ、この旅が実現することはありませんでした。心からの敬意を表し、お礼を申し上げます。また、美しいイラストマップでノスタルジックな彩りを添えてくださった本田亮さん、素晴らしい装丁・本文デザインを考えてくださった井之上聖子さん、細部にわたるまで心をこめて編集をしてくださった日高美南子さんと北村和香子さんに感謝します。

2010年春

平井杏子

63
マ
マウント・スチュアート（Mount Stuart） 32
マーロウ（Marlow）39
ミードフット・ビーチ（Meadfoot Beach） 31
ムアランズ・ハウス（Moorlands House Haytor）67, 71–75
メイフェア（Mayfair）172–76, 180
メイプール・ハウス（Maypool House）105–9
メトロポリタン・ポリス（Metropolitan Police）183
ラ
リージェンツ・パーク（Regents Park） 139, 155, 156
リッツ（The Ritz London）176
リバー・ダート・ユースホステル（River Dart Youth Hostel）105–9
レディング（Reading） 14, 185, 190, 193
レディング・ロード（Reading Road） 190, 191
ロイヤル・キャッスル・ホテル（Royal Castle Hotel） 114–16
ロイヤル・トーベイ・ヨット・クラブ（Royal Torbay Yacht Club） 21, 29–31
ロンドン・ブリッジ（London Bridge） 182
ローンロード（Lawn Road） 167
ローンロード・フラッツ（Lawn Road Flats） 166–68

*　　*　　*

アガサ・クリスティの著作の引用については、William Collins Sons & Co. Ltd 版、Pan Books Ltd. Cavaye Place, in association with William Collins Sons & Co. Ltd 版、New American Library, a division of Penguin Group 版を使用した。また早川書房から出版の「クリスティー文庫」全100巻を参照させていただいた。

作品名の日本語訳は、基本的に「クリスティー文庫」版を使用させていただいたが、原題と著しく異なるものについては、新たな題名を付した。

トァ駅（Torre Station）17, 32, 64
トァロード・ビーチ（Torre Road Beach）47
トーウッド・ストリート（Torwood Street）38
トーキー（Torquay）6, 11, 17, 18–49
トーキー・ミュージアム（Torquay Museum）38–41, 44
トーキー・ロード（Torquay Road）82
トッテナム・コート（Tottenham Court）179
トットネス（Totnes）122–24, 135, 141
トーベイ（Torbay）23, 24, 41, 81
トラファルガー（Trafalgar）13, 176, 178, 180
トーントン（Tornton）10
ドーヴァー・ストリート（Dover Street）174
ドーリッシュ（Dawlish）17
ドーリッシュ・ワレン（Dawlish Warren）17
ドンカスター（Doncaster）42

ナ

ナイツブリッジ（Knightsbridge）170
ニュートン·アボット（Newton Abbot）10, 12, 17, 64, 122
ネザー・ワロップ村（Nether Wallop）58
ノースウィック·テラス（Northwick Terrace）155–58
ノッティングヒル·ゲイト（Notting Hill Gate）162, 163

ハ

ハイド・パーク（Hyde Park）158, 164, 173
ハイド・ロード（Hyde Road）82
ハーフ・ムーン街（Half Moon Street）174
ハムステッド・ヒース（Hampstead Heath）167
ハーレー街（Harley Street）156
ハロッズ（Harrods）160, 170
バー・アイランド・ホテル（Burgh Island Hotel）145
バース（Bath）3, 19
バー島（Burgh Island）78, 140–48
バートン・クリケット・クラブ（Barton Cricket Club）36
バートン・ロード（Barton Road）20, 32–36, 51, 62, 64
ババコムビー・ビーチ（Babbacombe Beach）21, 105
バービカン駅（Barbican Station）182
パディントン（Paddington）3–10, 14, 55, 143, 155, 192
パビリオン（The Pavillion）45–46
ビーコン・コウヴ（Beacon Cove）21, 29–31
ビーコン・コウヴ・テラス（Beacon Cove Terrace）29
ビーコン・コウヴ・ヒル（Beacon Cove Hill）21
ビーコン・コウヴ・ビーチ（Beacon Cove Beach）31
ビッグベリー湾（Bigbury Bay）140–48
ビディフォード（Bideford）99
ピカデリー（Piccadilly）174
ピカデリー・サーカス（Piccadilly Circus）179
ピルチャード・イン（Pilchard Inn）145
フラッド・ストリート（Flood Street）168
フリート街（Fleet Street）28, 38
フレミングス・ホテル（Fleming's Hotel）173–76
ブラウンズ・ホテル（Brown's Hotel）173–76
ブリクサム（Brixham）24, 81, 103–5, 110
ブリストル（Bristol）10, 11, 48, 146
ブレニム宮殿（Blenheim Palace）97
ブロード・サンズ（Broad Sands）92, 102
プリマス（Plymouth）10, 12, 142, 144, 148
プリンスタウン（Princetown）70, 79, 148
プリンセス・ガーデン（Princess Garden）19, 42–47, 52, 62
プリンセス・ピア（Princess Pier）44
ヘイトー（Haytor）67, 71, 72, 75–76
ヘイトー・ヴェイル（Haytor Vale）71
ベーカー街（Baker Street）156
ベクスヒル・オン・シー（Bexhill-on-Sea）42, 92
ペイントン（Paignton）11, 24, 81–90
ペンザンス（Penzance）12, 16
ホーの丘（Plymouth Hoe）148
ボドミンムア（Bodmin Moor）66
ボンド・ストリート（Bond Street）174
ポーツマス（Portsmouth）13
ポートベロー（Portobello Market）9, 162–

コッキントン教会（Cockington Parish Church） 54
コッキントン・コート（Cockington Court） 52–54
コッキントン村（Cockington Village, Cockington Country Park） 50–54, 105
コッツウォルズ（Cotswolds） 3, 60, 189, 190, 193
コーンウォール（Cornwall） 4, 24, 25, 148–53
コンプリート・アングラー・ホテル（Compleat Angler Hotel） 39, 40

サ

サウス・ケンジントン（South Kensington） 159, 160
サヴォイ・ホテル（The Savoy） 178
サニングデール（Sunningdale） 159
サルコム（Salcombe） 122, 140
シェフィールド・テラス（Sheffield Terrace） 162–66
シドマス（Sidmouth） 27
シャフツベリー・アヴェニュー（Shaftesbury Avenue） 179, 180
ジャマイカ・イン（Jamaica Inn） 66
スウィンドン（Swindon） 193
スコットランド・ヤード（Metropolitan Police） 182–83
スタークロス（Starcross） 17
スタートポイント（Start Point） 140
ステーション・ロード（Station Road） 187
ストラトフォード・アポン・エイヴォン（Stratford-upon-Avon） 3, 106
ストランド通り（Strand） 28, 38, 81
スラプトン・サンズ（Slapton Sands） 113
スローン・スクエア（Sloane Square） 168
スワン・コート（Swan Court） 168–71
セント・アイヴズ（St Ives） 35
セント・ジョンズウッド・ロード（St John's Wood Road） 155
セント・パンクラス教会（Church of St Pancras） 68
セント・マイケルズ・マウント（St Michael's Mount） 141
セント・マーティン劇場（St Martin's Theatre） 8, 174, 179, 180
セント・メアリ教会（St Mary The Virgin, Churston Ferrers） 92, 98–100
セント・メアリ教会（Parish Church of St Mary, Cholsey） 186, 187, 193
ソーホー（Soho） 8, 174, 176, 179, 180
ソールズベリー（Salisbury） 3, 13, 144

タ

タウンホール（Town Hall） 34, 38
ダーティントン・コレッジ（Dartington College of Arts） 124
ダーティントン・ホール（Dartington Hall） 123–24
ダートマス（Dartmouth） 24, 27, 77, 111–22, 127
ダートマス城（Dartmouth Castle） 122
ダートマス博物館（Dartmouth Museum） 114
ダートムア（Dartmoor National Park） 62–80
ダートムア刑務所（Dartmoor Prison Museum） 70, 78–80
ダンストン・コート（Dunstone Court） 69
チェルシー（Chelsea） 168–71
チェルシー・エンバンクメント（Chelsea Embankment） 86, 170, 171
チェルシー・マナー・ストリート（Chelsea Manor Street） 168
チャーストン（Churston） 42–43, 92–93, 94–103, 106, 109
チャーストン・コート・ホテル（Churston Court Hotel） 92, 94–98, 106
チャーストン・フェラーズ（Churston Ferrers） 92, 94–100
チャーターハウス広場（Charterhouse Square） 182
チャーチ・ロード（Church Road） 187, 193
チャリングクロス（Charing Cross） 176, 178, 182
チョルジー（Cholsey） 185, 186–7, 193–96
テイマス（Teignmouth） 17
ティンタジェル岬（Tintagel Head） 149
ディティシャム（Dittisham） 124–26, 135
デヴォン州（Devonshire） 6, 10
トァ・アビー（Torre Abbey; Historic House and Gallery, Torquay） 41–42

ウィンターブルック・ハウス（Winterbrook House）184–93
ウィンターブルック通り（Winterbrook Road）187
ウェスト・ブロンプトン（West Brompton）160
ウェストベリー（Westbury）11
ウェストミンスター（Westminster）183
ウェストン（Weston）10
ウェールズ（Wales）3, 7
ウォータールー駅（Waterloo Station）13
ウォリック城（Warwick Castle）106
ウォリングフォード（Wallingford）14, 184–93
ウディコム・イン・ザ・ムア（Widecombe in the Moor）62, 67, 68–71, 77
ヴィクトリア&アルバート博物館（Victoria & Albert Museum）159
ヴィクトリア・エンバンクメント（Victoria Embankment）183
ヴィクトリア・パーク（Victoria Park）82
ヴィクトリア・ロード（Victoria Road）82
英国海軍士官学校（Britania Royal Naval Colledge）111
エクスムア（Exmoor）65, 66
エクセター（Exeter）10, 16, 80, 106
エクセター・セント・デイヴィッズ（Exeter St Davids）10, 11, 16
エッジウェア・ロード（Edgware Road）155
エルベリー・コウヴ（Elberry Cove）92, 100–3, 110
オクハンプトン（Okehampton）77
オークヒル・ロード（Oakhill Road）34
オックスフォード（Oxford）3, 184, 185
オックスフォード・サーカス（Oxford Circus）179
オックスフォードシャー（Oxfordshire）184, 189
オックスフォード・ストリート（Oxford Street）163
オリンピア（Olympia Exhibition Center）158
オール・セインツ・トァ教会（All Saints Torre Church）37–38, 46
オールドウェイ・マンション（Oldway Mansion）82–90
オールド・チャーストン・イン（Ye Olde Churston Inn）95
オールド・ブロンプトン通り（Old Brompton Road）160

カ

カーライルの家（Carlyle's House）170
ガンプトン（Galmpton）105, 112, 127–39
ガンプトン・クリーク（Galmpton Creek）119
キーツ・ハウス（Keats House）167
キャムデン・ヒル（Camden Hill）162, 165
キャムデンロック（Camdenrock）155
キングスウェア（Kingswear）90, 93, 110, 111, 129
キングスクロス駅（King's Cross Station）4
キングスブリッジ（Kingsbridge）141–42, 144
キングスロード（Kings Road）168, 171
クリフトン（Clifton）11, 48
クリフトン・コート（Clifton Court）155
クレスウェル・ガーデンズ（Cresswell Gardens）160
クレスウェル・プレイス（Cresswell Place）159–62, 168
クロバリー（Clovelly）80, 106
グドゥリントン・サンズ（Goodrington Sands）90
グランド・ホテル（Grand Hotel）47–49
グリーンウェイ・キー（Greenway Quay）118, 119, 127
グリーンウェイ・ハウス（Greenway House）40, 105, 109, 112, 119, 127–39
グリーン・パーク（Green Park）174, 176
グロスターシャー（Gloucestershire）189
ケンジントン・オリンピア（Kensington Olympia）158
ケンジントン公園（Kensington Gardens）158, 160, 164
ケンジントン・チャーチ・ストリート（Kensington Church Street）163
ケンジントン・ハイストリート（Kensington High Street）158, 159
ケンツ洞窟（Kents Cavern）38

Suit) 39, 158–59, 192
『ナイルに死す』(Death on the Nile) 116
『なぜ、エヴァンズに頼まなかったのか?』(Why Didn't They Ask Evans?) 7, 102
『謎のクィン氏』(The Mysterious Mr Quin) 149, 150
『七つの時計』(The Seven Dials Mystery) 163, 192
「二重の罪」(“Double Sin”) 80
『二重の罪』(Double Sin and Other Stories) 80
「二四羽の黒つぐみ」(“Four-and-Twenty Blackbirds”) 171
『ねじれた家』(Crooked House) 96
『ねずみとり』(The Mousetrap) 8, 112, 179
『白昼の悪魔』(Evil Under the Sun) 78, 145–48, 149
『春にして君を離れ』(Absent in the Spring) 152
『ハロウィーン・パーティー』(Hallowe'en Party) 88, 151
『バートラム・ホテルにて』(At Bertram's Hotel) 172–75, 192
『パディントン発四時五〇分』(4.50 From Paddington) 8, 13, 55
『薔薇とイチイの木』(邦訳『暗い抱擁』)(The Rose and the Yew Tree) 25
『秘密機関』(The Secret Adversary) 35, 164, 176, 180
『ひらいたトランプ』(Cards on the Table) 156
『ビッグ4』(The Big Four) 76, 176
『復讐の女神』(Nemesis) 96, 99, 147, 176
『複数の時計』(The Clocks) 162–63, 180
「プリマス行き急行列車」(“The Plymouth Express”) 10, 11
『ヘラクレスの冒険』(The Labours of Hercules) 17, 179
『牧師館の殺人』(The Murder at the Vicarage) 50, 55, 89
『ポケットにライ麦を』(A Pocketful of Rye) 149
『ポワロ登場』(Poirot Investigates) 79
『マギリカディ夫人は見た』(What Mrs McGillicuddy Saw) 8
『マギンティ夫人は死んだ』(Mrs McGinty's Dead) 43, 116, 179, 180
『負け犬』(The Under Dog and Other Stories) 153
『招かれざる客』(The Unexpected Guest) 11
「ミスタ・ダヴンハイムの失踪」(“The Disappearance of Mr Davenheim”) 79
『満潮に乗って』(Taken at the Flood) 150, 165, 166
『三つのルール』(邦訳『海浜の午後』)(Rule of Three) 47–48
『無実はさいなむ』(Ordeal by Innocence) 116, 122, 125
『もの言えぬ証人』(Dumb Witness) 130, 170, 191
『予告殺人』(A Murder is Announced) 60, 189
「レガッタ・デーの事件」(“The Regatta Mystery”) 114, 115
『レガッタ・デーの事件』(邦訳『黄色いアイリス』)(The Regatta Mystery and Other Stories) 114

場所の名索引

ア

アッシュフィールド(Ashfield) 20, 32–36, 131, 158, 174
アディソン・マンション(Addison Mansion) 158–59, 164
アビー・ロード(Abbey Road) 64
アブニー・ホール(Abney Hall) 15
アルバート橋(Royal Albert Bridge) 170
アルバート・ホール(Royal Albert Hall of Arts and Sciences) 159–60
アンドーヴァー(Andover) 42, 92
アンバサダー劇場(Ambassador Theatre) 179
イースト・ウェバーン(East Webbern) 68
インペリアル・ホテル(Imperial Hotel) 21–29

クリスティ作品名索引
（原題名は英国版による）

『蒼ざめた馬』（*The Pale Horse*） 156, 171
『アクロイド殺し』（*The Murder of Roger Ackroyd*）） 175, 178
「アスタルテの祠」（“The Idol House of Astarte”） 78
『いち、にい、靴の留金しめて』（邦訳『愛国殺人』）（*One, Two, Buckle My Shoe*） 85, 88, 171, 179
『動く指』（*The Moving Finger*） 59, 60
「海から来た男」（“The Man from the Sea”） 149
『運命の裏木戸』（*Postern of Fate*） 35, 164, 167
『ＡＢＣ殺人事件』（*The ABC Murders*） 42, 92, 93, 100, 102, 178
『エッジウェア卿の死』（*Lord Edgware Dies*） 178
『ＮかＭか』（*N or M?*） 152
『エンド・ハウスの怪事件』（邦訳『邪悪の家』）（*Peril at End House*） 24, 25, 28, 93, 192
『おしどり探偵』（*Partners in Crime*） 49, 67
『親指のうずき』（*By the Pricking of My Thumbs*） 39, 100, 185, 192
『オリエント急行の殺人』（*Murder on the Orient Express*） 128
「海浜の午後」（“Afternoon at the Seaside”） 47
『鏡は横にひび割れて』（*The Mirror Crack' d from Side to Side*） 57, 131, 189
『カーテン』（*Curtain: Poirot's Last Case*） 159, 190–91
「火曜クラブ」（“The Tuesday Night Club”） 55
『カリブ海の秘密』（*A Caribbean Mystery*） 40, 97
「厩舎街の殺人」（“Murder in the Mews”） 160
『厩舎街の殺人』（邦訳『死人の鏡』）（*Murder in the Mews*） 160, 178
『クリスマス・プディングの冒険』（*The Adventure of the Christmas Pudding*） 15, 171
「検察側の証人」（“Witness for the Prosecution”） 167
「ゲリュオンの牛たち」（“The Flock of Geryon”） 17
「コーンウォール・ミステリ」（“The Cornish Mystery”） 153
『五匹の子豚』（*Five Little Pigs*） 108, 138
『ゴルフ場殺人事件』（*The Murder on the Links*） 176
『殺人は容易だ』（*Murder is Easy*） 12, 183
「三匹の盲目のねずみ」（“Three Blind Mice”） 112, 179
『三幕の殺人』（*Three-Act Tragedy*） 150, 170
『死者のあやまち』（*Dead Man's Folly*） 80, 119, 124, 129, 132, 136, 138, 180, 194
『シタフォードの秘密』（*The Sittaford Mystery*） 76
「死人の鏡」（“Dead Man's Mirror”） 178
『死の猟犬』（*The Hound of Death*） 153, 167
『書斎の死体』（*The Body in the Library*） 26, 56, 58
『自伝』（*Agatha Christie: An Autobiography*） 4, 6, 34, 36, 83, 195
『一三の事件』（邦訳『火曜クラブ』）（*The Thirteen Problems*） 55, 78, 153
「ジプシー」（“The Gypsy”） 153
『スタイルズ荘の怪事件』（*The Mysterious Affair at Styles*） 66, 73
『スリーピング・マーダー』（*Sleeping Murder*） 26, 27, 89, 116, 191
『ゼロ時間へ』（*Towards Zero*） 122, 140
『葬儀を終えて』（*After the Funeral*） 104, 171, 193
『象は忘れない』（*Elephants Can Remember*） 151, 166, 182
『そして誰もいなくなった』（*And Then There Were None*） 140, 143
『第三の女』（*Third Girl*） 87, 156, 170
『チムニーズ館の秘密』（*The Secret of Chimneys*） 192
『茶色の服の男』（*The Man in the Brown*

矢野浩三郎、数藤康雄編、『名探偵読本3　ポアロとミス・マープル』、パシフィカ、1978. 12.
ジャネット・モーガン、深町眞理子・宇佐川晶子訳『アガサ・クリスティーの生涯 上』『同下』、早川書房、1987. 7.
『ユリイカ』〈特集　アガサ・クリスティー〉第20巻第1号、青土社、1988. 1.
芳野昌之『アガサ・クリスティーの誘惑』早川書房、1990. 6.
『新版・アガサ・クリスティ読本』早川書房、1990. 9.
『アガサ・クリスティー　生誕一〇〇年記念ブック』早川書房　1990. 11.
中村妙子『鏡の中のクリスティー』早川書房、1991. 9.
安永一典『アガサ・クリスティ　デザインへの誘い』近代文藝社、1995. 5.
津野志摩子『アガサ・クリスティーと訪ねる南西イギリス』PHP研究所、1997. 1.
モニカ・グリペンベルク、岩坂彰訳『アガサ・クリスティー』講談社、1997. 2.
アン・ハート、深町眞理子訳『名探偵ポワロの華麗なる生涯』晶文社、1998. 5.
北野佐久子『アガサ・クリスティーの食卓』婦人画報社、1998. 7.
『ミステリマガジン』〈特集　アガサ・クリスティーと埋もれた逸品〉第43巻第10号、早川書房、1998. 10.
デイック・ライリー、パム・マカリスター編、森英俊監訳『ミステリ・ハンドブック　アガサ・クリスティー』原書房、1999. 3.
福光必勝『アガサ・クリスティーの英国—小説の村と館を探す旅—』近代文藝社、2000. 8.
蛭川久康、櫻庭信之、定松正、松村昌家編『ロンドン事典』大修館書店、2002. 7.
松下了平『シャーロック・ホームズの鉄道学』JTB、2004. 7.
アガサ・クリスティー、乾信一郎訳『アガサ・クリスティー自伝（上）（下）』〈クリスティー文庫　97、98〉早川書房、2004. 10.
早川書房編集部編『アガサ・クリスティー 99の謎』〈クリスティー文庫 99〉早川書房、2004. 11.
数藤康雄編『アガサ・クリスティー百科事典　作品、登場人物、アイテム、演劇、映像のすべて』〈クリスティー文庫 100〉早川書房、2004. 11.
坂本康子『NHK アガサ・クリスティー紀行 ミステリーの生まれたところ』数藤康雄・NHKアニメーション室監修、NHK出版、2004. 12.
安永一典『アガサ・クリスティのインテリアと鼠の齧ったT定規』近代文藝社、2006. 4.
小野まり『図説　英国ナショナル・トラスト紀行』河出書房新社、2006. 12.
『アガサ・クリスティーの晩餐会　ミステリの女王が愛した料理』早川書房、2006. 12.

参考文献（出版年順）

Reginald J.W. Hammond. ed. *Red Guide: Complete Devon*, Ward Lock Limited, London. 1972.

Agatha Christie, *An Autobiography*, HarperCollins, 1977.

Janet Morgan, *Agatha Christie: A Biography*, HarperCollins, 1984.

Lynn Underwood ed. *The Agatha Christie: 1890–1990*, Fontana Press, 1990.

Scott Palmer, *The Films of Agatha Christie*, B. T. Bastford Ltd., London, 1993.

David, Gerrard, *Exploring Agatha Christie Country*, Agatha Christie Ltd., 1996. (Produced in conjunction with Agatha Christie Ltd. and the English Riviera Tourist Board)

Anne Hart, *Agatha Christie's Poirot: The Life and Times of Hercule Poirot*, HarperCollins, 1997.

Anne Hart, *Agatha Christie's Marple: The Life and Times of Miss Jane Marple*, HarperCollins, 1997.

François Rivière, English translation :Alexandra Campbell, *In the Footsteps of Agatha Christie*, Trafalgar Square Publishing, U.S.A, 1997.

Jo Connell, *Cockington*, Obelisk Publications, Exeter, Devon, 1998.

Judith Hurdle, *The Getaway Guide to Agatha Christie's England*, RDR Books, US, 1999.

Martin Fido, *The World of Agatha Christie: The Life, Times, and Works of the World's bestselling Crime Writer*, Adams Media Corporation, 1999.

Gillian Gill, *Agatha Christie: The Woman and Her Mysteries*, Robson Books, 1999.

Dawn B. Sova, *Agatha Christie A to Z: The Essential Reference to Her Life and Writings*, Checkmark Books., 2000.

John Escott ed. *Agatha Christie, Woman of Mystery: 700 Headwords*, Oxford University Press, 2000.

Charles Osborne, *The Life and Crimes of Agatha Christie*, HarperColins, 2000.

Max Mallowan, *Mallowan's Memoirs: Agatha and the Archaelogist*, HarperCollins, 2002.

Vanessa Wagstaff & Stephen Poole, *Agatha Christie: A Reader's Companion*, Aurum Press Ltd., London, 2004.

John Pike and the Torquay Museum Society, *Images of England: Paignton*, Nonsuch Publishing, Gloucestershire, 2005.

Alan Heather & David Mason, *Images of England: Torquay, A Century of Change*, Tempus Publishing, Gloucestershire, 2006.

Chips Barber, *Widecombe in the Moor: A Visitor's Guide*, Obelisk Publications, Devon., 2006.

Hilary Macaskill, *Agatha Christie at Home*, Frances Lincoln Ltd, 2009.

Sue Viccars & Jarrold Short, *Walks for all the family: Dartmoor*, Jarrold Publishing, U.K.

Exmoor Country: A Salmon Cameracolour Guide, J. Salmon Ltd, Sevenoaks, Kent.

ヒット。ロイヤル・プレミア・ショーで、エリザベス女王に謁見。短編集『**ポワロの初期事件簿**』出版。「ねずみとり」セント・マーティン劇場に移り継続上演。

1975年（85歳） 戦時中に執筆したポワロ最後の事件『**カーテン**』出版。「ねずみとり」の上演権を、孫のマシュー・プリチャードに贈る。

1976年 1月12日、オックスフォードシャー、ウォリングフォードのウィンターブルック・ハウスで死去、享年85。チョルジーのセント・メアリ教会に埋葬される。5月、ロンドンのセント・マーティンズ・イン・ザ・フィールズ教会で追悼式が行われる。戦時中に執筆したミス・マープル最後の事件『**スリーピング・マーダー**』出版。

1977年 『**アガサ・クリスティ自伝**』出版。マックス、長年の助手、バーバラ・パーカーと再婚。レスリー・ダーボン脚色の「予告殺人」初演。

1978年 8月19日、マックス・マローワン、心臓発作で死去。アガサと同じ墓に埋葬される。

1979年 『**ミス・マープル最後の事件簿、ほか二編**』出版。

1981年 レスリー・ダーボン脚色の『ひらいたトランプ』初演。

1984年 ジョーン・ヒクソン主演のマープル・シリーズが、BBCより放映開始。

1989年 デイヴィッド・スーシェ主演のポワロ・シリーズ、LWT（ロンドン・ウィークエンド・テレビジョン）より放映開始。

1990年 アガサ・クリスティ生誕百年記念の記念行事が行われる。

1997年 単行本未収録の短編を集めた『**光が消えぬかぎり、ほか**』（邦訳『**マン島の黄金**』）出版。

2000年 ロザリンドとプリチャードにより、グリーンウェイ・ハウスがナショナル・トラストに寄贈される。

2004年 ロザリンド死去。

2009年 グリーンウェイ・ハウス、一般公開される。

出版。

1957年（67歳）　チャーストン・フェラーズのセント・メアリ教会にステンドグラス寄贈。ドロシー・セイヤーズの後継者として、「探偵クラブ」の会長に就任。『検察側の証人』を映画化した「情婦」がビリー・ワイルダー監督により製作される。**『パディントン発四時五〇分』**出版。

1958年（68歳）　「評決」、「招かれざる客」初演。**『無実はさいなむ』**、戯曲**「招かれざる客」**出版。

1959年（69歳）　**『鳩のなかの猫』**出版。

1960年（70歳）　マックス、CBEを叙勲。「五匹の子豚」を脚色、初演。短編集**『クリスマス・プディングの冒険』**出版。

1961年（71歳）　ユネスコが、アガサ作品を世界最高のベストセラーであると認定。エクセター大学より名誉文学博士号を授与される。**『蒼ざめた馬』**、米版短編集**『二重の罪、ほか』**出版。

1962年（72歳）　12月、前夫アーチボルド・クリスティ死去。『パディントン発四時五〇分』を映画化した「殺人と彼女は言った」がイギリスで製作される。「海浜の午後」初演。**『鏡は横にひび割れて』**出版。

1963年（73歳）　**『複数の時計』**戯曲三篇を集めた**『三つのルール』**（邦訳**『海浜の午後』**）出版。

1964年（74歳）　**『カリブ海の秘密』**出版。

1965年（75歳）　自伝を脱稿。詩とクリスマス・ストーリを集めた**『ベツレヘムの星』**をアガサ・クリスティ・マローワンの名で出版。**『バートラム・ホテルにて』**出版。

1966年（76歳）　マックス、**『ニムルドとその遺物』**出版。**『第三の女』**出版。

1967年（77歳）　**『終りなき夜に生れつく』**出版。

1968年（78歳）　考古学分野の功績により、マックスがナイト爵位に叙せられ、アガサはレディー・マローワンと呼称される。**『親指のうずき』**出版。

1969年（79歳）　**『ハロウィーン・パーティ』**出版。

1970年（80歳）　**『フランクフルトへの乗客』**出版。

1971年（81歳）　DBE（Dame Commander of the British Empire）に叙せられ、デイム・アガサと呼称される。この頃よりしだいに健康が衰える。**『復讐の女神』**、米版短編集**『黄金の玉、ほか』**出版。

1972年（82歳）　マダム・タッソーの蝋人形館にアガサ像が展示される。**『象は忘れない』**出版。

1973年（83歳）　事実上の絶筆**『運命の裏木戸』**、**『詩集』**、戯曲**『アクナーテン』**出版。10月、心臓発作に襲われる。

1974年（84歳）　イギリスで映画「オリエント急行殺人事件」が製作され、世界中で

1946年（56歳）　イラクとシリアでの発掘の回想録『**さあ、あなたの暮らしぶりを話して**』をアガサ・クリスティ・マローワン名で出版。「ナイルに死す」を脚色、初演。『**ホロー荘の殺人**』出版。

1947年（57歳）　ジョージ6世の母、メアリ皇太后の80歳の誕生日を祝って、BBCからラジオドラマ「三匹の盲目のねずみ」を放送。短編集『**ヘラクレスの冒険**』出版。

1948年（58歳）　マックスのニムルド発掘に調査隊員として同行。マックス最大の業績となるこの発掘は、以後10年間つづく。チェルシーのスワン・コート48号室を購入。『**満潮に乗って**』、米版短編集『**検察側の証人、ほか**』、メアリ・ウェストマコット名の『**薔薇とイチイの木**』（邦訳『**暗い抱擁**』）出版。

1949年（59歳）　ロザリンド、弁護士で東洋学者のアンソニー・ヒックスと再婚。「サンデー・タイムズ」が、メアリ・ウェストマコットがアガサ・クリスティであると暴露。モイ・チャールズとバーバラ・トイ脚色の『牧師館の殺人』初演。『**ねじれた家**』出版。

1950年（60歳）　姉マッジ死去。王立文学協会のフェローになる。ニムルドの仕事部屋、ベイト・アガサ（アガサの部屋）で、以後15年にわたる自伝の執筆を開始。『**予告殺人**』、米版短編集『**三匹の盲目のねずみ、ほか**』（邦訳『**愛の探偵たち**』）出版。

1951年（61歳）　『ホロー荘の殺人』を脚色、初演。『**バグダッドの秘密**』、米版短編集『**負け犬、ほか**』出版。

1952年（62歳）　11月、アンバサダー劇場で「ねずみとり」初演、現在もセント・マーティン劇場で世界最長のロングラン記録を更新しつづけている。『**マギンティ夫人は死んだ**』、『**魔術の殺人**』、メアリ・ウェストマコット名で『**娘は娘**』出版。

1953年（63歳）　10月、「検察側の証人」初演、好評を博す。『**葬儀を終えて**』、『**ポケットにライ麦を**』出版。

1954年（64歳）　「検察側の証人」ブロードウェイに進出。「蜘蛛の巣」初演。『**死への旅**』、戯曲『**ねずみとり**』出版。

1955年（65歳）　「検察側の証人」、アメリカで最優秀海外演劇賞を受賞。銀婚式を祝う。ウィンザー・レパートリー劇場で上演の「検察側の証人」にエリザベス二世とエジンバラ公が臨席。『**ヒッコリー・ロードの殺人**』出版。

1956年（66歳）　CBE（Commander of the British Empire）叙勲。エクセター大学名誉博士号を受ける。ジェラルド・ヴァーナー脚色「ゼロ時間へ」初演。『**死者のあやまち**』、メアリ・ウェストマコット名の『**愛の重さ**』

コーヒー』を出版。キャムデン・ヒルのシェフィールド・テラス58番地の家を購入。また、オックスフォードシャー、ウォリングフォードに、ウィンターブルック・ハウスを購入。

1935年（45歳） 『**雲をつかむ死**』、『**三幕の殺人**』出版。

1936年（46歳） フランク・ヴォスパー脚色の「ナイチンゲール荘」が「見知らぬひとからの愛」のタイトルで初演される。『**ABC殺人事件**』、『**メソポタミヤの殺人**』、『**ひらいたトランプ**』出版。

1937年（47歳） 戯曲『**アクナーテン**』、『**ナイルに死す**』、『**もの言えぬ証人**』、短編集『**厩舎街の殺人**』出版。

1938年（48歳） アッシュフィールドを売却し、10月、ダート川のほとりにグリーンウェイ・ハウスを購入。『**死との約束**』、『**ポワロのクリスマス**』出版。

1939年（49歳） 『**殺人は容易だ**』、『**そして誰もいなくなった**』、短編集『**レガッタ・デーの事件**』（邦訳『**黄色いアイリス**』）出版。9月、第二次大戦勃発。

1940年（50歳） アーノルド・リドレイ脚色の「エンド・ハウスの怪事件」初演。ロンドンの空爆を避け、ハムステッドのローンロード22番地、ローンロード・フラッツ（イソコン・ビル）に転居。『**杉の柩**』、『**いち、にい、靴の留金しめて**』（邦訳『**愛国殺人**』）出版。

1941年（51歳） ロザリンド、職業軍人のヒューバート・プリチャードと結婚。グリーンウェイ・ハウスは、疎開児童に供され、マックスは空軍省に職を得てロンドンに移り、カイロに派遣される。アガサは44年まで、大学病院の薬局で篤志薬剤師として働く。『**白昼の悪魔**』、『**NかMか**』出版。

1942年（52歳） 戦時下の不安から、ポワロ最後の事件『**カーテン**』と、ミス・マープル最後の事件『**スリーピング・マーダー**』を執筆し、死後出版の条件を付し、前者の版権をロザリンドに、後者をマックスに贈る。『**書斎の死体**』出版。

1943年（53歳） ロザリンドの長男マシュー・プリチャード誕生。グリーンウェイ・ハウス、海軍省に接収される。「そして誰もいなくなった」を脚色、初演。以後、自作の演劇化に情熱を注ぐ。『**動く指**』、『**五匹の子豚**』出版。

1944年（54歳） ロザリンドの夫ヒューバート・プリチャード戦死。『**ゼロ時間へ**』、メアリ・ウェストマコット名の『**春にして君を離れ**』、紀元前のエジプトを舞台にした『**死が最後にやってくる**』出版。

1945年（55歳） 「死との約束」を脚色、初演。映画「そして誰もいなくなった」がルネ・クレール監督によりアメリカで製作される。『**忘られぬ死**』出版。マックス帰国。グリーンウェイ・ハウスをふたたび取り戻す。

行為と叩かれたが、のちに記憶喪失症と診断される。

1927年（37歳） ハーレー街の精神科医の治療を受け、苦悩の中で**『ビッグ4』**を出版、プロ意識が芽生える。スタイルズ荘を売却。

1928年（38歳） 2月、ロザリンド、カーロとともにカナリア諸島で休養する。4月、アーチーとの離婚成立。無声映画「秘密機関」がドイツで、同じく「クィン氏登場」がイギリスで製作される。マイケル・モートンが『アクロイド殺し』を「アリバイ」のタイトルで脚色、初演。シンプロン・オリエント急行でバグダッドを訪れ、ウルの発掘現場で考古学者レナード・ウーリー夫妻の知遇を得る。**『青列車の秘密』**出版。

1929年（39歳） サウス・ケンジントンの旧厩舎街、クレスウェル・プレイス22番地に家を購入、ロザリンド、カーロの三人で暮らす。兄モンティ死去。**『七つの時計』**、短編集**『おしどり探偵』**出版。

1930年（40歳） 2月末、二度目の中近東旅行に出発。ウルの発掘現場で、ウーリーの助手で14歳年下の考古学者、マックス・E・L・マローワンを知り、彼の案内で小旅行に出かける。ロザリンド急病の知らせを受け、マックスに付き添われて帰国。9月11日、スコットランドのエジンバラでマックスと再婚。ミス・マープル長編初登場の**『牧師館の殺人』**、ハーリ・クィン氏初登場の短編集**『謎のクィン氏』**、メアリ・ウェストマコット名でミステリではないノン・シリーズ**『愛の旋律』**を出版。「ブラック・コーヒー」初演。

1931年（41歳） 春と秋にマックスの発掘現場を訪問。冬、オリエント急行で単身帰国したときの体験が、『オリエント急行の殺人』のヒントとなった。『アクロイド殺し』がアガサ作品初のトーキー映画「アリバイ」として映画化される。**『シタフォードの秘密』**出版。

1932年（42歳） 古代アッシリア、ニネヴェの遺跡を発掘中のマックスを訪ねる。**『エンド・ハウスの怪事件』**（邦訳**『邪悪の家』**）、短編集**『一三の事件』**（邦訳**『火曜クラブ』**）出版。

1933年（43歳） 大英博物館とイラクの英国考古学院の支援で、マックスが初の調査隊を組織、アガサも正式な隊員としてイラクに赴く。これ以後、ほぼ毎年イラクやシリアにおけるマックスの発掘現場を訪ね、作業に参加する傍ら、キャンプでの執筆活動をつづける。この年、マックス、ロザリンドとともにナイルを船で旅した経験が『ナイルに死す』の構想を生んだ。**『エッジウェア卿の死』**、短編集**『死の猟犬』**出版。

1934年（44歳） **『オリエント急行の殺人』**、**『なぜ、エヴァンズに頼まなかったのか？』**、メアリ・ウェストマコット名の自伝的小説**『未完の肖像』**、短編集**『リスタデール卿の謎』**と**『パーカー・パイン登場』**、戯曲**『ブラック・**

1910年（20歳）　レジナルド・ルーシー少佐と婚約するが、彼は2年の婚約期間を約して香港の連隊に戻る。

1912年（22歳）　10月、デヴォン州、エクセター近郊の屋敷で開かれたダンス・パーティで、英空軍将校アーチボルド・クリスティ（アーチー）と出会い、レジナルドとの婚約を解消。

1914年（24歳）　第一次大戦勃発。クリスマスイヴに、ブリストル近郊のクリフトンで、アーチーと二人だけの結婚式を挙げる。フランス前線へ召喚された夫の留守中、トーキーの陸軍病院で篤志看護婦として働き、のちに薬剤師となって薬剤部門に勤務、この体験を通して毒薬の知識を得る。

1916年（26歳）　ムアランズ・ホテルで『スタイルズ荘の怪事件』を脱稿、名探偵エルキュール・ポワロを生み出す。複数の出版社に送るが不採用。

1918年（28歳）　9月、アーチーが空軍省に転属。ロンドン、ノースウィック・テラス5番の小さなフラットに居を構える。11月、第一次大戦終結。

1919年（29歳）　8月、実家のアッシュフィールドで娘ロザリンドを出産。西ケンジントンのアディソン・マンション25号室に転居、その後96号室に移る。

1920年（30歳）　ボドリー・ヘッド社の編集者ジョン・レーンに見出され、第一作**『スタイルズ荘の怪事件』**出版、初版二千部を売り切る。

1922年（32歳）　1月、娘ロザリンドを姉マッジに託し、大英帝国博覧会の宣伝使節の一員となったアーチーに同行し、南アフリカ、オーストラリア、ニュージーランド、ハワイ、カナダ、アメリカを10か月かけて歴訪。帰国後は、アーチーに職がなく生活が困窮する。おしどり探偵トミーとタペンス初登場の**『秘密機関』**出版。

1923年（33歳）　**『ゴルフ場殺人事件』**出版。

1924年（34歳）　著作権代理人のエドマンド・コークを通し、ウィリアム・コリンズ社と出版契約を結ぶ。アーチーも金融関係の職を得る。詩集**『夢の道』**をジョフリー・ブレス社から自費出版。**『茶色の服の男』**出版。印税をもとに、バークシャーのサニングデールに転居、アーチーの提案で「スタイルズ荘」と名づける。生涯の親友となる秘書のシャーロット・フィッシャー（カーロ）を雇う。短編集**『ポワロ登場』**出版。

1925年（35歳）　**『チムニーズ館の秘密』**出版。

1926年（36歳）　コリンズ社に版権を移し**『アクロイド殺し』**出版、叙述トリックをめぐって論争が巻き起こる。母クララ死去、失意の底に沈む。アーチーがナンシー・ニールとの関係を告白、離婚を迫る。12月3日、謎の失踪事件を起こすが、13日、ヨークシャーの保養地ハロゲイトのスワン・ホテルで発見される。過熱報道がなされ、一部からは売名

アガサ・クリスティ年譜

1878年　アメリカ人実業家フレデリック・アルヴァ・ミラーと、彼の継母の姪でイギリス人のクラリッサ（クララ）・マーガレット・ベーマー結婚、デヴォン州トーキーに住む。

1879年　姉マージョリー・クレアリー（マッジ）、トーキーで誕生。アメリカの親戚に会うため、一家揃ってアメリカへ渡る。

1880年　兄ルイ・モンタント（モンティ）、ニューヨークで誕生。その後一家は、一時帰国の予定でイギリスに戻るが、母クララがトーキーでアッシュフィールド屋敷を気に入り購入、イギリスに定住することとなる。

1890年　9月15日、フレデリックとクララの二女として、アガサ・メアリ・クラリッサ・ミラー、アッシュフィールドで誕生。幸せな幼年時代を送る。

1895年（5歳）　アメリカの財産管理人が投資に失敗、一家はしだいに財政難に陥る。

1896年（6歳）　父の健康状態が悪化。アッシュフィールドを人に貸し、一家はフランス南西部のポーに半年間滞在。その後、アルジェレ、コーテレを経てパリへ。家庭教師につきフランス語を習得する。帰国後、ピアノを習い始める。

1901年（11歳）　11月、父肺炎で死去、享年55。経済状態が困窮する。

1902年（12歳）　姉マッジ、富裕なジェイムズ・ワッツと結婚、マンチェスターに住む。アガサは母の勧めで、この頃から詩や短編小説を雑誌に投稿する。

1903年（13歳）　マッジの長男ジャック誕生。

1905年（15歳）　トーキーのミス・ガイヤーの学校で学び、算数に関心をもつ。冬、パリの寄宿学校に留学、声楽とピアノを学ぶ。

1907年（17歳）　音楽家になる才能のないことを悟り、二年足らずの留学を終えて帰国。冬、母の健康回復のため、エジプト、カイロのジェジーラ・パレス・ホテルに3か月ほど逗留。アガサは当地で社交界デビュー、海軍士官ウィルフレッド・ピーリーの求婚を承諾するが、間もなく解消。

1908年（18歳）　インフルエンザからの回復期に、母の勧めで短編「**美女の家**」を書き、祖父ナサニエルの名前で複数の雑誌社に送るが不採用。長編「**砂漠の雪**」を書き、トーキー在住の作家イーデン・フィルポッツに批評を請う。

1909年（19歳）　ガストン・ルルーの『黄色い部屋の秘密』に触発されて書いた短編「**幻影**」と「**あまりに気ままなために**」に才能の萌芽を認められる。

付録

［著者紹介］

平井杏子（ひらい　きょうこ）

エッセイスト・昭和女子大学名誉教授、長崎市生まれ。

著書に『アイリス・マードック』（彩流社）、『カズオ・イシグロ―境界のない世界』（水声社）、『ゴーストを訪ねるロンドンの旅』（大修館書店）、『カズオ・イシグロの長崎』（長崎文献社）、『ジャクソンのジレンマ』（翻訳、彩流社）、『〈インテリア〉で読むイギリス文学』、『〈食〉で読むイギリス文学』（ともに共著、ミネルヴァ書房）、『サミュエル・ベケットのヴィジョンと運動』（共著、未知谷）、『アイリス・マードックを読む』（編・共著、彩流社）、他。

アガサ・クリスティを訪《たず》ねる旅《たび》

――鉄道とバスで回る英国ミステリの舞台

NDC293／vi, 218p／21cm

初版第１刷――2010年３月25日
第８刷――2022年９月１日

著者――**平《ひら》井《い》杏《きょう》子《こ》**
発行者――**鈴木一行**
発行所――株式会社 **大修館書店**
〒113-8541 東京都文京区湯島2-1-1
電話 03-3868-2651（販売部） 03-3868-2293（編集部）
振替 00190-7-40504
［出版情報］ https://www.taishukan.co.jp

装幀・本文デザイン――**井之上聖子**
イラスト――**本田亮**
編集協力――**錦栄書房**
印刷所――**壮光舎印刷**
製本所――**ブロケード**

ISBN978-4-469-24550-9　Printed in Japan